ハヤカワ文庫 NF
〈NF508〉

マインドハンター
ＦＢＩ連続殺人プロファイリング班

ジョン・ダグラス＆マーク・オルシェイカー
井坂 清訳

JN210224

早川書房
8062

日本語版翻訳権独占
早　川　書　房

©2017 Hayakawa Publishing, Inc.

MINDHUNTER

Inside the FBI's Elite Serial Crime Unit

by

John Douglas and Mark Olshaker

Copyright © 1995 by
Mindhunters, Inc.
All Rights Reserved.

Translated by
Kiyoshi Isaka

Published 2017 in Japan by
HAYAKAWA PUBLISHING, INC.
This book is published in Japan by
arrangement with
the original publisher, SCRIBNER
a division of SIMON & SCHUSTER, INC.
through JAPAN UNI AGENCY, INC., TOKYO.

SWAT チームの人質救出訓練で使われた現場写真。場所はミルウォーキー。ジェイコブ・コーエン殺人・人質事件の最後に、FBI 捜査官ジョー・デル・カンポが発砲した位置や犯人コーエンおよび車の位置を示している。（写真提供：FBI）

FBI 行動科学課第一世代。配属7カ月後の1978年1月、伝説的人物たちと撮影した写真。左から、ロバート・レスラー、社会学講師のトム・オマリー、わたし（ジョン・ダグラス）、同じく社会学講師ディック・ハーパー、のちにストレス関係の専門家となったプロファイラーのジム・リース、応用犯罪学講師でFBIのプロファイリング・プログラムの創始者であるディック・オールトとハワード・ティーテン。（写真提供：ジョン・ダグラス）

1995年6月撮影。第二世代。行動科学課から捜査支援課と改名した。左から、スティーヴ・マーディジャン、ピート・スメリック、クリント・ヴァン・ザント、ジェイナ・モンロー、ジャド・レイ、わたし、ジム・ライト、グレッグ・クーパー、グレッグ・マクラリー。なお、テリー・アンクロム、スティーヴ・エッター、ビル・ハグマイア、トム・サルプの4人はここには写っていない。（写真提供：マーク・オルシェイカー）

ヴァカヴィル刑務所でエドマンド・ケンパーに面接するジョン・コンウェイ特別捜査官とわたし。（写真提供：マーク・オルシェイカー）

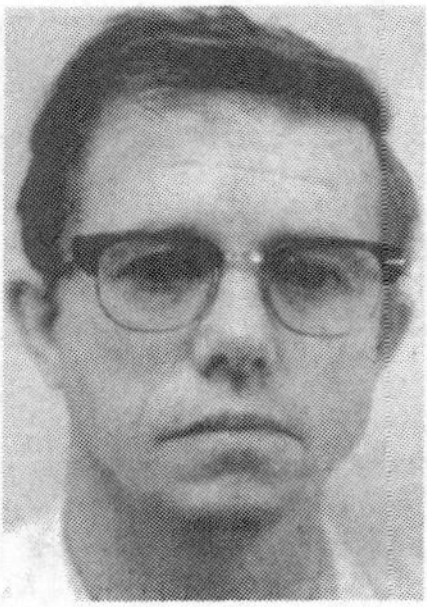

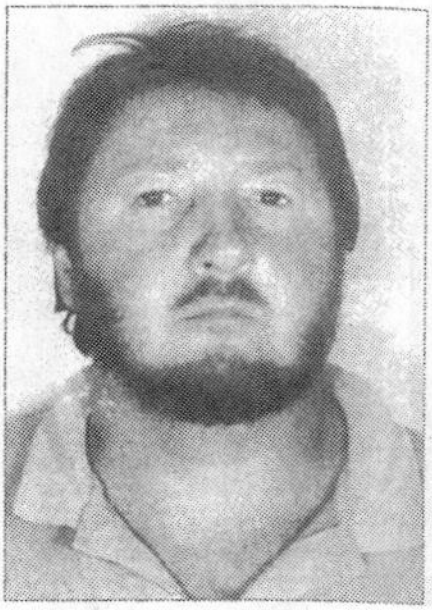

左）1982年のアトランタ児童連続殺人事件で裁判中のウェイン・D・ウィリアムズ。わたしは地方検事補ジャック・マラードに、ウィリアムズが陪審員たちに隠しつづけている人格の側面をさらけ出させるのが最も効果的な戦略だと助言した。（写真提供：AP／ワイド・ワールド・フォト）

中）アラスカ州アンカレジのパン屋だったロバート・ハンセン。熟達したハンターだったハンセンは、やがて売春婦を誘拐し、森に放って狩るようになった。（写真提供：アラスカ州アンカレジ警察）

右）サウス・カロライナ州でシャリ・フェイ・スミスとデブラ・メイ・ヘルミックを殺害したかどで起訴されたラリー・ジーン・ベル。レキシントン郡保安官ジム・メッツのオフィスでわたしが尋問したとき、彼は「ここに坐っているラリー・ジーン・ベルにそんなことはできっこない」と犯行を否定したが、「悪いラリー・ジーン・ベルならできる」と認めた。（写真提供：サウス・カロライナ州レキシントン郡保安官事務所）

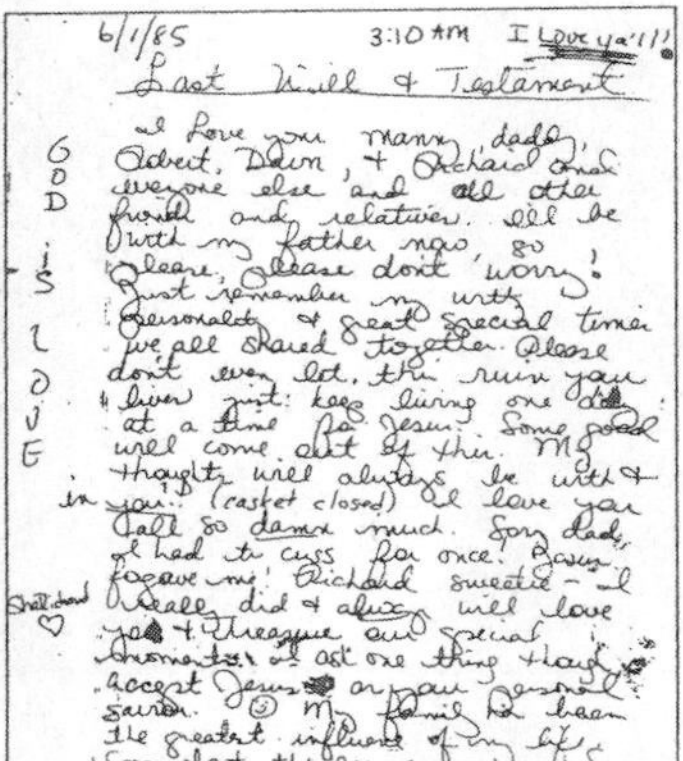

6/1/85 3:10 AM I Love ya'll!

Last Will & Testament

I Love you mama, daddy, Robert, Dawn, + Richard and everyone else and all other friends and relatives. I'll be with my father now, so please, please don't worry! Just remember my witty personality & great special times we all shared together. Please don't ever let this ruin your lives just keep living one day at a time for Jesus. Some good will come out of this. My thoughts will always be with + in you!! (casket closed) I love you y'all so damn much. Sorry dad, I had to cuss for once! Jesus forgive me! Richard sweetie – I really did + always will love you + treasure our special moments. I ask one thing though, accept Jesus as your personal savior. ☺ My family has been the greatest influence of my life. Sorry about the cruise money. Some day please go in my place.

G O D I S L O V E

♡

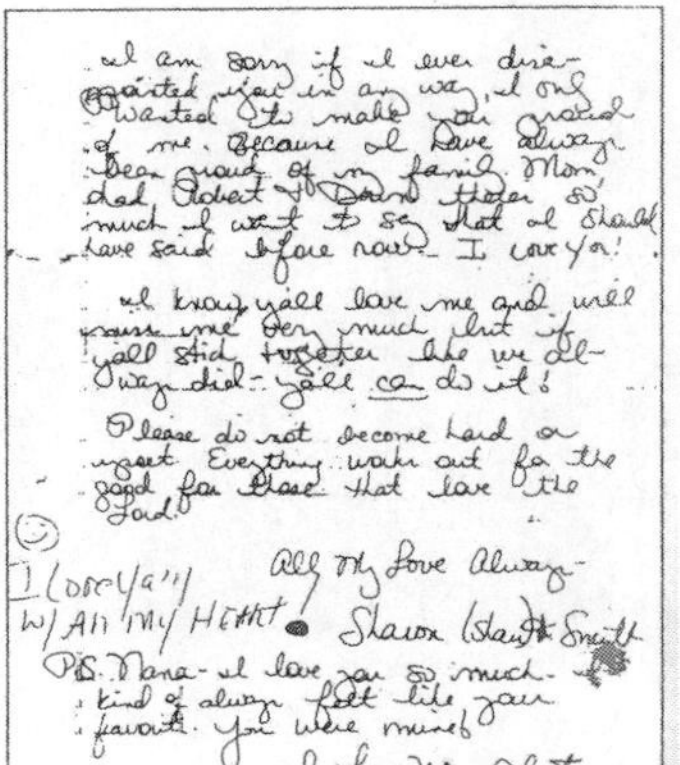

I am sorry if I ever disappointed you in any way, I only wanted to make you proud of me. Because I have always been proud of my family. Mom, dad, Robert + Dawn I love you so much. I want to say that I should have said before now – I Love ya! I know y'all love me and will miss me very much but if y'all stick together like we always did – y'all can do it! Please do not become hard or upset. Everything works out for the good for those that love the Lord. ☺

I Love ya'll W/ All My Heart!

All my Love Always – Sharon (Shari) Faye Smith

P.S. Nana – I love you so much. I kind of always felt like your favorite. You were mine!

I Love You alot

17歳のシャリ・フェイ・スミスによる「遺書」。法執行官としての25年間にわたしが目にしてきたもののなかでも、もっともりっぱな、そしてもっとも心をゆさぶられた、勇気と信仰と気骨にみちた遺書だった。

FAIRFAX
THE Journal
Fairfax County's daily newspaper
WEDNESDAY
Police profile Rosie's killer
Say suspect is nervous; now laying low
By ADRIAN HIGGINS
Please see KILLER, A6
Profile of a killer
FBI Special Agent John Douglas describes Rosie Gordon's killer. At left are tattoo and composite drawing.

犯人の先手を打つテクニックの一例。ある種のタイプの事件では、プロファイルを作成したあと、容疑者についての描写に心あたりのある人が現われるのを期待して、地元のメディアを使って世間に公表する。（写真提供：ザ・フェアファックス・ジャーナル）

悪行は、たとえ大地が覆いかぶさろうとも、人の眼に見えてくる。

——ウィリアム・シェイクスピア

『ハムレット』

目次

マインドハンター
FBI連続殺人プロファイリング班

プロローグ——わたしは地獄にいるのか

わたしは地獄にいるのにちがいない。

そうとしか説明がつかなかった。わたしは裸にされて縛られていた。痛みが耐えられないほどひどい。腕と脚が何かの刃でずたずたに切り裂かれていく。体のすべての穴は貫通されていた。喉に何かが突っ込まれているせいで、息ができず喉が詰まる。鋭い物がペニスと直腸に刺さり、わたしをばらばらに切り裂いていくようだ。汗が滝のように流れている。そのとき、どういうことなのか気がついた。わたしが仕事の上で刑務所へぶち込んだ殺人犯や強姦魔、幼児わいせつ犯たち全員によって、なぶり殺しにされているのだ。いまやわたしは被害者であって、反撃することができない。

わたしは、この連中のやり方を幾度となく見て、熟知していた。彼らは、餌食を操り、支配する必要がある。彼らの犠牲者が生きるべきか死ぬべきか、また、犠牲者がどんなふうに死ぬべきか、決めることができる立場に立ちたがる。いま彼らは、わたしの体が耐えられる限度まで生かしておくつもりだろう。わたしが失神したり、死にそうになったりすれば、蘇生させて、できるだけひどい苦痛を絶えずあたえるのだ。彼らのなかには、そんなことを何日もつづけられる者がいる。

彼らは、わたしを完全に支配していること、わたしを思いのままにできることを示したがっている。わたしが泣き叫べば叫ぶほど、やめるように懇願すればするほど、ますます彼らの黒い空想に油を注ぎ、勢いづかせるだろう。わたしが命乞いするとか、ママとかパパを呼び求めでもすれば、彼らの思う壺にはまってしまう。

これは、地上で最悪の男どもをわたしが六年間追ってきた報いだった。

わたしの心臓は早鐘のように打ち、体が燃えるようだった。ものすごい突きを感じた。彼らが鋭い棒をわたしのペニスのいっそう根本のほうへ進めた。わたしの全身は苦悶で痙攣《けいれん》した。

どうか神さま、わたしがまだ生きているのなら、早く死なせてください。もし死んでいるのなら、地獄の拷問から早く救い出してください。

すると、強烈に輝く白光が見えた。そういう光を人は死の瞬間に見る、と聞いたことがあった。わたしはキリストか天使たち、あるいは悪魔が見えるだろうと予期した――そういうことも聞いていた。しかし、見えるのは輝く白光だけだった。

ただし、声が聞こえた――安心させる、励ましの声。まだ聞いたこともないくらい気持の落着く口調だった。

「ジョン、心配しないで。すっかりよくなるようにやっていますからね」

それがわたしの記憶に残る最後の事柄だった。

「ジョン、聞こえますか？　心配しないで。楽にしていなさい。あなたは病院にいるの。あなたはとても重い病気にかかってるけど、快方に向かうようにあたしたちが手を尽くしているわ」。看護師がわたしに実際にいったのはこういう言葉である。わたしに聞こえているのかどうかまるでわからないのに、彼女は幾度もそう繰り返して、慰めてくれた。

そのときはぜんぜん知らなかったが、わたしは昏睡状態でシアトルのスウェディッシュ・ホスピタルの集中治療室に入れられ、生命維持装置につながれていた。腕や脚は縛りつけられ、チューブやホース、そして点滴用の管が体に挿入されていた。わたしが命をとりとめるとは思われていなかった。一九八三年十二月はじめ、わたしが三十八歳のときのことである。

話は三週間前、シアトルとは反対側の東海岸で始まった。わたしは、犯罪者パーソナリティ・プロファイリングについて話すためにニューヨークにいた。聴衆はおよそ三百五十人、ニューヨーク市警察と交通警察、そしてロングアイランドのナッソーおよびサフォーク郡警察の人びとである。わたしはこのテーマの講演を何百回もやってきたので、いわば自動機械のようにこなすことができた。

その講演で、まだ話しているとき突然、全身に冷や汗が流れ、わたしはこう自問していた。

「こんなにたくさんの事件をわたしはどうやってこなすんだ？」。その当時わたしは、アトランタでのウェイン・ウィリアムズによる児童連続殺人事件と、バファローでの「二二口径」黒人連続殺人事件の担当が終わったばかりだった。そのときにはサンフランシスコの「山道わきの殺人者《トレイルサイド・キラー》」事件に手を貸すよう頼まれていた。イギリスの「ヨークシャー・リッパー」事件の捜査に関してスコットランド・ヤードからの相談にものっていた。アラスカへ行ったりもどったりしながら、ロバート・ハンセン事件を手がけているところでもあった。それは、アンカレジのパン屋が売春婦をひっかけては、飛行機で荒野へ連れていき、狩りたてて殺すという事件である。わたしはさらに、コネティカット州ハートフォードのユダヤ教会堂を狙った連続放火事件もかかえていた。そして翌々週にはシアトルへ飛んで、アメリカで史上最大の連続殺人事件の一つになりつつある事態についてグリーン・リヴァー特別捜査班に助言する予定だった。この事件の犯人は、主としてシアトル－タコマ間の売春婦や流れ者を餌食にしていた。

過去六年間、わたしたちは犯罪分析の新しい方法を創りつつあり、行動科学課ではわたしだけが事件の専任担当者だった。課のほかの全員は、インストラクターを主たる仕事にしていた。わたしは支援のないまま一度におよそ百五十の事件をかかえ、一年のうち百二十五日はヴァージニア州クワンティコにあるＦＢＩアカデミーのオフィスをあけて、出張旅行に出ているありさまだった。事件の解決を迫られる地元警官からの、地域社会からの、そしてわたしがいつも強い共感をおぼえてきた被害者の家族からのプレッシャーはとてつもなく大きかった。わたしは仕事に優先順位をつけてこなそうと努めていたが、新たな依頼が毎日のようにやってきた。同僚はわたしのことを、売春夫みたいだ、お客にノーといえないからな、とよくからかったものである。

ニューヨークで講演中、わたしは犯罪者パーソナリティのタイプについて話しつづけながらも、心はしきりにシアトルへもどっていった。そこの特別捜査班の誰もがわたしに来てほしがっているわけではない、とわかっていた。それがあたりまえだった。大事件を解決するためにわたしが呼ばれていって提供する新しい助力は、ほとんどの警官と多数のＦＢＩ高官にはまだ充分に理解されず、魔術からほんの一歩離れた程度と思われていたので、こちらから「売りこむ」必要があった。自信過剰にも生意気にもならずに、説得力をもたねばならなかった。わたしは、捜査員がプロとして申し分のない仕事をやってきたと思っていることをわからせ、それと同時に、ＦＢＩが手助けできるかもしれないと、懐疑的な人びとを納得させなければならない。そしておそらくいちばん気後れする点は、伝統的なＦＢＩ捜査官が「事実」を偏重してきたのに対し、わたしの仕事は「意見」を重視する必要があることだった。わたしは絶えずこう意識していた。わたしが誤れば、捜査は的はずれになり、さらに人びとが殺されかねない。そのうえ、わたしが軌道にのせようと努力してきた犯罪者パーソナリティ・プロファイリングと犯罪分析という新しい計画が台なしになるだろう。

それに、出張旅行そのものが重荷だった。すでにわたしは、アラスカへ数回出かけていた。それは、四つの時間帯を横切り、乗り継ぐ飛行機はぞっとするほど水面すれすれに飛んで、暗がりのなかで着陸し、到着して地元警察の人びとに会ったかと思うと、すぐに帰りの飛行機に乗ってシアトルへもどる、という旅行だった。

なんとなく感じられる不安は一分間ほどつづいたろうか。わたしは自分に「おい、ダグラス。しっかりしろ。落着くんだ」といいつづけた。それはうまくいった。聴衆は誰も、わたしの様子がへんだとは思わなかっただろう。しかしわたしは、自分の身に悲劇的なことが起こるという予感を振り払うことができなかった。

クワンティコへもどると、わたしは体がだめになった場合にそなえて、さらに生命保険と所得保護保険とに加入した。なぜそうしたのかわからない。その漠然とした、それでいて強い不安のせいだろう。わたしの体はまいりかけていたし、ストレスに対処するためにたぶんアルコールを摂りすぎていた。よく眠れないうえ、眠りにつくと、わたしの即座の助力を必要とする人からの電話でしばしば起こされるありさまだった。

空港へ出発する直前、なぜかわたしは妻のパムが教えている小学校へ寄って、追加の保険に入ったことを知らせる気になった。

「なぜそんなことをあたしに話すの?」と、彼女はひどく心配そうにきいた。

「出張する前にぜんぶ知っておいてもらいたかったんだよ」わたしはそう答えた。その当時、わたしたちにはふたりの娘、エリカ(八歳)とローレン(三歳)がいた。

シアトルへはふたりの新しい特別捜査官、ブレイン・マクレインとロン・ウォーカーを連れていった。ダウンタウンにあるヒルトン・ホテルにチェック・インしてから、わたしは講演のときにはく予定の黒い靴が片方ないことに気づき、町をかけずりまわってやっと買ったものの、いっそう疲れてしまった。

翌日の水曜日の朝わたしは、警察官やシアトル港湾当局の代表者や、捜査に協力してきた地元のふたりの心理学者を前に話をした。殺人犯についてのわたしのプロファイル、犯人が複数かどうか、彼または彼らがどんなタイプの人物か、といったことに全員が興味をもった。わたしは、このような事件ではプロファイルを作成してもさほど重要ではないことをわからせようと努めた。殺人犯がどんな種類の男か、わたしにはかなりよくわかっていた。しかし、その特徴にあてはまる男が多数いることもわかっていた。

わたしはこう話した。いま進行中の周期的殺人事件でいっそう重要なのは、こちらが先手をとること、つまり警察とマスコミを使って犯人をおびき出し、罠にかけることだ。たとえば警察が主催して、犯罪についての「討論」会をつづけざまに地域社会でおこなうのもよい。そうした会合の一つかあるいは二つ以上に殺人犯がやってくるだろう、とわたしはかなり自信があった。そうすれば、犯人が複数かどうかという疑問を解くのにも役立つ。わたしとしては、警察にやってもらいたい方策がもう一つあった。犯人が被害者を誘拐したとき目撃した者がいる、とマスコミに発表してもらうのである。そうすれば、犯人は「先手の計略」を講じ、無関係なのにそこにいたわけを説明しにやってくるだろう。なかでもわたしがいちばん確信していたのは、この殺人事件の背後にいるのが何者であっても、飽きてやめることはないという予測だった。

そのほかに、わたしは容疑者の尋問の仕方についても助言をした。ブレインとロンとわたしは、そのあと死体を捨てた場所を見てまわり、ホテルへもどったとき、わたしはすっかりへばっていた。

その日の疲れをほぐそうとホテルのバーで一杯やっているとき、わたしはブレインとロンに気分が悪いと伝えた。シアトルへ来る前からあった頭痛はまだとれず、流感にやられそうな気がしていた。それで、翌日はわたしの代わりに警察へ行ってほしいと彼らに頼んだ。わたしは翌日ベッドですごせばよくなるかもしれないと思ったので、部屋のドアに「起こさないでください」というタグをかけ、同僚には金曜日の朝会おうと告げたのだった。

そのあとわたしが憶えているのは、ひどく気分が悪く、ベッドの縁に腰をおろして、服を脱ぎはじめたところまでである。翌日、ふたりの同僚は警察へ行き、いわれたとおりに、わたしを放っておいた。

ところが、金曜日の朝食にわたしが現われなかったので、彼らは心配になった。わたしの部屋へ電話をかけた。応答がない。部屋まで行って、ノックした。返事がない。

彼らはフロントでキーを借り、ドアを開けたものの、安全チェーンがかかっていた。が、中からかすかに呻《うめ》き声が聞こえてきた。

ドアを蹴破って入ると、わたしは部分的に服を着た姿で、電話へ手をのばそうとしたらしく、「蛙のような」姿勢で倒れていた。わたしの左半身は痙攣し、熱が高く、ブレインの言葉によると「燃えていた」。

ホテルからの連絡を受けて、スウェディッシュ・ホスピタルはただちに救急車をよこした。

そのあいだにも、ブレインとロンは病院の救急室と電話で話し、わたしの症状を知らせた。体温は四十二度、脈搏は二百二十。左半身は麻痺していた。救急車のなかで、わたしはつづけざまに発作に襲われていた。目は「人形の目」、つまり開いたままで、焦点が定まっていない状態だった。

病院へ着くなり、医師はわたしを氷漬けにし、発作を抑えるために大量のフェノバルビタールを静脈に注入した。医師はブレインとロンに、最善の努力をしているが、わたしはたぶん死ぬだろうと伝えた。CTスキャンによると、わたしの脳の右側は出血していた。

それは一九八三年の十二月二日のことだった。

わたしの課のロジャー・デピュー課長は、妻のパムが勤める学校へ直接出向いて、このことを知らせた。パムは娘たちをわたしの母ドロレスに預け、父のジャックとともにシアトルへ飛んだ。FBIシアトル地方支局のふたりの捜査官が空港へ出迎え、まっすぐ病院へ連れていった。そのとき、妻たちはどれほど深刻な事態かを知った。医師はパムに、わたしが死んだときの心の準備をさせようとし、たとえ命をとりとめても、たぶん失明し、植物状態になるだろうと告げた。パムはカトリック教徒なので、臨終に立ち会う神父を呼んだ。しかし神父は、わたしが長老派教会の信徒だと知ると、拒否した。そこでブレインとロンは、そういうことにこだわりそうにない神父を見つけた。

まる一週間、わたしは生死の境をさまよった。集中治療室の規則によれば、家族しか見舞を許されないので、クワンティコの同僚たちやシアトル地方支局の捜査官たちがにわかに近親者になった。

「お宅はほんとに大家族ですねえ」と、ある看護師は皮肉な口調でパムにいったものである。「大家族」はまんざらジョークでもなかった。クワンティコでは、行動科学課のビル・ハグマイヤーとナショナル・アカデミーのトム・コランベルが主唱者になって、パムとわたしの父がシアトルに滞在できるように募金していた。ほどなく、国中の警察官からの寄付も集まりだした。それと同時に、わたしの遺体をヴァージニアへ運んで、クワンティコの軍人墓地へ埋葬する手筈も整いつつあった。

最初の一週間が終わるころ、パムと父、捜査官たち、そして神父は手をつないでわたしのベッドを囲み、わたしの手を取って、祈った。その夜遅く、わたしは昏睡から目覚めた。

わたしはパムと父を見てびっくりし、自分がどこにいるのか頭が混乱した。はじめのうち、わたしは口がきけなかった。顔の左半分はだらりと垂れた感じだし、左半身にはまだ広範囲に麻痺が残っていた。話す能力がもどったとき、最初はろれつがまわらなかった。しばらくすると、片脚を動かせるようになり、徐々にいっそう動きだした。いろいろな検査を受けた結果、わたしの病気はストレスや体力減退のせいでウイルス性脳炎が悪化したものだと診断された。生きていられて、運がよかった。

しかし回復への道は苦痛で、気がくじけがちだった。ふたたび歩くことを練習しなければならず、記憶にも障害があった。妻のパムは、わたしが最初の主治医ドクター・シーギャル(Siegal)の名前を忘れないようにと、カモメ《シーガル》(Seagull)の小さい立像をそばへ置いてくれた。つぎにその医師がわたしの頭の状態を調べにきて、彼の名前を憶えているかときいたとき、わたしはろれつのまわらない舌でこういった。「もちろんです、ドクター・シーガル」

すばらしい支援を得ていたにもかかわらず、わたしはリハビリに対して強い挫折感をおぼえていた。それで、ウィリアム・ウェブスターFBI長官が電話で励ましてくれたとき、わたしはもう銃を使えそうもありませんと話した。

「そのことは心配しなくていいぞ、ジョン」と彼は応えた。「われわれはきみの頭脳がほしいんだ」。わたしは、その頭脳もあまり残っていない、とは告げなかった。

クリスマスの二日前、わたしはようやく退院し、帰宅した。病院を去る前、わたしは救命救急室と集中治療室のスタッフに飾り額を贈って、心からの感謝をあらわした。

ダレス空港にはロジャー・デピューが車で出迎えて、フレデリックスバーグのわたしたちの家へ乗せていってくれた。ふだん八十八キロあった体重は七十二キロに減っていた。娘のエリカとローレンは、わたしの様子と車椅子に乗る姿を見て、すっかり動転した。

クリスマスはいささか憂鬱だった。友人にはあまり会わなかった。車椅子は使わなくなったが、動きまわるのはまだ困難だし、会話にも支障が残っていた。すぐに泣くし、記憶があてにできなかった。ふたたび仕事ができるだろうか、とわたしは疑った。

それに、FBIに対する苦い思いもあった。その年の二月、わたしは長官補佐のジム・マッケンジーと話し、仕事をこなしきれないので人員を増やしてほしいと頼んだ。

マッケンジーは同情的だが、現実的だった。「きみはこの組織を知ってるだろう」と彼はわたしにいった。「倒れるまでやらないと、認めてくれないんだ」

わたしは支援されていると思わないばかりか、真価を認められているという気もしなかった。事実はそのとおりだった。その前の年、アトランタでの児童連続殺人事件でわたしは懸命に働いたが、容疑者のウェイン・ウィリアムズが逮捕された直後、ある新聞にわたしが話した内容に関して、局から公式に譴責《けんせき》されたことがあった。この事件では、あとで反対に賞賛の手紙を局からもらうことになるが、それでも当時、局の認識はこの程度だった。

数週間後、車を運転できるようになると、わたしはクワンティコ国立墓地へ行って、わたしが埋葬される予定だった場所を見た。墓は死亡日に従って並んでいた。もしもわたしが十二月の一日か二日に死んでいれば、わたしの自宅から遠くないところで刺し殺された若い女性の墓の近くに埋められたことだろう。その女性の事件は未解決のままだった。わたしが扱った事件には、殺人犯が被害者の墓地を訪れそうなものがよくあり、警察に墓地を見張るようにすすめたことが何度あったかしれない。彼らがその勧めに従っていたら、さしずめわたしが容疑者として尋問されるところだろう。皮肉なものである。

シアトルで倒れてから四カ月あまりたった一九八四年四月のある日、わたしはクワンティコをひさしぶりに訪れた。FBI地方支局の約五十人のプロファイラーたちに話をするためである。まだ足が膨《ふく》れているのでスリッパをはいた姿で教室へ入ると、全国から集まった捜査官たちは起立し、満場の拍手で迎えてくれた。それは、わたしが何をやってきたか、また、局内に何を設けようとしてきたか、ほかの誰よりも理解してくれる人びとの、自然発生的な心からの反応だった。わたしは何カ月ぶりかで尊重され感謝されていることを感じ取り、故郷へもどったような気がした。

それから一カ月後、わたしは完全に復職した。

1　殺人者の心の中

ハンターの立場から考えろ。

それがわたしのやるべきことだった。大自然を撮った映画を想像してみよう。アフリカのセレンゲティ平原に一頭のライオンがいる。彼は、水場に集まるアンテロープの大群をうかがっている。しかしどういうわけか――彼の目からわかるが――何千頭ものアンテロープのなかの一頭から視線が離れない。その一頭が彼の獲物になりそうだという、ほかの仲間との相違、弱さ、脆さを感じとる能力を彼は身につけているのだ。

ある種の人びともこれと同じである。わたしがそんな人物なら、不運な餌食を求めて毎日のように狩りに出るだろう。たとえば、何千もの人がやってくるショッピングモールに行くとしよう。わたしはヴィデオゲームのコーナーへ入る。五十人くらいの子供を目で調べるとき、わたしはハンターでなくてはならない。相手がどんな人物か見抜けなくてはならない。餌食になりそうな子をプロファイルすることができなくてはならない。五十人のうちどの子が襲いやすいか、どの子が餌食になりそうか、見抜かなくてはならない。その子の服装から見極める必要がある。その子が発している表情や身振りなど、言葉以外の表現をキャッチする能力を身につけておく必要がある。しかも、それらをほんの一瞬のうちにやってしまわなければならないので、そういうことにかけてはすごい達人でなくてはならない。そうして、いったん目標を決め、いったん行動に出たら、親がたぶん二軒先の店にいるとき、どうやってその子を静かに、騒ぎを起こさず、疑いも招かずにショッピングモールから連れ出すか、方法を知っていなければならない。どんな手違いも許されないのだ。

こういう男たちを駆りたてるのは、狩りのスリルである。男が餌食になりそうな人に狙いを定めているとき、彼の皮膚の反応はおそらく野生のライオンのそれと同じだろう。このことは、子供を狙う男であろうと、若い女を狙う男であろうと、あるいは老人とか売春婦とか——さらには餌食についての好みが一定していない場合でも——共通する。ある点では、彼らはみんな同類である。

しかし、べつの点では異なっている。彼らに特有のパーソナリティを示す手掛かりがそれである。これらの手掛かりは、われわれがあるタイプの暴力犯罪を解釈し、犯人を追い、逮捕して告発するための新しい武器の開発を可能にしてくれる。わたしは、FBI特別捜査官として働いた期間の大部分を、そうした武器の開発に費やしてきた。そして本書は、それについて述べてある。文明が始まって以来、恐ろしい犯罪が起きるたびに、そんなことができるのはどんな人物だろう？　という根元的な疑問が投げかけられてきた。われわれがFBI

の捜査支援課でおこなうプロファイリングや犯罪現場分析は、その疑問に答えようとする試みである。

行動にはパーソナリティが反映する。

こういう男たちの立場から考えるのは、いつも容易とはかぎらないし、決して楽しいものではない。しかし仲間やわたしは、それをやらなくてはならない。それぞれの場合について、どんなふうか感じとるようにやってみなくてはならない。

犯罪現場でわれわれが目にするあらゆるものは、未知の容疑者《アンノウン・サブジェクト》──警察用語ではUNSUB──について何かをわれわれに告げている。われわれは、できるだけ多くの犯罪を研究し、犯人たちとの面談を通して、医師が患者のさまざまな症状を評価して病名を診断するのと同様に、現場に残る手掛かりを解釈することを学んだ。そして、医師が前に診た病気のいくつかの様相を認めたあとで診断にかかれるのと同じように、われわれもいくつかのパターンが現われはじめるのを見たときに、さまざまな結論を引き出せるのである。

一九八〇年代のはじめ、綿密に研究するため服役中の殺人犯たちを積極的に面接調査していたときのことである。わたしは、ボルティモアにある古風な石造りのメリーランド州立刑務所で、暴力犯たちの前に腰をおろしていた。警官殺し、子供殺し、麻薬の売人その他──それぞれが興味深い事件の犯人だが、わたしのいちばんの関心は強姦・殺人犯に面接して、彼らの手口についてきくことだった。それで、ほかの囚人たちにそんな男がいるかとたずねてみた。

「うん。チャーリー・デイヴィスがいるぜ」とひとりが教えてくれたが、やつは連邦捜査官とは話したがらないだろう、とほかの囚人は口をそろえていった。誰かが刑務所の庭へ彼を捜しに行った。みんなが驚いたことに、デイヴィスはやってきて、輪にくわわった。たぶん好奇心からか、退屈していたか、それなりのわけがあったのだろう。囚人たちには時間はあまるほどあるのにやることがなく、その点がわれわれの研究には助けになった。

通常、刑務所で面接調査をおこなうときには——最初からそうしてきたが——われわれは前もって相手のことをなるべく知っておくようにした。警察のファイルや犯罪現場の写真、検屍解剖の記録、裁判記録など、動機とかパーソナリティを知るのに役立ちそうなものをすべて調べた。このことは、相手に自分の都合のいいように芝居をしたり、ふざけたりさせないためにも、いちばん確実な方法だった。しかしそのときばかりは、わたしは何の準備もしていなかった。

デイヴィスは身長百九十五センチ、ばかでかくて、年齢は三十代の前半、ひげをきれいに剃り、身だしなみがよかった。わたしはまずこう切りだした。「わたしは分《ぶ》が悪い立場にいるんだ、チャーリー。きみが何をしたか知らないんだよ」

「おれは五人殺した」と彼は答えた。

わたしは、犯罪現場がどうだったか、また被害者たちにどんなことをしたか、話すよう頼んだ。そこでわかったが、デイヴィスはパートタイムの救急車運転手だった。それで、彼は女を絞殺し、担当区域内のハイウェイわきに死体を捨てて、匿名で電話をかけてから、その通報に応じて、死体を運びにいった。彼が被害者を担架にのせているとき、犯人が目の前にいるとは誰も気づかなかった。これほどまでの自制と画策に成功したときこそ、彼はほんとうにしびれ、最高のスリルをおぼえるのだった。

絞殺という手口は、彼がなりゆきのはずみで殺人を犯す男であり、当初の狙いが強姦《レイプ》にあったことを物語っている。

わたしは彼にいった。「きみはほんとに警察好きなんだな。自分も警官になりたかっただろう。自分の能力以下のくだらん仕事なんかじゃなくて、権力のある地位につきたかった」。すると彼は笑って、父親は警部補だったと話した。

わたしは手口を教えてくれるように頼んだ。彼は若いきれいな女を尾行し、彼女がレストランの駐車場へ入るのを見とどける。父親のコネを通して、女の車のナンバーから持主の名前を突き止めることができた。名前がわかったら、レストランへ電話をかけて彼女を電話口へ出させ、車のライトをつけっぱなしにしていると告げる。彼女が外へ出てきたら、拉致する――自分か彼女の車へ押し込み、手錠をかけたうえで、走り去るのだ。

デイヴィスは、殺した五人についてひとりずつ順番に話した。まるで懐旧談をしているような口調だった。最後の被害者のことになったとき、彼女を車のフロント・シートに乗せて、覆いをかけて隠したと話した。それはデイヴィスがはじめて思い出した細部だった。

その時点で、わたしは話の方向を変えた。「チャーリー、きみ自身のことについてわたしにいわせてもらおう。きみは女との関係がうまくいかなかったな。はじめて殺したときには、金に困っていた。きみは二十代の終わりごろで、いまの仕事なんかおれの能力にふさわしくないと知っていた。それで、きみの生活のなにもかも不満で、思うようにいかなかった」

彼はちょっとうなずいた。ここまではうまくいった。わたしは、ひどく予測しにくいこと、推測しにくいことはいわなかった。

「きみは大酒を飲んでいた」とわたしはつづけた。「借金があった。いっしょに暮らしている女とけんかが絶えなかった（彼は同棲中の女がいたとは話さなかったが、わたしはかなり確信があった）。そうして最悪の晩には、ハントに出かけた。同棲中の女に向かわず、ほかの者でうっぷんを晴らすしかなかった」

デイヴィスのボディ・ランゲージがしだいに変わり、内心が表面にあらわれるのが見てとれた。そこでわたしは、乏しい情報を頼りに、話をつづけた。「しかし、あの最後の被害者の場合はずっと穏やかな殺し方をした。彼女はほかの女と違っていた。きみはレイプしたあと、彼女に服を着させてやった。きみは彼女の頭を覆った。それ以前の四人にはそんなことはしなかった。ほかの女の場合と違って、その女の場合はいい気分にならなかった」

相手が熱心に聞きはじめると、しめたものだとわかる。わたしはこのことを刑務所での面接調査から学び、面接のさい幾度も利用することができた。いまやわたしは、すっかり彼の注意を集めたことがわかった。「彼女からある話を聞いて、きみは殺すのは悪いと思ったが、結局は殺してしまったな」

突然、デイヴィスは真っ赤になった。トランス状態にあるかのようで、彼の心は現場にもどっていることがわかった。彼がためらいながら話したところによると、その女は、夫の健康状態が悪く、心配だ、夫は死ぬかもしれない、といったという。この話は女の策略だったかもしれないし、そうでなかったかもしれない――わたしには知るよしもないが、いずれにせよ、デイヴィスに影響をおよぼしたことは明らかである。

「だけど、おれは自分を偽らなかった。彼女はおれが誰か知っていたんで、殺さなくちゃならなかったんだ」

わたしは少しのあいだ黙ってから、いった。「きみは彼女のものを何か取っただろう？」デイヴィスはふたたびうなずいてから、彼女の札入れをのぞいたことを認めた。クリスマスに彼女が夫と撮った写真を取り、所持したのだった。

わたしはそれまでデイヴィスに会ったことはなかったが、彼のたしかなイメージがわかってきたので、こういった。「きみは墓地へ行っただろう、チャーリー、どうだい？」。彼の顔に血がのぼった。それは、彼が事件の報道に引きつづいて注意し、被害者がどこに埋葬されたか知っていたことを裏付けてくれた。「きみが行ったのは、その殺害だけは後味が悪かったからだ。それできみは、何かを墓地へ持っていって、その墓の上へ置いたな」

ほかの囚人たちは静まりかえり、夢中になって傾聴していた。彼らはこんなデイヴィスを見たことがなかった。わたしは繰り返した。「きみはその墓へ何かを持っていったな。何を持っていった、チャーリー？　あの写真じゃないのか？」。デイヴィスはまたうなずき、両手で頭をかかえた。

ほかの囚人たちには魔術か、帽子のなかから生きた兎でも取り出すような手品にみえたかもしれないが、そうではない。おわかりのように、わたしは推測していた。しかしそれは、わたしや同僚がそのときまでに調べ、なお蓄積しつづけている多数の事例や背景や経験にもとづくものだった。たとえば、殺人犯は被害者の墓を訪れるという古くからの言い伝えがしばしば真実だということを、われわれは知っていた。しかし、われわれが当初に考えた理由は、かならずしもあてはまらなかった。

行動にはパーソナリティが反映する。

最近は暴力犯罪の性質そのものが変化しつつあり、われわれの仕事もそれに対応する必要がある。麻薬関連の殺人事件はほとんどの大都市にはびこり、銃を用いた犯罪は日常的な出来事に、そして国家的恥辱になった。それでもほとんどの犯罪、とくに暴力犯罪は、何らかのかたちの知り合い同士のあいだに生じていた。

そうした事情が変わってきた。一九六〇年代まで、わが国では他殺事件の解決率が九十パーセント以上だったが、これも低下しつつある。科学・技術がめざましく進歩し、コンピューター時代が到来したにもかかわらず、また、高度な訓練を受けた警察官が増えたにもかかわらず、殺人率は上昇をつづけ、解決率は低下をつづけている。「見知らぬ人」による、また「見知らぬ人」に対する犯罪がますます増加し、その多くの場合、手掛かりになる動機が、少なくとも明白な「理屈のとおった」動機がないありさまである。

以前、ほとんどの殺人事件や暴力犯罪は法執行官にとって比較的理解しやすかった。それらは、怒りや貪欲、嫉妬、利害、復讐など、われわれみんなの経験する感情が、はなはだしいかたちであらわれる結果である。こうした強い感情的問題がうまく処理されると、犯罪とか犯罪的な騒ぎは静まる。誰かが死ぬことになっても、概して警察は誰を、また何を捜すべきかわかっている。

しかし近年は新しいタイプの暴力犯罪者が表面化してきた――連続犯罪者《シリアル・オフェンダー》がそれで、彼はつかまるか殺されるまでやめず、経験によって学び、やり方がしだいに巧妙になって、犯行を重ねるごとにたえず筋書を完全なものにしていく。わたしは「表面化した」と述べたが、それはこうした犯罪者がずっと前からいた、つまり近代最初の連続殺人者《シリアル・キラー》とされる一八八〇年代のジャック・ザ・リッパー事件よりずっと前からいた、と思われるからである。またわたしが「彼」といったのは、あとで述べるように、現実には、ほとんどすべての連続殺人者が男性だからである。

実際、連続殺人はわれわれが気づいているよりずっと古くからの現象かもしれない。魔女や狼男や吸血鬼についての伝説や物語は、ヨーロッパや初期アメリカの小さい町の人びとには理解できないような、身の毛もよだつ倒錯した暴行を説明する一つの方法だったのかもしれない。モンスターは超自然的な生き物でなくてはならなかった。モンスターがわれわれに似た存在であるはずはなかったのだ。

連続殺人者や強姦魔《レイピスト》は、あらゆる犯罪者のなかでいちばんつかまえにくい。ひとつには、彼らの動機が前述の基本的なものよりはるかに複雑な要素をふくむからである。そのため彼らの行動様式はいっそう混乱し、同情や罪悪感あるいは自責の念といった正常な人の感情からはほど遠い。

ときとして、こういう犯罪者をつかまえるには、彼らと同じように考えることを学ぶしかない。

わたしがこれから述べることは、どのようにして行動科学的手法を発展させ、犯罪者パーソナリティ・プロファイリングや犯罪分析、起訴への戦略を考案していったかという話である。しかし、たとえわたしが本書をそのハウツーものにしたくても、とうていできない。事実すでに経験豊かで成績優秀な捜査官を選んでわたしの課へ呼んで訓練しても、二年はかかる。また、かりに犯罪者がわれわれの手法を知り尽くしたと思っても、探知をかわそうとするとか、捜査の手を振り切ろうとすればするほど、いっそう多くの行動上の手掛かりをわれわれに提供するはめになってしまう。

何十年も前にサー・アーサー・コナン・ドイルがシャーロック・ホームズの口を借りていわせたように、「特異性はほとんどつねに、手掛かりになる。犯罪が特色に乏しく、ありふれたものになればなるほど、解決は困難になる」のである。いいかえれば、犯人の行動が多ければ多いほど、われわれはプロファイルと分析をいっそう完全なものにして、地元の警察に提供できる。地元警察は、よりよいプロファイルを得ると、いっそう容疑者の数を絞りこみ、真犯人発見に集中できるわけだ。

われわれの捜査支援課は、クワンティコにあるFBIの暴力犯罪分析ナショナル・センターの一部をなしているが、犯罪者をつかまえるわけではない。繰り返していうが、われわれは犯罪者をつかまえない。地元警察がつかまえる。信じられないほど大きい圧力にさらされていることを考え合わせれば、ほとんどの警察はりっぱな仕事をしている。彼らが捜査を絞りこむのを手助けし、犯人をおびき寄せるのに役立ちそうな先手の打ち方を示唆するのが、われわれの務めである。そうして犯人がつかまれば、検事が法廷で被告人の真のパーソナリティをさらけ出せるように、その戦略を処方することもわれわれの仕事なのだ。

こんなことができるのは、われわれに長い研究と特殊な経験があるからにほかならない。かりに中西部の警察がはじめてこんな恐ろしい事件に直面したとしても、すでにわたしの課は似たような事件をたぶん何百件も手がけている。わたしはつねづね「画家を理解したければ、絵を見なければならない」と捜査官たちにいってきた。われわれは何年にもわたり多数の「絵」を眺め、もっとも「業績のある」「画家」たちと幅広く話してきたのである。

われわれは一九七〇年代の後半から一九八〇年代の前半にかけて、FBI行動科学課——これは後に捜査支援課になった——の仕事を組織的方法を用いて発展させはじめた。トマス・ハリスの『羊たちの沈黙』をはじめ、われわれがやることを劇的に表現し、賞賛した著作のほとんどは、いささか空想的なところがあり、劇的効果をあげるため自由に書いてあるけれども、実際、犯罪小説の上では古くからわれわれの先輩が活躍している。エドガー・アラン・ポーが一八四一年に発表した古典的作品『モルグ街の殺人事件』に登場するしろうと探偵C・オーギュスト・デュパンは、史上最初の行動科学的プロファイラーかもしれない。このストーリーには、プロファイラーが未知の容疑者をおびき出し、殺人容疑で収監されている人物の無実を証明しようと、先手をとるテクニックが使用されているが、この点もはじめてではあるまいか。

それから百五十年後のわたしの課の男女と同様に、とりわけ残忍で動機のなさそうな犯罪を解決するのに証拠が不充分な場合、プロファイリングが役立つことをポーは理解していた。彼はこう書いている。「通常の方策が講じられないとき、分析者は自分自身を相手の心の中へ移して同化し、そうすることによって、彼が誤りを犯すとか、あるいはあわてて誤算するように仕向ける方法を、一見しただけでしばしば考えつく」

ほかにもちょっとした類似点がある。ムッシュ・デュパンは、独りで部屋にこもり、窓を閉め、カーテンを下ろして日光や外部から入るものをいっさい遮って仕事をするのを好む。同僚やわたしにはこういう選択の余地がない。FBIアカデミーのわれわれのオフィスは地下数階のところにあり、この窓のないスペースはもともと、国家の緊急事態が起きた場合に国の法執行当局の本部として使用するために設けられたところである。ときどきわれわれは、自分たちのことを暴力犯罪分析ナショナル・セラー（貯蔵庫）と呼ぶ。地下二十メートル、われわれは埋葬された人びとより十倍も深いところにいるわけだ。

イギリスではウィルキー・コリンズが『白衣の女』と『月長石』のなかでプロファイリングの先駆的な手法を取り入れたが、なんといっても、ガス灯のともるヴィクトリア時代のロンドンを舞台に、この分析形式を世界に知らしめたのは、サー・アーサー・コナン・ドイルが創作した不滅の人物、シャーロック・ホームズである。われわれがこの架空の人物にたとえられることは、最高の賛辞といってよい。何年か前のことだが、わたしがミズーリ州での殺人事件を手がけていたとき、《セントルイス・グローブ－デモクラット》の見出しに「FBIの現代のシャーロック・ホームズ」と書かれたのは、ほんとうに名誉なことだった。

ポーの『モルグ街の殺人事件』から一世紀以上、そしてシャーロック・ホームズから半世紀たって、行動科学的プロファイリングは文学作品のページから現実の世界へ移ることになった。一九五〇年代の半ば、ニューヨーク市は「狂った爆弾男」の仕掛ける爆弾にゆさぶられていた。この男は十五年にわたり三十回以上も爆発騒ぎを起こし、グランド・セントラル駅やペンシルヴェニア駅、ラジオ・シティ・ミュージックホールなど、公共の建物を狙ってきた。当時ブルックリンに住んでいたわたしは、子供心によく憶えている。

警察は一九五七年、思案に暮れて、グリニッチヴィレッジに住む精神科医ジェイムズ・A・ブラッセルの助力を求めた。医師は爆発現場の写真を調べ、犯人から新聞社へ宛てた嘲笑的な手紙を慎重に分析して、行動上のパターンから、この犯人が偏執者で、父親を憎み、母親を異常なまでに愛していて、コネティカットに住んでいる、といった細かい点までふくむ結論を出した。書面にしたプロファイルの最後の行で、医師は警察にこう指示した。

　鈍重な男を捜すこと。中年。外国生まれ。ローマ・カトリック教徒。独身。男か女のきょうだいひとりと暮らしている。彼を見つけたとき、おそらくダブルの背広を着て、ボタンをかけているだろう。

手紙のなかの言及から、爆弾魔は世間に対する不満分子か電力会社コンソリデイティド・エディソンのもと従業員である可能性が高いと思われた。警察は対象を絞りこみ、ジョージ・メテスキーの名前が浮かんだ。彼は爆弾事件が始まる前、一九四〇年代にその電力会社で働いていた。ある晩、その鈍重な独り者で中年の、外国で生まれたローマ・カトリック教徒を逮捕するために警察がコネティカット州ウォーターベリへ行ったとき、プロファイルと違うのはただ一つ、彼がひとりのきょうだいとではなく、ふたりの未婚の姉妹と暮らしている点だった。警官から服を着てくるようにいわれ、数分後に寝室から現われた彼は、ダブルの背広を着込み——ボタンをかけていた。

ブラッセル医師は、正確な結論に達した方法に関連してこう説明した。精神科医は通常、ある個人を調べたうえで、その人物がある特定の状況でどう反応するか、合理的に予言する。プロファイルをおこなったとき、彼はこのプロセスを逆にして、行為に示された証拠からその個人を予言しようとしたのだった。

それから四十年近くたって振り返ると、わりに簡単なようにみえるだろうが、当時としては、犯罪捜査における行動科学的手法の発展に関して真に画期的な出来事であった。そしてブラッセル医師は、のちに「ボストンの絞殺魔」事件でボストン警察に協力することになるが、彼こそこの分野の真の先駆者である。

架空世界のデュパンやホームズが、そして現実世界のブラッセルやわれわれがやってきた方法は、しばしば演繹《えんえき》的推理と呼ばれるけれども、実際にはもっと帰納《きのう》的であり――つまり、犯罪の特定の諸要素を観察して、そこから幅広い結論を引き出す。わたしがクワンティコへ来たとき、先駆者ハワード・ティーテンなど行動科学課のインストラクターたちは、本職の警官たちがナショナル・アカデミーのクラスへ持ちこんだ事件に、ブラッセル医師の考えを適応させはじめていた。しかし当時は厳しい調査・研究によって支援されていなかった。

わたしは、未知の殺人者の心の中へ入りこむことがどんなに重要か語ってきた。調査・研究と経験を通して、われわれは被害者の立場に自分自身を置くことも同じように重要だとわかった。特定の被害者が自分に起きつつある恐ろしい事態にどう反応するだろうか、確固とした知識がある場合にのみ、われわれは犯人の行動と反応を真に理解できるのである。

犯罪者を知るには、犯罪を熟視しなければならない。

一九八〇年代のはじめ、ジョージア州の小さな町の警察から気になる事件がわたしのところへ持ち込まれた。地元のジュニア・ハイスクールでバトンガールをしていた十二歳のきれいな女子生徒が、自宅から九十メートルほどのスクール・バス停留所から拉致された。数日後、十六キロほど離れた木立ちのなかの恋人の小径《ラヴァーズ・レイン》で、体の一部に衣類の残る彼女の死体が発見された。性的に乱暴されていて、頭を鈍器で強打されたのが死因だった。そばには血のついた大きな石が落ちていた。

わたしは、分析結果を伝える前に、その女の子についてなるべく多く知らねばならなかった。そうして判明したところによると、彼女はとてもかわいいし、きれいだったにもかかわらず、ティーンエイジャーなのに二十一歳に見えるような女の子とは違い、年齢どおり十二歳にみえた。彼女を知る人びとはみんな、彼女が尻軽でも浮気女でもなく、ドラッグとかアルコールもやらず、近づく人には温かく愛想がよかった、と確言した。

わたしにとってこういう情報はきわめて重要だった。拉致されるときやそのあと彼女がどう反応したか、したがって犯人が特定の状況で彼女に対してどう反応したか、理解する道を開いてくれるからである。わたしはこう結論した。殺人は、計画されたものではなく、（犯人の妄想どおりに）彼女が腕を開いて受け入れてくれなかったことに驚いて、犯人があわてて反応したせいだった。このことから、殺人者のパーソナリティがいっそうよくわかり、その町に近いもっと大きな町で前の年に起きたレイプ事件の容疑者に焦点を絞るよう、わたしは警察にすすめた。被害者を理解することは、警察がこの挑戦的な容疑者を尋問するさいの作戦を立てるのにも役立った。わたしは、容疑者が嘘発見器《ポリグラフ》による検査をすでに乗り越えているはずだと予測した。この痛ましい事件についてはあとで述べる。いまは、その人物がこの殺人と以前のレイプ事件を自白し、死刑を待つ身であることを述べるにとどめておこう。

ナショナル・アカデミーに来るＦＢＩ捜査官や警察官に、犯罪者パーソナリティ・プロファイリングと犯罪現場分析の諸要素を教えるとき、われわれは犯罪の全体像を考えてもらうように努める。わたしの同僚ロイ・ヘイズルウッドは、一九九三年に引退するまで数年間、プロファイリングの基礎コースを教えていたが、彼は分析を三つの明確な疑問とその説明に分けた——何が、なぜ、そして誰が、という疑問である。

何が起きたか？　これには、その犯罪に関して犯人の行動上重要そうなすべてのことをふくむ。

なぜ、そのようなかたちで起きたか？　たとえば、なぜ死後に手足を切断したのか？　なぜめぼしい物が奪われていないのか？　なぜ力ずくで入っていないのか？　その犯罪にみられる行動上重要そうなすべての要素には、どんな理由があるのか？

するとこうした疑問はつぎへすすむ。

誰が、これらの理由からこの犯行におよんだのか？

われわれが自分自身に課す仕事はこういうことである。

2 母の名前はホームズ

わたしの母が結婚する前の姓はホームズだった。

振り返ってみて、わたしの少年時代には将来マインドハンターつまり犯罪者プロファイラーになりそうな徴候はあまりなかった。

わたしはニューヨークのブルックリンに生まれた。父のジャックはブルックリン・イーグル紙の仕事を請け負う印刷業者だった。わたしが八歳のとき、父は犯罪が増加したのを嫌ってロングアイランドのヘンプステッドへ引越し、そこでロングアイランド印刷組合の委員長になった。わたしには四歳年上の姉アーリーンがいた。彼女は早くから勉強にかけても運動にかけても家族のスターだった。

わたしの学業は冴えず――成績はだいたいBマイナスかCプラスだった――礼儀正しく、のんきで、先生たちにはいつも受けがよかった。わたしはほとんどいつも動物に興味があり、犬や猫、兎、ハムスター、そして蛇を飼った。母がそれらを我慢したのは、わたしが獣医になりたいといったからである。

学校でわたしが才能を示したものが一つある。それは物語を話す能力だった。わたしが犯罪捜査に従事するようになったのは、ある程度このことが寄与しているかもしれない。刑事や犯罪現場分析官は、共通点のない無関係のようにみえる手掛かりを集め、首尾一貫した物語を作りあげねばならない。だから、物語を話す能力は重要な才能であり、殺人事件の捜査にあたる場合には、被害者が自分のことを話せないので、とりわけそういうことがいえる。

いずれにせよ、わたしは楽をするためにその才能をたびたび利用した。忘れもしない。九年生のとき、小説を読んでクラス全員の前で話して聞かせなくてはならないのに、わたしはサボって小説を読まなかった。それで、順番がまわってくると、わたしはありもしない書名をでっちあげ、実在しない作家の名前をつけて、ある夜キャンプファイヤーを囲んだキャンパーたちの話をしゃべりはじめた。はじめはうまくいっていた。しかし頭の片隅では「いつまでもつだろう?」と考えだし、一頭の熊がキャンパーたちに忍び寄り、跳びかかろうとしたところで、ついに頓挫した。先生にすべてはでっちあげだと告白せざるをえなくなり、みんなの前で恥をかくことを覚悟した。母に何といわれるかも、予想できた。

ところが驚いたことに、先生も生徒もわたしの話にすっかり夢中になっていた! それで、わたしが話を創作していたというと、みんなは「最後までやってくれ。そのつぎはどうなるのか、話してくれ」というありさまだった。ぼくはそのとおりにして、Aの成績をもらった。

ところで、獣医になる準備として、わたしはコーネル大学の獣医学部がニューヨーク州北部に経営する酪農場で夏を三回すごした。都会の子にとってこれは有意義な機会だった。一週間に七十時間から八十時間働いたおかげで、体も頑丈になった。わたしは大好きなスポーツに熱中し、ヘンプステッド・ハイスクールで野球チームのピッチャーをやり、フットボール・チームのディフェンシヴ・タックルをやった。

ピッチャーズ・マウンドに立ったときのコツは、バッターをおじけづかせることだった。つまりこちらは自信たっぷりの態度を相手に見せ、バッターボックスの男に不安感をいだかせるのである。のちに尋問の技巧を発展させはじめたとき、これは大いに役立った。当時わたしは身長が百八十八センチあり、コントロールがかなりよかったが、対するバッターにはそれを隠し、荒れ玉の投手だと思い込ませるようにした。

ヘンプステッド・ハイスクールには優秀なフットボール・チームがあり、ここでもゲームの心理的側面を利用することをおぼえた。ブーブーいったり呻《うめ》いたり、頭がちょっとおかしいかのように振舞えば、こちらよりでかい敵でもうまくこなせることを知ったのだ。まもなくほかのラインマンも同じように振舞いだした。のちにわたしが殺人事件の裁判に協力するようになって、被告人が狂気をよそおう場面も見たが、頭がおかしい人のように振舞う人物がかならずしもおかしいとかぎらないことは、わたし自身の経験からわかっていた。

一九六二年、われわれはロングアイランドで最優秀のハイスクール・フットボール・チームに贈られるソープ賞を賭けて、ウォンターグ・ハイスクールと戦うことになった。彼らの体重はわれわれに勝り、ひとりあたり約十八キロも重かった。そこでわれわれは、試合前の練習のとき、二列になり、タックルの稽古をやった。タックルされた者は呻いたり悲鳴をあげたり、ひどく痛がった。相手チームはその様子を見て、「あのばかどもは味方に対してさえあんなにひどくやるんだから、おれたちはどんなめに遭わされるかわからんぜ」と怯えた。実は、われわれはひどく地面にたたきつけられるようにみせかけながら、怪我をしない、そんなやり方を前もって練習してあったのだ。試合は接戦になったが、ようやく終わったとき、十四対十三でわれわれが勝ち、その年のソープ賞をものにした。

わたしが「実社会」でプロファイリングをはじめて経験したのは、十八歳になって、バーやクラブで用心棒のアルバイトをしたときだった。おもな仕事は、法律上飲酒が許されない年齢の者を――いいかえればわたしより年下の者すべてを――店へ入れないことと、アルコールが消費される場所では必然的に起きるけんかを止めることである。

入口に立って、疑わしい若者に身分証明書の提示を要求したうえで生年月日をきくのは、標準的な手順にすぎないので、みんなその対応策を考えてある。質問しながら相手の目を見るのは、一部の人びとには効果があった。それよりも、列の数人うしろで質問される心構えをしている若者に注意し、彼らのボディ・ランゲージを読みとるのが、はるかに役に立った。

けんかを止めるのはもっと難しかった。これにはわたしの運動選手としての経験が頼りになったが、相手の目を見据えることと、こちらが異常な人間だと思わせる態度を示すことが効果的だった。この男は自分の安全なんか考えずに無謀なことをしそうだ、と相手に思わせたのである。それからほぼ二十年後、われわれが刑務所で面接調査をおこなっていたとき、典型的な連続殺人犯より典型的な暗殺者のほうがはるかに危険なことを知った。連続殺人犯は自分が扱える相手を選ぶし、逮捕されないように周到な準備をする。ところが暗殺者のほうは、自分の「任務」が頭の中を占め、たいていの場合、それを達成するためには死んでもいいと思っている。

この男は何をするかわからないと相手を怖がらせるには、人びとから見られているときだけでなく、常時そうした態度をつづけなくてはならない。悪名高い強盗で航空機の乗っ取りもやったゲーリー・トラプネルにイリノイ州の連邦刑務所で面接したとき、彼は刑務所のどんな精神科医でもだまして、自分のことを精神病だと信じさせることができる、と主張した。彼によれば、たとえ獄房に独りでいるときでも、いつも精神障害者のように振舞うことが肝要で、そうすれば、面接を受けるときわざわざ「考えて」そんな振舞いをする必要がなくなる、というのだった。そんなわけでわたしは、こうした「専門家」の助言を得るずっと前から、犯罪者のように考える本能を少しはそなえていたことになる。

相手を怖がらせてけんかを避ける方法が使えない場合、わたしはアマチュアのプロファイリング・テクニックを利用して、次善の方法を講じた。相手の行動とボディ・ランゲージをよく観察して、けんかをするつもりかどうかを見抜き、そうとわかれば、こちらが先に手を出して不意を突き、外へ放り出してしまうのである。わたしがつねづねいってきたように、たいていの性的殺人者と連続強姦魔《レイピスト》は、被害者を威圧し、操り、そして支配することに長《た》けている。わたしはべつの状況で同じ技能をマスターしようとしていたわけだ。

ハイスクールを卒業したとき、わたしはあいかわらず獣医になりたかったが、コーネル大学へ入れるほどいい成績ではなかったので、モンタナ州立大へ入った。一九六三年の九月、ブルックリンとロングアイランドで育った少年が、ビッグ・スカイ・カントリーのどまんなかへ出ていったというしだいである。

モンタナ州では、アルコール飲料を飲んでよい年齢は二十一歳からだった。それでも、わたしは学友たちとビールを飲んで、警察に罰金四十ドルをとられたり、仲間の運転する車がスピード違反をやったり、はめをはずした。しかもいっそう悪いことに、大学でのわたしの成績は平均Dのレベルにすぎず、そんなわけで二年目の終わりにわたしは獣医になることを断念して、ニューヨークへもどった。

ニューヨークではまた用心棒をやったりしていたが、一九六六年、空軍へ志願兵として入隊した。わたしはテキサス州アマリロで基礎訓練を受けた。訓練は辛くなく、とりわけ射撃の成績がよかった。訓練が終了したときには、五十人のうち三番の成績だった。わたしは無線傍受の要員養成所へ送られるはずだったが、そこには空席がなく、ニューメキシコ州クロヴィスの郊外にあるキャノン空軍基地の人事課へ配属された。

幸運にも、人事課の隣りには隊員の体育全般を担当する課があり、わたしはそこへ自分を売りこんで、退役の書類を扱うたいくつな仕事から解放された。そのうえ、教育費の七十五パーセントを軍から援助してもらいながら、イースタン・ニューメキシコ大学へ夜間と週末にかよえるようになった。

大学卒業の資格を取る勉強をつづけていたとき、身体障害児を援助している協会のことを知った。そこはリクリエーション活動を手伝ってくれる人を求めていたので、わたしはボランティアを志願した。そこでは一週間に一回、ふたりの民間人スタッフとともに、約十五人の子供にローラースケートとかミニチュア・ゴルフとかボウリング、そのほか子供たちが個々の技能や能力を伸ばせそうなスポーツをやらせた。

目の不自由な子やダウン症候群の子、また重い運動障害のある子、そうした子供たちのほとんどにとって、それは大きな挑戦だった。両腕にひとりずつ子供をかかえ、痛い思いをさせないように気を遣いながらスケートリンクを何度も何度もまわるのは、疲れる仕事だった。しかし、わたしはそれが断然好きだった。

毎週彼らの学校へ車で行くと、子供たちみんなが走り出てきて迎え、車の周りに群がった。わたしが降りると、みんなが抱きついてくるのだった。そうして毎週、練習が終わるたびに子供たちはわたしが去るのを悲しみ、わたしも同じように悲しかった。わたしは、そこからじつに多くのものを、じつに多くの愛と仲間意識を得ていると感じたので、夕方そこへ出かけては、彼らに物語を読んでやるようになった。

基地の健康な、いわゆる正常な子供たちは注目を浴びることや、ほしい物を何でも親からもらうことに慣れていたが、この子供たちはそれとは対照的だった。わたしの「特別な」子供たちは、彼らのためになされることには、それがどんなことでもずっと深く感謝したし、体の障害にもかかわらず、いつもじつに好意的で、冒険したがっていた。

わたしは知らなかったが、わたしが子供たちと過ごすとき、そのかなりの時間を観察されていた。そしてイースタン・ニューメキシコ大学心理学科の人びとがわたしの「功績」を評価し、奨学金を出すので四年間、特殊教育を専攻するようにと申し出てきたのである。わたしは産業心理学をやろうかと考えていたけれども、その子供たちが大好きだし、よい選択かもしれないと思った。空軍に在籍しながら、この分野の専門家として将校になることもできるだろう。わたしは大学の申し出を基地の人事課へ持ち込んだが、空軍に特殊教育の専門家は不要だという結論が出た。それで、わたしはあきらめ、ボランティアの仕事をつづけた。

一九六九年のクリスマス、わたしは実家へ帰ることにした。ニューヨークへの飛行機に乗るにはアマリロまで百五十キロ車を走らせなくてはならないが、わたしのフォルクスワーゲンは調子があまりよくないので、空軍でいちばんの親友ロバート・ラフォンドのカルマン・ギアを借りた。

ラ・ガーディア空港で旅客機から降りると、両親が迎えにきていた。その表情は暗く、生気がなかった。

彼らは、基地の近くでわたしのフォルクスワーゲンが事故を起こし、身元不明のドライヴァーが死亡したという知らせを受けていた。わたしが飛行機から降りてくるのを見るまで、生きているのか死んだのかわからなかったのだ。

あとでわかったところによると、ロバート・ラフォンドはほかのみんなと同じようにクリスマス・パーティで酔いつぶれた。幾人かの将校や下士官が彼をわたしの車へ運び、キーをイグニッションに差し込んでおいた。ロバートは、意識がもどると、車を運転して基地へ帰ろうとした。外は雪が降り、路面は凍結していた。彼は、ある軍人の妻とその子供たちの乗るステーション・ワゴンに正面衝突した。さいわいワゴンの人びとは負傷しなかったが、ロバートはフロントガラスを突き破って飛び出し、死んだ。

このことはわたしの脳裡からどうしても離れなかった。わたしたちは親友だった。もしも彼がわたしにいい車を貸してくれなければ、こんなことにはならなかったかもしれない。基地へもどると、わたしは彼の所持品をまとめ、彼の家族へ送ってやらねばならなかった。わたしは、めちゃめちゃになったフォルクスワーゲンを何度も見にいき、ロバートと事故の夢を絶えず見た。フロリダ州ペンサコーラに住む両親に彼がクリスマス・プレゼントを買ったとき、わたしは彼につきあった。そのプレゼントは、空軍の将校が息子の死を両親に知らせに来たのと同じ日に、郵便で届いたのだった。

しかしわたしは、悲しみに打ちひしがれていただけでなく、怒ってもいた。いろいろ聞いてまわり、責任があると思えるふたりをついに突き止めた。彼らが執務室にいるところをつかまえ、壁に押しつけ、ひとりずつぶん殴りはじめた。わたしは頭に血がのぼり、軍法会議にかけられてもかまわないという気持だった。こちらにいわせれば、彼らがわたしのいちばんの親友を殺したのだ。

わたしは彼らを正式に告発した。告発から軍法会議へとすすんだら、問題はこじれたことだろう。また、そのころにはアメリカのヴェトナム介入は後退しはじめ、兵役期間の残りが数ヵ月しかない下士官は早く除隊するようにすすめられていた。そんなわけで、なるべく穏便にすませるため、人事課はわたしを数ヵ月早く除隊させた。

　わたしは空軍にいるあいだに大学の課程を修了して、産業心理学で修士号を取る準備を始めていた。除隊後わたしは、週七ドルという政府支給金《GIビル》をたよりに、クロヴィスで窓のない地下のアパートを借り、ゴキブリと戦いながら暮らした。基地の施設はもう利用できないので、安い古ぼけたヘルス・クラブに入った。

　一九七〇年の秋、わたしはそのクラブでフランク・ヘインズという男と出会い、やがてＦＢＩの捜査官だとわかった。彼はクロヴィスに独りだけで事務所をかまえる駐在員だった。わたしたちは友だちになった。彼は、引退した基地司令官からわたしのことを聞き、わたしにＦＢＩへ入るように仕向けはじめた。率直にいって、わたしは法の執行者になろうと真剣に考えたことなど一度もなかった。学位を取りしだい産業心理学で身を立てようと計画していた。大企業の人事問題や従業員援助、ストレス管理などを手がけるのは、将来を予測できる安定した仕事のように思えた。

　しかしフランクは、わたしが優秀な特別捜査官になるだろうといって、しきりにすすめた。彼はわたしを自宅に数回招いて、奥さんと息子に引き合わせ、彼の銃や給料明細表も見せてくれた。わたしの暮らしに較べれば、フランクは王様のような暮らしぶりだった。わたしは試してみることにした。

フランクはわたしの願書をアルバカーキの地方支局へ送った。わたしは、法律家でない者を対象とする標準的なテストを受けた。体調はよく、筋肉質だったのに、体重は百キロもあった。FBIの基準によれば、わたしの身長百八十八センチに対する体重の限度を十一キロ超えていた。FBIで体重基準を超過してよい者はただひとり、伝説的な長官J・エドガー・フーヴァーその人だった。わたしはノックス・ゼラティンとゆで卵だけで二週間過ごして、基準まで体重を減らした。髪も三回刈りなおして、やっと身分証用に使える写真が撮れるありさまだった。

しかし、ついに十一月、わたしは見習いとして年俸一万八百六十九ドルで雇ってもらえることになった。これで窓のない、気の滅入る地下のアパートから出られることになった。そのとき、FBIにいるあいだの大部分の時間を、やはり窓のない地下の部屋ではるかに気の滅入る事件を追うことになるとわかっていたら、わたしはどう思っただろう?

3 雨滴に賭ける

多数が出願し、少数しか選ばれない。

この言葉は、われわれ新人の頭に繰り返したたき込まれた。連邦捜査局の特別捜査官になることはほぼ全員の夢だが、そんな機会を望める者はまさに最優秀の者にかぎられる。

長官からの電報で、わたしは一九七〇年十二月十四日午前九時にワシントンのペンシルヴェニア・アヴェニュのオールド・ポスト・オフィス・ビルディングの六二五号室へ出頭するように指示された。わたしをふつうの市民からFBI特別捜査官に変える、十四週間の訓練が始まるのである。その前にわたしはロングアイランドの家へ帰ったが、父はとても誇りに思い、家の前には国旗が掲げてあった。それまでの数年間の生活には不要だったので、わたしはきちんとした私服を持っていなかった。それで父はダーク・スーツを三着——青と黒と茶——白いYシャツ、それに黒い靴と茶の靴を一足ずつ買ってくれた。そのうえ、わたしの第一日目に遅刻しないよう、ワシントンまで車で送ってきた。

わたしたち新人のクラスは白人ばかりだった。一九七〇年当時、黒人のFBI捜査官はごく少数で、女性はいなかった。彼らへの門戸が実際に開かれたのは、フーヴァーの長い在職期間が終わってからのことであり、死後でさえ彼の影響は強かった。クラスのほとんどは二十九歳から三十五歳のあいだだったので、二十五歳のわたしは最年少のひとりだった。

われわれは、ソ連のスパイに用心するように教え込まれた。スパイはどこにいるかもしれず、とりわけ女には気をつけろといわれた。そのせいでわたしは、同じビルで働くとびきりの美人から夕食に誘われたのを断ってしまった。仕組まれたテストかもしれないと思ったのだ。

ヴァージニア州クワンティコの海兵隊基地に設けられるFBIアカデミーは未完成だったので、火器の訓練と体育はそこで受け、学課はワシントンのオールド・ポスト・オフィス・ビルディングで受けた。

FBI捜査官はもっぱら殺すために撃つ。これは、訓練を受ける全員が最初に教えられることの一つである。この方針は厳しく、かつ論理的な考えからきている。すなわち、銃を抜くのなら、すでに撃つ決心をしている。そして、撃つのが当然の重大な状況だと判断したのなら、人命を奪うくらい重大だと判断しているわけだ。緊迫した瞬間には、発砲を計画するような余裕や、あれこれ考える時間はめったにないし、容疑者をたんに止めようとしたり、おとなしくさせようとするのは危険が大きすぎる。

われわれは、刑法、指紋分析、暴力犯罪とホワイトカラー犯罪、逮捕の技術、武器の扱い方、格闘技、そしてFBIの歴史について、同様に厳しくたたき込まれた。なかでもいちばんよく憶えているのは、われわれが「卑語訓練」と呼んだ学課で、このときにはシット、ファック、クンニリングス、フェラチオ、カント、そしてディックヘッドといった言葉の並んだリストをもらい、暗記させられた。こんな言葉をふくむ報告書を提出するときには、ふだん手渡す秘書ではなく「わいせつ速記者《オブシーン・ステノ》」と呼ばれる年長の世慣れた女性に渡すように、という注意もあたえられた。なにしろ一九七〇年には、世の中の感性が現在とはいささか違っていたのである。

　十四週間にわたる訓練期間の半ばに、われわれは最初に勤務したい地方支局をきかれた。FBIは国内の五十九カ所に地方支局を擁している。わたしはニューヨーク出身なので、そこへもどって勤務したいとはさほど思わなかった。ロサンゼルス、サンフランシスコ、マイアミ、それにたぶんシアトルとサンディエゴも、希望者が多いだろう。わたしはそう推測して、希望が比較的かないそうな都市を第一希望にした。

　わたしはアトランタを選んだ。決まったのはデトロイトだった。

　修了すると、われわれ全員は正規の身分証明書、六連発三八口径のリヴォルヴァー、スミス・アンド・ウェッソン・モデル10と弾丸六発、そしてなるべく早く出発せよという指示とをもらった。ミスター・フーヴァーのお膝元で未熟な新米捜査官がトラブルに巻き込まれるのを、上層部はいつも恐れているからである。

　わたしがもらったもう一つのものは「デトロイトでのサヴァイヴァルの手引」という小冊

子だった。デトロイトは一九六七年の暴動の影響をひきずり、国内で人種対立がいちばん激しく、殺人事件は年間八百以上もあって、アメリカの犯罪首都といってよかった。わたしもほとんどの新人と同様に、理想をいだき、精力的だったが、まもなくわれわれが何を相手にしているのか気がついた。わたしは空軍に四年いたが、戦闘にいちばん近づいたのは、フットボールとボクシングで傷ついた鼻を手術するため基地の病院に入院し、ヴェトナムで負傷した兵士とベッドが隣り合わせたときくらいなものだった。そんなわけで、デトロイトへ赴任するまで、わたしは敵の立場に立って考えたことがなかった。FBIは多くの地区で憎まれていた。大学に溶け込み、都市に通報者のネットワークを設けてあった。くすんだ黒の車に乗るわれわれは狙われ、あちこちで石を投げつけられた。市内のいくつかの地区に行くときには、きわめて強力な支援と火器を用意するようにいわれた。

地元の警察もわれわれに腹を立てていた。事件のことを勝手にマスコミに漏らしたり、警察が解決した犯罪をFBI自身の統計に入れたりする、というものだった。皮肉なことに、わたしが新人だった一九七一年頃には、新たに千人ほど捜査官が採用され、街での実際の訓練の大部分はFBIではなく地元警察の警官から受け、彼らに護られながら行動したものだった。わたしと同世代にあたる特別捜査官の成功の多くは、全国の警察官のプロ精神と度量のおかげである。

デトロイトでは銀行強盗がことのほか多かった。給料支払日にあたる金曜日には、銀行が現金を用意するので、武装強盗が平均二、三件、多いときには五件も発生した。デトロイトの銀行に防弾ガラスが普及するまで、殺されたり負傷したりする出納係は驚くほど多かった。防犯カメラでとらえたある強盗事件では、支店長が彼のデスクで撃ち殺されるところが映っていた。支店長の前では、ローンの申込みに来て椅子に坐るカップルが恐怖におののいていた。強盗は、支店長が時限式の金庫を開けられないので、腹を立てたのだった。地域によっては、マクドナルドのような店で働く人びとも同じような危険にさらされていた。

わたしは対犯罪反応課《リアクティヴ・クライムズ・ユニット》に配属された。ここは、銀行強盗とか誘拐など、すでに起きた犯罪に対して反応する部署だった。この課のなかにUFAPスクワッド、つまり「起訴を回避するための不法逃亡」を扱う班があり、わたしはここで仕事をした。

当時いちばん忙しいのは「分類42」と呼ばれる仕事、つまり逃亡兵の追跡だった。ヴェトナム問題は国論を二分していた。いったん軍務から離れた若者の多くはもどりたがらなかった。わたしがはじめてUFAPを扱ったのは陸軍の逃亡兵を突き止めたときで、彼は自動車の修理工場で働いていた。わたしは身分を教え、彼がおとなしくついてくるだろうと思った。すると不意に、黒いテープを巻いて柄にした手造りのナイフを持って、向かってきた。わたしは間一髪のところで跳び退《しざ》り、刃をかわした。反撃して彼をガラスのドアに投げとばし、床に這わせて、膝頭で背中を押しつけ、銃を頭に突きつけた。そのあいだ、工場の監督は腕のいい従業員を連れていくなとわめいていた。これがおれの夢みた仕事なのか？　こんなくだらないことに体を張る価値があるんだろうか？　わたしはそう思い、産業心理学がひどくすばらしいものにみえた。

逃亡兵捜索はしばしば精神的動揺をもたらすばかりか、軍とFBIとのあいだに恨みも生じさせた。逮捕状にもとづいて街路で当人をつかまえてみると、彼は激怒し、義足をみせ、ヴェトナムでの戦功によって名誉負傷章と銀星章とを授与されたと話す、というようなこともあった。とにかく、自発的に帰隊しようが、軍によって連れもどされようが、罰としてヴェトナムへ送られることが多かった。そのあと戦闘で手柄をたてた者も多いが、軍はそうしたことをわれわれに知らせてくれなかった。われわれからすれば、彼らはいぜんとして無許可離隊者であった。

もっと悪いのは、逃亡兵の住所へわれわれが行くと、当人はりっぱに戦死したと妻や親が涙ながらに語る、という場合だった。われわれは戦闘中に死んだ男を追っていたことになるが、軍はそんなことを知らせてくれないのだった。

どんな職業でも、現場に来てみると、学校や訓練所で教わらなかったことがいろいろあると気づく。たとえば、公衆便所に坐るとき、銃をどうすればいいか？　床へ置くか？　ドアに掛けるか？　わたしはしばらくのあいだ膝にのせていたが、これはどうも落着かなかった。かといって、くつろいだ気分で先輩にきいてみるような事柄でもない。

デトロイト勤務になると、わたしはまたフォルクスワーゲン・ビートルを買った。あるとき、ショッピング・センターでスーツを買うために車を停めた。試着することはわかっていたので、銃は安全なところへ置いておくのがいいと思った。それで、グローヴボックスへ入れてから、店へ行った。

フォルクスワーゲンは後部にエンジン、前部にはトランクがあって、スペア・タイヤはここに入れてある。当時、スペア・タイヤはよく盗まれていた。しかもトランクを開けるには、グローヴボックスのなかのスイッチを操作しなければならない。

あとは想像できるだろう。わたしがもどってみると、ウィンドーが壊されていた。泥棒はトランクを開けようとグローヴボックスをのぞき、ずっとましな獲物を見つけた。そしてタイヤはそのまま残り、銃がなくなったというしだいである。

「くそっ！」とわたしは心の中で毒づいた。「仕事に就いて三十日もたたないというのに、もう支給された銃を敵に渡してしまった！」。わたしは上司に報告した。銃を紛失した場合は長官に報告しなければならなかった。上司からは、あと二年は昇進できないぞといわれた。わたしは二挺目のスミス・アンド・ウェッソン・モデル10を支給されたが、ありがたいことに、最初の銃は犯罪に使用されなかった。実際、きれいに消えてしまったのだ。


悪党を逮捕するのもさることながら、まもなくわたしは犯罪にいたる思考過程に興味をもつようになった。それで、容疑者を逮捕するたびに、なぜその銀行を選んだのか、なぜその被害者を選んだのかといったことを質問した。強盗が金曜日の午後に銀行を襲いがちなのは現金が多く集まるときを狙ってのことだと、誰でも知っていた。しかし、わたしはもっと深く、計画と実行にどんな意思決定がかかわっていたのか知りたかった。

彼らは気持よく心を開いてくれた。質問すればするほど、成功する犯罪者は優れたプロファイラーだということがわかってきた。彼らはみんな、好きなタイプの銀行に関して入念に考え抜き、充分に調べあげたプロファイルを持っていた。逃走しやすく、追跡態勢がととのうまでに遠くへ逃げられるように、主要な大通りや州間道路に近い銀行を好む犯罪者たちがいた。トレーラーに設けられた臨時の支店とか、孤立した小さい支店を好む者もいた。店内の配置はどうなっているか、幾人が働いているか、どんなときロビーには幾人くらい客がいそうか、といったことを事前に下調べする者が多かった。ときには、男性行員がいない支店を見つけるまであちこち行ってみることもある。外の通りに面した窓のない建物がいちばんよいとされる。外の人びとには店内で起きている強盗事件が見えないし、内部の人びとには外で待つ逃走用の車が見えないからである。いちばん腕のよい強盗たちが到達した結論によれば、銃を振りまわして強盗だと口でいうよりも、紙に書いて渡すほうがよい。逃走用にいちばんよい車は盗んだやつ、そしていちばんよいやり方は、停めたとき気づかれないように事前に車を駐車しておくこと。つまり、歩いて銀行へ行き、仕事のあとは車で去ることである。特定の銀行で特別な成功をおさめた強盗は、それからもしばらくその銀行を見張り、一条件が前回と同じなら、二カ月とたたないうちにまた襲う。

あらゆる公共の施設のうち強盗をいちばん阻止しやすいのは銀行だろう。それなのに、事後調査をしてみると、監視カメラにフィルムを入れ忘れた銀行がどんなに多いか、警報装置をふとしたことで解除したままセットしなおすのを忘れた銀行がどんなに多いか、また、誤って警報を鳴らすことがひんぱんにあるので、いざというとき警察がまた間違いだろうと思ってゆっくり反応するケースがどんなに多いか、わたしはいつもびっくりしたものである。しかし、事件のプロファイリングを始めると、パターンが見えはじめる。そしてパターンが見えはじめると、犯人をつかまえるために先手を打てるようになる。たとえば、急に多発した銀行強盗事件すべてに共通点があるとわかりはじめ、犯人たちと話し、それぞれの犯行に関して何がその気にさせたかわかってくると、そうした条件に該当する銀行を一つだけ除いてすべて、はためにも明らかなくらい厳重に防備を固める。除外した銀行を警察かFBIかが——あるいは共同で——監視することはいうまでもない。結果的には、こちらが選んだ銀行を強盗も選んで襲うことになる。この種の先手戦術が採用されると、銀行強盗の逮捕率はぐっと上昇した。

当時われわれが何をするにせよ、フーヴァー長官の強大な影響下にあった。彼がFBIばかりでなく政府の指導者たちやマスコミにどの程度の力をもっていたか、いまでは計り難い。とにかく、当時は政府高官でも、フーヴァーに弱みをつかまれているのではないかと恐れていたくらいである。

FBIが彼のおかげで信望と賞賛を得たことは、衆目の認めるところだった。彼はほとんど独力でFBIを巨大組織につくりあげた。予算と給料を増やすために不屈の努力をつづけた。それもあって尊敬されていたが、同時に恐れられてもいた。彼をあまり買わない者は、そのことを隠しておかねばならなかった。規律は厳格をきわめた。支局に対する査察もまるで血の粛清だった。査察官が支局に改善すべき点を充分に発見しなければ、フーヴァーから手を抜いたのではないかと疑われかねなかった。

支局にはあらゆることに標準的な手順があった。わたしはミスター・フーヴァーに一対一で会ったことがないのに、自筆のサインがついた彼の写真をオフィスに飾ってあった（いまでも持っている）。若い捜査官がこんな写真を手に入れるのにも標準的手順があって、FBIの特別捜査官になれてどんなに誇りに思っているか、ミスター・フーヴァーにどれほど敬服しているか、といった文面の手紙を出せと支局長にいわれる。それで、しっかりした文面の手紙を送ると、長官からサイン入りの写真がとどくというしだいであった。

フーヴァーの指示なのか、それとも長官の意を誰かが過剰に汲んだのかわからないが、支局の全員は残業するのがあたりまえだとされていた。オフィスではタバコを喫《す》うこともコーヒーを飲むことも禁じられた。まるで訪問販売にあたるセールスマンのように、オフィスでのらくらするなといわれ、電話を使うことさえできないありさまだった。

支局長のニール・ウェルチは、フーヴァーの大の信奉者だった。身長約百九十五センチ、大男のウェルチは厳格でストイックで、温かみに欠けていた。FBIでの業績はきわだったものがあり、やがて不可避の事態がきたときにはフーヴァーの後任になるだろうという噂もあった。フーヴァーが議会から予算を取るには、裏づけとして示せる統計が必要であり、長官がそのために利用できる数字は現場の捜査官が用意してやらねばならなかった。

一九七二年のはじめ、そうした事情からウェルチはギャンブラーを百五十人逮捕してみせると長官に約束した。そのころ数を増やす必要があったらしい。そこでわれわれは、内通者を利用し、盗聴装置を仕掛け、軍事作戦並みの計画を立てて、入念な捜査を展開し、一年でいちばん大規模に非合法賭博がおこなわれる日、つまりスーパーボウル・サンデーに焦点を合わせた。その日には、前の年にボルティモア・コルツと戦って僅少差で敗れたダラス・カウボーイズが、ニューオーリンズでマイアミ・ドルフィンズと戦うことになっていた。もぐりのノミ屋を逮捕するには、電光石火の精密な手順が必要である。なにしろ彼らは瞬時にして燃えるフラッシュ・ペーパーとか、水に溶けるポテト・ペーパーを使用するからだ。逮捕を予定した日は一日中、断続的に驟雨が降っていたので、実施にはちょっとした混乱をともないそうだった。

雨模様のその午後、われわれの捜査網には二百人以上のギャンブラーがひっかかった。ある時点で、わたしは車の後部でひとりの容疑者に手錠をかけ、彼ら全員の記録をつけている装甲車へ連行した。彼はチャーミングな男で、愛想がよかった。ハンサムでもあり、ポール・ニューマンに似ていた。彼はわたしにいった。「この件が終わったら、いつかラケットボールでもやろうじゃないか」

彼は親しみやすかったので、わたしは銀行強盗たちにいろいろ質問したように、彼にもききはじめた。「どうしてこんなことをやっているんだ？」

「好きだからよ」と彼は答えた。「あんたたちは、きょうはおれたちみんなをパクれるだろうさ。だからといって、ちっとも変わりはしねえんだ」

「だが、おまえのように頭のきれる男なら、合法的に金を稼ぐのはわけないだろう」

彼は、わたしがまだわかっちゃいないなというように、首を横に振った。そのときは雨足が激しくなっていた。彼はちらっと横を見て、車のウィンドーへわたしの注意を向けた。「その二つの雨滴が見えるだろう？」と彼は指さした。「おれは、左のやつが右のやつより早くガラスの下の端へ着くほうに賭けるね。おれたちにゃスーパーボウルなんかなくたっていいんだ。二つの雨滴さえあればいい。あんたたちがどんなことをしても、おれたちを止めることはできねえよ。おれたちはそんなふうにできてるんだ」

わたしにとって、この短い出会いは青天の霹靂《へきれき》、無知からの瞬間的な脱却だった。いま振り返ってみると、わたしは単純だったかもしれないが、そのとき突然、それまで質問しつづけてきたこと、銀行強盗その他の犯罪者を調べて突き止めたかったことが、はっきりわかった。

われわれはそんなふうにできているのだ。

犯罪者の頭脳と心の奥深くに、生来ひそんでいる何かが彼を駆りたてて、ある一定の仕方でことをおこなわせるのだ。その後わたしは、連続殺人犯の心や動機を調べはじめ、それから、行動に関する手掛かりを求めて犯罪現場の分析を始めたとき、犯行や犯罪者を特徴的に目立たせる要素を、つまり、犯人がどんなふうな人間かを示す要素を捜したものである。

結局わたしは、この独特な要素と、その当人に特有の強迫衝動とをいいあらわすのに特徴《シグナチャー》という言葉を考え出した。シグナチャーは静止的である。わたしはこの言葉を、流動的で変わりうる従来の概念、つまり犯罪者の手口《モーダス・オペランディ》と区別できるものとして用いる。

シグナチャーは、捜査支援課でわれわれがやることの核心になった。

ところで、スーパーボウル・サンデーにわれわれが逮捕した数百人は、厳密な法解釈に従うと手続上の不備があって、裁判にかけるところまでいかなかった。みんなが大急ぎで片付けたせいもあり、捜索令状にサインしたのは司法長官ではなく、司法長官の補佐官だったのである。しかしウェルチ支局長は約束をはたし、少なくともフーヴァーが議会に望ましいインパクトをあたえるのに充分な期間は、その数字がものをいった。そしてわたしは、たんに雨滴に賭けるということから一つの洞察を得て、これが法の執行官としてのわたしの将来に決定的に重要なものになる。

4　狙撃手時代

それは、十万ドル相当のJ&Bスコッチ・ウィスキーがトラックごと奪われた事件だった。一九七一年春のことで、わたしがデトロイトへ来て六カ月たっていた。盗品と現金とがやりとりされる予定の倉庫で働く現場主任が、われわれに通報してきた。

検挙はFBIとデトロイト警察との協同作戦だったが、両方がべつべつに計画を立て、上層部だけが話し合ったにすぎなかった。それで、いざ逮捕にかかるとき、ほかの誰がどうしているのかはっきりしないありさまだった。

夜間、町はずれの線路ぎわへ、わたしは班の主任ボブ・フィッツパトリックを助手席に乗せて、FBIの車を運転していった。

無線機から指示がきた。「やっつけろ！　やっつけろ！」。われわれのすべての車が犯人のトラックを囲んで急停止した。トラックの運転手が降りて、逃げだした。ほかの車の捜査官といっしょに、わたしは銃を抜いて、追いはじめた。あたりは暗く、われわれ全員はラフな格好をしていた。そのとき、こちらへまっすぐショットガンを向けた制服警官の白目を、わたしは決して忘れないだろう。彼は怒鳴った。「止まれ！　警察だ！　銃を捨てろ！」。双方の距離は二メートル半たらず。こいつは撃つ気だ、とわかった。わたしは動きを止めた。少しでもへんな動きをすれば、一巻の終わりになるだろう。

銃を捨てて両手をあげようとしたとき、ボブ・フィッツパトリックの必死の叫び声が聞こえた。「彼はFBIだ！　FBI捜査官だ！」

警官はショットガンを下げた。わたしは本能的にふたたび走りはじめた。もうひとりの捜査官とわたしは運転手に追いつき、タックルして、手錠をかけた。しかし、警官の銃の前で凍りついたようになり、撃たれそうだと思ったあの数秒間は、わたしにとってもっとも恐ろしい経験だった。その後、レイプや殺害の被害者の身になって、襲われたときどんなことを考えたか想像するとき、わたしはその恐怖をよく思い出したし、またこれが被害者の側から事件を理解するのに役立ったものである。

五月のある晩――じつは、わたしには忘れられない十七日の金曜日のこと――わたしはふたりの同僚といっしょに、いきつけのバーでくつろいでいた。そこではロックンロールのバンドが演奏していた。わたしたちがビールを少々飲み過ぎるくらいやったとき、その魅力的な若い女性が友だちと店へ入ってきた。ソフィア・ローレンの若いころのようにきれいで、当時のトレンディな服装――短いブルーの服に長いゴー・ゴー・ブーツ――という格好をしていた。

わたしは呼びかけた。「ヘイ、ブルー！　こっちへ来いよ！」。すると驚いたことに、彼女たちは応じた。彼女の名前はパム・モディカ。わたしたちは軽口をたたき合った。その日は彼女の二十一歳の誕生日で、飲酒が法律で許される日がきたのを祝うために、友だちと出てきたのだとわかった。わたしたちは気が合い、やがてその店を出て、バーをはしごして歩いた。彼女はイースタン・ミシガン大学の学生だった。

それから二、三週間のうちに、パムとわたしはもっとよく知り合ったが、彼女はそのために社会的犠牲を払うことになった。一九七一年にはまだヴェトナム戦争がつづいていて、大学ではＦＢＩが嫌われ、評判が悪かった。彼女の友だちの多くは、わたしたちといっしょに過ごしたがらなかった。わたしが彼らの言動を当局へ報告すると信じていたのである。

パムがイースタン・ミシガン大学へ入ったころ、ある連続殺人者《シリアル・キラー》が――当時この言葉はまだ使われていなかったが――凶行を重ねていた。彼の最初の犯行は一九六七年七月のことで、このときメアリ・プレザーという若い女性がキャンパスから消え、一カ月後にその腐乱死体が発見された。彼女は刺し殺され、両手と両足が切り取られていた。一年後、ミシガン大学の女子学生ジョーン・シェルの死体が発見された。彼女はレイプされ、五十回近く刺されていた。それからまた、今度はイプシランティでべつの死体が見つかった。

この連続殺人は「ミシガンの殺人事件」として知られるようになったが、ますますエスカレートし、双方の大学の女子学生は怯えながら暮らした。どの死体にも残酷に傷めつけられた証拠が残っていた。一九六九年にミシガン大学のジョン・ノーマン・コリンズという学生が逮捕されたとき——州警察にいる彼の叔父によってほとんど偶然に逮捕されたのだが——女子大生六人と十三歳の少女ひとりが身の毛のよだつような死を迎えていた。コリンズは有罪になり、わたしがFBIへ入る三カ月前に終身刑を宣告された。コリンズが逮捕されたあとでさえ、彼の亡霊のように余波が二つのキャンパスに残った。それからわずか数年後には、殺人鬼テッド・バンディの亡霊がべつの大学に出没した。パムの最近の暮らしのなかで、この忌まわしい犯罪の記憶が大きな割合を占めていたので、わたしもやはり大きな関心をもった。のちにわたしが連続殺人者を研究し、彼らを追いはじめたとき、ジョン・ノーマン・コリンズとその美しい無垢の被害者たちのことが、少なくともわたしの潜在意識のなかには、絶えずつきまとっていた。

パムは交換学生としてイギリスで秋の学期を過ごすことになっていた。八月の下旬に彼女が出発したときには、わたしはパムと結婚したいと心にほぼ決めていた。彼女がわたしに対して似たような気持をいだいているかどうか、たずねようとは思ってもみなかったが、彼女も同じにちがいなかった。

パムがイギリスにいるあいだ、わたしたちは絶え間なく手紙をやり取りし、わたしはしょっちゅうパムの家族のところで過ごした。やがてクリスマスの前、彼女が帰国した。

わたしに買えるいちばん大きいダイヤモンドは一・二五カラットだった。その指輪が彼女のシャンパン・グラスに沈んでいるのを見れば、パムにはわたしがすごく気が利くように思えるばかりか、ダイヤが三カラットくらいに見えるだろう。わたしはそう思って彼女をイタリア料理のレストランへ連れていった。トイレへ行ったすきに指輪をグラスへ入れるつもりだった。

しかしパムはトイレに立たなかった。わたしはふたたび彼女を同じレストランへ連れていったが、結果は同じだった。

つぎの晩はクリスマス・イヴだった。わたしたちは彼女の母親の家で過ごした。パムは父親を早くになくしたが、その晩は家族みんなが集まって、にぎやかだった。わたしは「今夜しかない」という気持だった。わたしたちは、彼女の好きなイタリアの発泡酒アスティ・スプマンテを飲んでいた。とうとう彼女は席をはずして、キッチンへ行った。もどってくると、彼女はわたしの膝の上へのった。わたしたちは乾杯した。もしもわたしが制止しなかったら、彼女は指輪を呑み込んでいただろう。

パムはイエスといった。わたしたちは翌年の六月に結婚することになった。

入局して二年目には、独身捜査官の大部分はニューヨークかシカゴへ転属させられたが、わたしの任地はウィスコンシン州ミルウォーキーになった。一月にそこへ引越したわたしは、ミルウォーキー地方支局に近いところにアパートを見つけた。これはまずかった。何が起きても、「ダグラスを呼べ。彼のところまで三ブロックしかない」というありさまだったのだ。

ミルウォーキー地方支局の雰囲気はデトロイトとさほど変わらなかった。わたしが赴任したときの支局長はまもなく転出して、後任にアーカンソー州リトル・ロックからハーブ・ホクシーが着任した。支局長にとって新人募集はつねに大問題だが、ホクシーはその仕事をわたしに命じた。募集には州のいたるところを旅行しなければならないので、独身者にお鉢がまわってくるのである。

わたしは州内をまわりはじめ、まもなく割当ての四倍近く集めだした。しかし、そんな仕事をするためにFBIへ入ったのではないとホクシーに任務の変更を頼むと、彼はあわてた。そこでわたしは取引をした。新人募集の仕事をつづけるかわりに、捜査官を大学院へかよわせるため局の資金を使えるよう、推薦してもらったのである。わたしは修士号を取りたかった。そうしてウィスコンシン大学へ夜間と週末にかよい、教育心理学の修士号を取る勉強をはじめた。

一九七二年五月のはじめ、エドガー・フーヴァーが自宅で睡眠中、静かに息を引きとった。その早朝、本部からテレタイプで全地方支局へ知らせが流された。ミルウォーキーでは、われわれ全員が呼集されて、支局長からニュースを聞かされた。キングが他界して、司法副長官のL・パトリック・グレイがFBI長官代行になった。最初のうち、彼は女性捜査官を認めるなど人気があったが、長くはつづかなかった。

パムとわたしは予定どおり結婚し、彼女はミルウォーキーへ引越してきた。彼女は大学を卒業し、教師になった。わたしはやっと新人募集の仕事からはずされ、対犯罪反応課にくわって、主として銀行強盗事件を手がけるようになった。

そのころいちばん気の合う同僚はジョー・デル・カンポといい、頭がよく、多国語を話し、銃がうまかった。ある朝、デル・カンポとわたしがつかまえた逃亡犯を尋問していたとき、人質事件が起きたという知らせがきた。ジョーは夜勤明けだったが、われわれは現場へ向かった。テューダー王朝風のその古い建物へ着くと、容疑者ジェイコブ・コーエンはシカゴで警官殺しの容疑をかけられて逃亡中の男だと教えられた。しかも彼は、近づこうとしたFBI捜査官を撃った直後だった。彼は、訓練を受けたばかりのFBIのSWATチームに包囲されたアパートから、囲みを破って、尻に二発の銃弾を受けながらも逃げ、雪かきをしていた少年をつかまえて、建物へ入った。それで人質は三人、子供ふたりと大人ひとりになったが、結局、大人と子供ひとりを解放し、十歳か十二歳くらいの少年を残した。

この時点で、みんなが頭にきた。外は凍るように寒い。コーエンは、主導権を握れそうなのに、カッカしていた。FBIとミルウォーキー警察とは、相手が事態をいっそう面倒にしたと思って、たがいに腹を立てていた。SWATチームが頭にきたのは、これが彼らの最初の大事件であり、容疑者に包囲を破られたからだった。FBIは、捜査官がやられたので殺気だっていた。そしてシカゴ警察は、彼ら自身が片付けたい、容疑者を撃つのなら、彼らにその権利がある、とすでに伝えてきていた。

ハーブ・ホクシー支局長が現場へ到着し、すでにみんなが面倒にした事態をいっそう厄介にするような誤りを犯した。まず、彼はハンドマイクを使った。これでは、使用者が横柄になる。まだ家庭用の電話を使うほうが気が利いているし、ほかの人びとに聞かれずに交渉できる。ついで彼は第二の誤りを犯した。つまり少年の替わりに自分が人質になると申し出たのである。

一方、デル・カンポはその家の屋根へ押し上げてくれとわたしに頼んだ。テューダー王朝風の屋根は傾斜が急であり、しかも氷で滑りやすい。そのうえデル・カンポは徹夜明けである。彼の携行する武器は、銃身二・五インチの三五七マグナムだけだった。

コーエンが家から出てきた。片腕を少年の頭にまわし、体を密着させていた。ミルウォーキー警察のビーズリー刑事が警官の輪のなかから歩み出て、いった。「ジャック、おまえの望むものをあたえる。子供を放してやれ!」。デル・カンポはまだ急な屋根を這いあがっていた。警察は彼を見て、意図を知った。

容疑者と人質はいっそうFBIの車のほうへ近づいた。いたるところが雪と氷だった。そのとき突然、子供が氷で滑り、コーエンの手が離れた。デル・カンポは屋根の棟へ達した。銃身が短いので弾丸が上へそれるかもしれないと考え、彼は首を狙って一発撃った。

それは驚くべき射撃で、みごとに首のまんなかへ命中した。コーエンは崩れ落ちた。しかし、彼が撃たれたのか、子供のせいなのか、誰にもわからなかった。

きっかり三秒後、コーエンのそばの車は弾丸で穴だらけになった。ビーズリー刑事はアキレス腱に弾をくらった。少年は車の前で四つん這いになっていた。支局長は飛散するガラスで負傷した。

殴りあいが起きそうになった。警察は先を越されたせいでデル・カンポをたたきのめさんばかりだった。SWATチームも、顔を潰されたかたちになったので、おもしろくなかった。

彼らは支局長補佐に苦情をもっていったが、支局長補佐はデル・カンポを擁護した。コーエンの体は三、四十発の弾丸が貫通していたのに、救急車に運び込まれたときはまだ生きていた。関係した全員にとって幸いなことに、病院へ着いたときは死んでいた。コーエンに撃たれたFBIの特別捜査官は奇跡的に生き残った。コーエンの弾丸は彼のトレンチコートを抜けて肩へ入ると、気管にあたってはね返り、肺で止まっていた。彼はその後、穴のあいたトレンチコートを誇らしげに着ていた。

デル・カンポとわたしは、しばらくのあいだすご腕のチームとして活動したが、ふざけるときには大いにふざけた。あるとき、逃亡中の同性愛者に関する通報者をつくろうと、われわれはゲイ・バーへ行った。そこは暗く、目が馴れるまでにちょっと時間がかかった。突然、客の全員の目がこちらを見ているとわかった。デル・カンポとわたしは、彼らが好むのはどちらだろうと議論しはじめた。ところが、バーの上にこんな言葉の看板が出ているのに気がついた。「堅い男が見つかればいいな」。軍の人材難をもじったこのジョークにわれわれはがっくりきて、ばかみたいに笑いだした。

たいしたことでなくてもいい。老人ホームで車椅子に乗る老人と話しているときとか、四十代半ばの商店主と話しているときでも、少しでもユーモラスなところがあれば、デル・カンポとわたしはそれを見つけ出した。センスが悪いようにみえるかもしれないが、こういう才能はたぶん有益だろう。殺人現場や死体を遺棄した場所――とくに子供が被害者の場合――を見ながら過ごすとき。何百人も、やがては何千人もの被害者やその家族と話すとき。人間のなかには他の人間に対してまったく信じられないような残虐行為ができる者がいるという証拠を目のあたりにするとき。こんなときには、ばかげたことを笑いとばせるほうがいい。さもないと、気がへんになってしまう。

法の執行官になった人びとには銃マニアになる者が多いが、わたしはそうはならなかった。とはいっても、空軍へ入って以来、射撃はいつも得意だった。それでSWATチームにくわわるのもおもしろいかもしれない、と考えた。SWATはどの支局にもあった。それはパートタイムの任務であり、必要に応じてチームの五人のメンバーが呼集される。わたしはチームに入り、狙撃手に——いちばんうしろに留まって、遠距離から射撃する係に——任命された。チームのほかのメンバーはグリーン・ベレーとかレンジャーとか、出色の軍歴の持主ばかりなのに、このわたしときたら、空軍でパイロットの妻や子供たちに水泳を教えていたにすぎなかった。そのチーム・リーダーのデイヴィッド・コールはその後クワンティコで長官副補佐官になり、その彼がわたしに捜査支援課の課長になるように頼んできたのだった。

あるとき、ジェイコブ・コーエンの狂気じみた事件よりもう少し扱いやすい事件が起きた。ひとりの男が銀行を襲い、警察に猛烈なスピードで追いかけられたあげく、ある倉庫へ逃げ込んで、とうとうバリケードを設けた。その時点でわれわれは呼ばれた。その倉庫のなかで彼は衣服をすっかり脱ぎ、それからふたたび着た。彼はほんとうに狂っているように思えた。それから彼は、妻をそこへ呼ぶように要求し、それはかなえられた。

後年、こういうタイプのパーソナリティをもっと深く研究したとき、われわれはこの種の要求に応じてはいけないことがわかった。というのは、犯人が会いたがる人物はたいていの場合、最初に問題を生じさせたと犯人が思い込んでいる当人だからである。したがって、要求に応じれば、その人物を危険にさらし、殺人と自殺をうながすことになる。

さいわい、この事件では犯人の妻を倉庫のなかへ入れず、電話で話させた。すると案の定、犯人は電話を切るなり、ショットガンで自分の頭を吹っとばした。

ミルウォーキーには五年と少しいた。パムとわたしは結局、支局から遠い、市の北の端の近くにあるタウンハウスへ引越した。そうしてわたしは時間の大部分を銀行強盗事件の捜査に費やし、解決して獲得する褒賞を増やしていった。いくつかの犯罪を結びつける共通の〝特徴《シグナチャー》〟を発見できたとき、いちばん解決しやすいことに気がついた。この要素は後に、連続殺人者分析の礎石となるものだった。

そのころわたしが犯した唯一のへまは、ハーブ・ホクシーの後任として支局長になったジェリー・ホーガンにかかわるものだった。捜査官の仕事にはそう多くの特権はともなわないが、局の車を使えることがその一つであり、ホーガンはエメラルド・グリーンのフォードLtdの新車を自慢に思っていた。ある日わたしはどうしても車が必要になったが、使える車は一台もなかった。ホーガンは会合に出席するため出かけていたので、支局長補佐にその車を使わせてほしいと頼んだ。彼はしぶしぶ承知した。

そのあげく、わたしは支局長のオフィスに呼ばれ、彼の車を使い、汚した——しかもいちばん悪いことに――タイヤをパンクさせたまま返した、と怒鳴りつけられた。わたしはパンクにはぜんぜん気がつかなかった。支局長とわたしとはうまくいっていたので、彼は遠慮なく怒鳴りつづけた。わたしは笑わずにはいられなかった。どうやらそれがまずかったらしい。その日、あとになって、わたしのスクワッドの主任レイ・バーンはいった。「なあ、ジョン、ジェリー・ホーガンはほんとにきみが気に入ってるんだ。しかし彼としては、きみに教訓をあたえなくちゃならない。きみにはインディアン居留地へ行ってもらうそうだ」

当時はウーンデッド・ニー事件（先住民の運動家たちがここを占拠して、生活改善を訴えた）のころであり、ネイティヴ・アメリカンの諸権利についての自覚が高まっていた。われわれは、デトロイトのゲットーでと同様に、居留地でも憎まれていた。政府によるインディアンの扱いはひどいものだった。わたしがグリーン・ベイにあるメノミニー居留地へはじめて着いたとき、そこの人びとは信じられないくらい貧しく、不潔でみじめな暮らしをしていた。彼らの伝統的文化の多くは剥ぎ取られてしまい、しばしば愚鈍な人間にみえた。嘆かわしい生活状態や政府の敵意と無関心が長くつづいたことが大きな原因で、多くの居留地ではアルコール依存症、子供や配偶者への虐待、暴行および殺人の発生率が高かった。しかし政府に対する極度の不信のせいで、FBI捜査官が事件の目撃者からどんなかたちの協力や助力にせよ、得ることはほとんど不可能だった。

インディアン局の係員は役に立たなかった。被害者の家族さえ、敵の協力者とみられるのが怖くて、われわれにかかわるのをいやがった。殺人事件が起きたことを知って現場へ行ってみると、死体はもう数日間放置されたままでウジがわいている、ということもあった。

居留地で一ヵ月あまり過ごしたが、そのあいだに少なくとも六件の殺人事件を扱った。そこの人びとが気の毒だった。わたしの気持はつねに暗かった。わたしには、夜になればそこを去って家へ帰るという贅沢ができた。克服すべきことをあれほど多くかかえた人びとを、それまで見たことがなかった。メノミニー居留地駐在は危険ではあったが、その期間中にわたしははじめていくつもの殺人現場を集中的に調べることができ、気は重いが貴重な経験になった。

ミルウォーキーで勤務していた一九七五年十一月、最初の子エリカが生まれた。エリカの成長を見守るのが好きだった。幸運なことに、わたしはまだ子供の誘拐や殺人を扱うようにはなっていなかった。もしもそのころ扱っていたら、あんなに気分よく父親らしくなれなかったのではあるまいか。

二番目の子も生まれたので、わたしは将来のことをいっそう考えるようにもなった。その当時やっていることを一生の仕事にしたいわけではなかった。支局長のジェリー・ホーガンは、まず十年間は現場の仕事をつづけたうえで、ほかへ移ることを考えるように忠告してくれた。そうすれば、支局長補佐の経験を積めるし、やがては支局長の地位にもつけ、もしかしたら本部勤務になれるかもしれない、というのである。しかし、子供がひとりでき、もっとほしいと思っている場合、支局から支局へと転勤する現場の捜査官の暮らしは、さほど魅力がなかった。

そんなふうにして時がたつうちに、べつの展望が開けはじめた。狙撃手の練習とSWATチームの演習は魅力を失った。わたしの経歴と心理学への関心を生かして——そのころには修士号を取得していた——やってみたい仕事は、撃ちあいが始まらないうちに事態をおさめることだった。支局長はわたしを、クワンティコのFBIアカデミーで二週間にわたる人質交渉コースを受講するように推薦してくれた。そのコースは二年前にできたばかりだった。

そこで、当時すでに行動科学として知られていたものに、わたしははじめて出会った。そしてとで、ハワード・ティーテンとパトリック・マレイニという伝説的な捜査官の指導のもこれがわたしの将来を変えたのである。

5 行動科学課

クワンティコへもどったのは、新人として訓練を受けたとき以来、ほぼ五年ぶりのことだった。クワンティコはいろいろ変わっていた。まず、その一九七五年の春には、FBIアカデミーが完成していた。ワシントンから南へ一時間ほど走ったところ、ヴァージニア州のなだらかに起伏する美しい森林地帯に海兵隊の基地があり、アカデミーはその一画を占めている。

しかし、変わっていないものもあった。戦術にかかわる課が威信も地位も高く、そのなかでも火器課はスターだった。課長はジョージ・ザイス、一九六八年にマーティン・ルーサー・キング・ジュニア博士を暗殺した犯人ジェイムズ・アール・レイをイギリスから連れもどすために派遣された特別捜査官である。彼は力の強い熊のような大男で、手錠を素手で折ることができた。

人質を取った犯人との交渉については、行動科学課で教えていた。行動科学課は七人から九人の特別捜査官がインストラクターを務めるグループだった。心理学などはフーヴァーと彼の信奉者たちからあまり評価されなかったので、彼が死去するまでは「奥の間」の努力といったかたちだった。

実際、当時のFBIの大半は、法の執行にあたる諸組織と同様に、心理学や行動科学を犯罪学に応用するなどまるで無益だと考えていた。わたしはそれほどには思っていなかったが、この分野で教えられている知識の多くは、犯罪者を理解し逮捕するという仕事との実際的な関連がなかったと認めなければならない。二、三年後には、われわれ数人がこんな状況を変えはじめる。わたしは行動科学課の中で犯罪捜査と直接かかわる部門の責任者になったとき、名称を捜査支援課に変更した。なぜそうしたのか人びとからきかれたとき、わたしは率直にこう言った。行動科学《BS》を、われわれがやっていることから脱却させたいからだ、と。

わたしが人質交渉のトレーニングを受けたころ、行動科学課の課長はジャック・ファファだったが、強烈な個性と洞察力をそなえたふたりの人物——ハワード・ティーテンとパトリック・マレイニー——によって支配されていた。ティーテンは身長百九十センチ、メタル・フレームの眼鏡の奥の目は鋭かった。彼はもと海兵隊員だったのに、黙想的なタイプで——つねに威厳があり、いかにも知的な大学教授といった感じだった。彼はサンフランシスコに近いサンレアンドロの警察で勤務したのち、一九六二年にFBIへ入った。そして一九六九年、応用犯罪学と呼ばれる画期的な科目を教えはじめた。これはのちに応用犯罪心理学として知られるようになる。一九七二年には、ティーテンはニューヨークへ行って、ジェイムズ・ブラッセル医師に会った。ブラッセル医師は「狂った爆弾男」の事件を解決した精神科医であり、プロファイリングの技術をティーテンにじかに教えることを承知した。

その知識を武器に、ティーテンの方法は大きく進歩した。犯罪現場に残る証拠に焦点を合わせることによって、犯人の行動と動機についてじつに多くのことがわかるようになったのだ。それ以来われわれがやってきたすべてのことは、ある程度これにもとづいている。

パット・マレイニを見ると、わたしはかならずいたずら好きの小妖精《レプラコーン》を思い起こした。身長およそ百七十センチの彼は丸々と肥り、機知に富み、エネルギッシュだった。彼は一九七二年、ニューヨーク地方支局から心理学の学位をもってクワンティコへやってきた。ここでの在任期間が終わるころ、大騒ぎになった人質事件を解決して、脚光を浴びている。一つはワシントンDCで、ハナフィ・ムスリムの一派がユダヤ教のブナイ・ブリスの本部を乗っ取ったとき、そしてもう一つはオハイオ州ウォーレンズヴィル・ハイツで、黒人のヴェトナム帰還兵コーリー・ムーアが警部とその秘書とをつかまえて警察署に立て籠もったときだった。ティーテンとマレイニのふたりとも現代の行動科学の第一波を代表し、卓越した、忘れられないコンビになった。

行動科学課のほかのインストラクターも人質交渉コースに関与していた。そのなかにはディック・オールトとロバート・レスラーがいた。彼らがクワンティコへ来たのは少し前のことだった。ティーテンとマレイニが第一の波を構成したとすれば、オールトとレスラーは第二の波を構成し、合衆国や全世界の警察にとって実際に価値をもちうるレベルへと、この分野を高めた。その当時、われわれは教師と生徒の関係として知り合ったにすぎないが、やがてボブ・レスラーとわたしは連続殺人者研究グループにくわわった。そしてこの研究が結局、最新の方法へと発展していくのである。

人質交渉クラスには五十人ほどいた。ある意味で、クラスは教育的というより娯楽的だった。われわれは人質を取る基本的な三つのタイプ、つまりプロの犯罪者、精神障害者、そして狂信者について調べた。人質事件の状況から生じる重要な現象をいくつか研究し、そのなかにはストックホルム・シンドロームもあった。二年前の一九七三年、ストックホルムでドジな銀行強盗事件が起き、客や行員が人質になった。ついには人質に犯人たちとの連帯感が生まれ、犯人たちが警察に抵抗するのを実際に手助けしたのだった。この現象がストックホルム・シンドロームと呼ばれるようになったのである。

われわれはまた、公開されて間もないシドニー・ルメットの映画『狼たちの午後』も観た。アル・パチーノの演じる主人公が、男性の恋人に性転換をさせる手術費を稼ごうと銀行を襲う話であって、ニューヨークで現実に起きた人質事件にもとづいている。

われわれは交渉の原則を研究した。人命損失を最小限にするなど、いくつかのガイドラインは自明のことだった。われわれは、現実の人質事件の録音テープを利用することができたが、受講者が人質や犯人の役割を演じてみるやり方が導入されたのは、もっとあとになって、つぎの世代のインストラクターが登場してからのことである。

人質事件での交渉について結果的に教えるようになった内容の多くは、教室ではなく冷厳な現場で学んだものだった。その一つにパット・マレイニが名をあげたコーリー・ムーアの事件がある。妄想型統合失調症と診断されていたムーアは、ウォーレンズヴィル・ハイツで警部とその秘書を人質に取ったのち、いくつもの要求を出し、そのなかには、すべての白人はただちに地上から去れというものがあった。

できることなら、犯人の要求に屈してはならない。これが交渉の基本戦略である。なかにはとうてい実行できないような要求もあるし、ムーアの場合もその一つだった。この事件は全国から注目されたので、ジミー・カーター大統領がムーアと話して事態解決に役立ちたいと申し出た。これが大統領の善意から出たことはたしかだが、このやり方はよくない。トップの人物が前面に出ると、こちらが策を講じる余地を失う。つねに仲介者を通して交渉するようにすれば、うまく時間を稼げるし、守りたくない約束を避けられる。明らかに意思決定者だとわかる人物を犯人と接触させてしまうと、みんなの動きがとれなくなるし、また、犯人の要求に応じなければ、事態が急速に悪化する危険がある。犯人との交渉は、長びかせるほど、うまくいくものだ。

一九八〇年代のはじめ、わたしがクワンティコで人質事件の交渉について教えていたとき、それより二年前にセントルイスで撮ったヴィデオテープを利用した。結局、その使用は中止したが、セントルイス警察がそれを知って狼狽したからである。テープには、若い黒人があるバーへ強盗に入ったところが映っていた。強盗は失敗し、男は店内に閉じ込められ、警察が包囲した。男は幾人もの人質を取った。

警察は彼と話すために黒人と白人の警官からなるチームを編成した。しかし彼らは、客観的な立場で彼と取引しようとせず、いいかげんな話を並べたて、彼と同じレベルで話そうとした。みんなが同時にしゃべり、たえず彼の言葉をさえぎって、相手が何をいっているのかよく聞こうとせず、この状況から何を望むのか突き止めようとしなかった。そこへ署長がやってきた——わたしならそんなことはさせない。そして署長は犯人の要求を「公式」に無視した。すると犯人は、銃を自分の頭にあて、みんなの目の前で彼自身の脳味噌をふっとばしたのだった。

パット・マレイニによるコーリー・ムーアの扱い方は、これと対照的だった。明らかにムーアは狂っていた。そして、すべての白人が地球から去るはずがないことも明らかだった。しかし、犯人の言葉に耳を傾けることによって、彼がほんとうは何を望んでいて、何が彼を満足させるのか、見分けることができた。マレイニは、ムーアを記者会見させ、それを放送することを提案した。ムーアは人質を無傷で解放した。

クワンティコで受講しているあいだに、行動科学課にわたしの名前が知れわたり、パット・マレイニ、ディック・オールト、そしてボブ・レスラーがわたしをジャック・ファフ課長に推薦してくれた。クワンティコを去る前、わたしは地下にある課長のオフィスで面接を受けた。課長は感じのいい男で、俳優のヴィクター・マチュアによく似ていた。彼は、インストラクターたちがわたしに感心していると話し、FBIナショナル・アカデミー訓練プログラムのカウンセラーとしてクワンティコへもどってこないか、といった。わたしは嬉しくなり、ぜひそうしたいと答えた。

ミルウォーキーへもどってから、わたしはあいかわらず対犯罪反応課とSWATチームに所属していたが、実際には州内をまわり、企業の幹部に誘拐や恐喝にどう対処するか教えたり、そのころとりわけ地方の銀行が狙われていたので、銀行の役員に単独ないし集団強盗に対処する方法を教えたりすることに、多くの時間を費やした。

驚くべきことに、世慣れたビジネスマンのなかには自分の安全に関して無知な人びとがいた。彼らはスケジュールを、休暇を過ごす予定までも、地元の新聞や会社のニュースレターに載せていた。多くの場合、誘拐や恐喝を計画する者にとって、彼らは絶好のカモだった。わたしはそうした幹部の秘書や部下に、電話や情報を求める依頼などをどう評価するか、恐喝の電話が本気の要求なのかどうやって判断するか、といったことを教えようとした。たとえば、妻と子供を誘拐した、しかじかの金をこれこれの場所へもってこい、という電話が幹部にかかってくることはさほどめずらしくない。じつは妻も子供もまったく安全なのだが、彼らに連絡がとれないことを、要求してきた者は知っていて、うまくいけば、狼狽した幹部から金を取ろうというのである。

同様に、簡単な手順を導入することによって、銀行強盗の成功率を下げることもできた。銀行強盗によくある手口として、銀行の支店長が出勤してくるのを朝早くから外で待つというやり方がある。犯人は支店長をつかまえ、ほかの行員がやってくるたびに人質が増えるわけだ。わたしはいくつかの支店に基本的な符丁を導入した。朝、最初の行員が出勤して、異常がなければ、カーテンを調整するとか、植木鉢を移すとか、特定の電灯をつけるとかして、あとから出勤する行員に異常がないという合図を送る。もしもその合図がなければ、警察へ知らせるのである。

われわれは、銀行の安全の鍵ともいうべき窓口の係をも、恐慌状態のなかで自分が死んだ英雄にならずに、何を見、何をするか、訓練した。そのころ広く利用されはじめた爆発する現金袋の正しい扱い方を説明した。そして、うまくやった銀行強盗たちにわたしが面接して得た知識にもとづき、強盗を知らせるメモを手渡されたら、強盗に返さず、「びくついて」床に落とし、貴重な証拠を取っておくように指示した。

やはり面接から知ったことだが、強盗は一度も来たことのない銀行を襲いたがらない。だから、見たこともない人物が銀行へ来て、ごくありふれたことを――たとえば紙幣を硬貨に替えるように――頼んだ場合、その人物の免許証のナンバーや身分証の種類などを窓口の係が記録できれば、そのあとで起こる強盗事件は早く解決するだろう。

わたしは、殺人事件担当の刑事たちとしゃべったり、検屍官のオフィスへ遊びに行くようになった。たいていの優秀な刑事はもとより、検屍にあたる病理学者はみんな、どんな殺人事件の捜査でもいちばん重要な証拠は被害者の体だ、と指摘するだろう。わたしはできるだけ多く学ぼうと思った。刑事や検屍官のスタッフといっしょに作業するのも楽しかったが、わたしがほんとうに関心をもったのは心理学的な側面、つまり何が殺人の引き金を引くのか、ということだった。特定の状況の下で何がその人物に殺人をおこなわせるのか？

クワンティコにいたあいだに、わたしはもっとも怪奇な殺人事件をいくつか教えられたが、なかでもとくに怪奇な事件はわたしの住まいの近く——二百二十キロほどのところ——で起きていた。

それは一九五〇年代にさかのぼる。ウィスコンシン州のプレインフィールドという農村にエドワード・ゲインという男が隠遁者のような生活をしていた。人口六百四十二人の村である。ゲインの犯罪歴は、墓場の盗掘者として静かに始まった。彼の特殊な興味は死体の皮膚にあった。皮膚を剝ぎ、なめして、仕立屋が使う人形やさまざまな家具を飾ったうえ、彼自身の体にもまとった。ある時点で、彼は性転換手術を受けようと考えた——一九五〇年代の中西部ではまだ革命的なことだった——そしてこれが実行できそうもないとわかると、次善の方法に決めた。ほんものの女性たちの皮膚から女の服を作ることにしたのである。ある人びとの解釈によれば、彼は横暴だった死んだ母親になろうとしていたのだった。この話はロバート・ブロックの小説『サイコ』（ヒッチコックの古典的な映画になった）やトマス・ハリスの『羊たちの沈黙』の題材となった。ハリスは、クワンティコでわれわれのクラスに出席していたとき、こういう犯人たちのことを知ったのだった。

ゲインは、幻想が高じてもっと多くの死体を「創り出し」て利用する必要に迫られなければ、墓をあばいて死体を食べるという悪鬼のように、闇に包まれた生活をつづけることができただろう。のちにわれわれが連続殺人者の研究を開始したとき、あらゆるケースにこうしたエスカレーションが認められた。ゲインは、ふたりの中年女性を殺した容疑で起訴された。被害者はたぶんもっといたことだろう。一九五八年一月、彼は心神喪失者と認定され、余生を精神病院で送った。彼はつねに模範的な囚人だった。そして一九八四年、七十七歳で安らかに死んだ。

いうまでもなく、刑事や特別捜査官はこの種の犯罪にしばしば出会うものではない。ミルウォーキーへ帰ったわたしは、できるだけ詳しく知りたいと思った。しかし、検事総長のオフィスできくと、ゲイン事件の資料は心神喪失者という観点から封印されていた。

わたしがFBI捜査官であって、教育的興味から調べたいと説明すると、資料を見せてもらえることになった。係といっしょに行って、無数に並ぶ棚から箱を下ろし、ワックスの封を破ったときのことは、決して忘れないだろう。なかの写真はたちまちわたしの脳裡に焼きついた。首のない素っ裸の女の体が、ロープと滑車でさかさに吊され、胸骨からワギナのあたりまで切り裂かれ、性器はすっかり切り取られていた。テーブルに数個の首が転がり、表情のない目が虚空を見ている写真もあった。わたしはそうした写真を身の毛のよだつ思いで見つめながらも、こんなことをした男の人柄についてどんなことがいわれたか、また、そうした知識が彼を逮捕するのにどう役立ったか、考えはじめた。

一九七六年の九月末、クワンティコで開催される第一〇七回ナショナル・アカデミー・セッションのカウンセラーとして一時的任務につくため、わたしはミルウォーキーを離れた。妻のパムは残って、教師をつづけながら家事や育児をしなければならなかった。わたしはその後何年にもわたりたびたび出張旅行に出ることになるが、これがその最初だった。あとに残る配偶者にそれがどんなに負担になるか、FBIや軍、そして外交関係の人びとの多くは思いやりが足りないのではあるまいか。

FBIナショナル・アカデミー・プログラムは、国内や世界各国の上級警察官や実績のある警察官を対象とする厳しい、十一週間にわたる課程《コース》である。多くの場合、アカデミーの研修生はFBI捜査官といっしょに訓練される。両者の違いはシャツの色でわかり、FBI捜査官はブルー、研修生はレッドである。また、研修生のほうが年上で、もっと経験豊富という傾向がある。ナショナル・アカデミーは専門的訓練を通して法執行上の最新の知識や技術を提供するばかりではない。FBIが地元警察との人間関係を確立するうえでも役に立つ。

わたしはカウンセラーとして一クラス五十人を担当した。フーヴァー時代の制限は緩和されつつあったものの、まだ女性は参加していなかった。わたしのクラスにはアメリカ人のほかにイギリス、カナダ、エジプトなどから来た人びともいた。カウンセラーはそうした人びと同じ寮に寝起きし、インストラクターの役割からセラピスト、さらには寮母の役割まで、なにもかもこなさなくてはならなかった。これはわたしが警官たちとどんな交流をするか、クワンティコの雰囲気を好きかどうか、そしてストレスをどう処理するか、といったことを行動科学課のスタッフが調べる手段であった。

ストレスは大いにあった。みんな、家族から離れ、大人になってからはじめて寮の部屋で寝起きし、自室では飲酒ができず、バスルームは会ったことのない人びとと共用、新人のとき以来の激しい肉体的訓練にさらされて、研修生たちはすばらしい教育を受けたものの、高い代償を払わされた。約六週間後には、たまらなくなって、白いブロック塀をこっそりのり越えて外出する警官が多くなった。

カウンセラーにもとばっちりがきた。カウンセラーたちの対処の仕方はそれぞれ異なった。わたしは、ほかの場合と同様、ユーモアのセンスに頼ることにした。あるカウンセラーは厳格な態度でのぞんだあげく、三週間目には研修生たちからスーツケースを贈られるはめになった。「ここから出ていけ」というしるしである。

またフレッド（仮名）という特別捜査官は、カウンセラーとしてここへ来てからはじめて、飲酒問題をかかえるはめになった。

カウンセラーは、研修生に抑鬱の徴候があらわれないか、気を配らねばならなかった。ところがフレッドは自室にこもって、タバコと酒で嫌なことを忘れようとした。街で鍛えられた警官を相手にするときには、強い者が生き残る。少しでも弱みをみせれば、お終いだ。フレッドはいい男で、感じやすくてものわかりがよく、だまされやすいところがあった。これではうまくいかない。

寮生活には、女を室内へ入れないという慣習的な規則があった。ある晩、ひとりの警官がフレッドのところへ来て「もう我慢できません」といいだした。ルームメイトが毎晩ちがう女を連れ込むので眠れない、というのだった。それでフレッドがその男と行ってみると、ドアの外に男たちが六人ほど並び、汗ばんだ手に金を握って、順番を待っていた。フレッドは頭に血がのぼり、長いブロンドの髪の女にのっている男を乱暴につかんで、女から引き離してみると、それはゴム人形だった。

一週間後には、真夜中にべつの警官がフレッドの部屋へ来て、気が滅入ったルームメイトのハリーが窓を開けて飛び下りた、と知らせた。フレッドは廊下を走ってその部屋へ行き、開いた窓から下をのぞいた。ハリーは草の上に血だらけになって倒れていた。フレッドは階段を駆け下りて、自殺の場所へ走った。そのあいだにハリーは跳び起きて、大急ぎで逃げた。じつはその晩、キャフェテリアからケチャップの瓶が一本なくなっていたのである！ 修了のころには、フレッドの頭髪は抜けつつあり、彼はひげを剃らなくなって、歩く姿も力がなかった。神経科医の見立てでは、フレッドはどこも悪くなかった。しかし一年後、医学的にみて就業不能という理由で解雇された。わたしとしては彼のことを気の毒に思うが、ある点で警官は犯罪者に似ている。つまり、どれほど思い切ったことができるか、たがいに証明してみせなくてはならないのだ。

のんきでふざけた態度でのぞんだにもかかわらず、わたしも無事ではすまなかった。とはいっても、学生がキャンプでやる程度のいたずらですんだ。たとえば、わたしの部屋から家具をぜんぶ運び出したり、ベッドのシーツを二つ折りにしておいたりするいたずらで、トイレの便座にセロファンを貼られたことは数回ある。誰だってストレスを何かのかたちで発散させなくてはならない。

やがて、彼らのことがすっかり頭にきて、わたしもしばらく遠ざかりたいと切望するようになった。さすがに彼らは優秀な警官だけあって、その時を正確に嗅ぎとった。わたしの車MGBの下にブロックを敷いて、車輪がほんの少しもち上がるようにした。わたしはその車に乗り、エンジンをかけ、クラッチを踏んで、ギヤを入れたが、エンジンはいたずらにうなるだけだった。なぜ動かないのか、さっぱりわからない。わたしはイギリスのエンジニアリングをののしりながら車から降りて、フードを開け、タイヤを蹴っとばし、かがんで車の下をのぞいた。そのとき突然、駐車場全体がぱっと明るくなった。研修生みんながそれぞれの車に乗り、ヘッドライトをわたしのほうへ向けて照らしたのだった。彼らはわたしのことを好きだといっていただけに、楽しんだあとは車を大地につけてくれた。

外国から来た研修生もいたずらの対象になった。彼らの多くは空のスーツケースを持ってきて、PXで狂ったように買いまくった。とりわけ記憶に残っているのはエジプトの大佐である。彼はデトロイトから来た警官に「ファック」とはどういう意味かたずねた（これが大間違いだった）。その警官は、ある点では正確に、こう説明した。この言葉は何にでも使え、状況によっていろいろ違う用途があるが、ほとんどの場合に適切といえる。「美しい」とか「しゃれた」という意味もある。

それで、その大佐はPXで写真のカウンターへ行き、指さして、大声でいった。「あのファッキングなカメラを買いたい」

ショックを受けた若い女性店員はきいた。「何ですって？」

「あのファッキングなカメラを買いたいんだ！」

幾人かが急いで彼のところへ行き、その言葉はいろいろに使えるが女性や子供の前では使わない、と説明した。

それから日本から来た警察官のケースもある。彼はほかの警官たちに、尊敬を集めているインストラクターにどう挨拶したらいいかたずねた。そのあげく、わたしと廊下で会うたびに、彼は微笑を浮かべ、丁重にお辞儀をしてこういった。「ファック・ユー、ミスター・ダグラス」

わたしは面倒くさいことを避けて、お辞儀を返して、こういった。「ファック・ユー、トゥー」

十二月にコースが修了したときには、行動科学課と教育課の両方から誘われた。教育課の課長は、わたしがもっと大学院で学べるよう奨学金を出すとまでいってくれた。しかしわたしは、行動科学のほうにもっと興味があった。

クリスマスの一週間前、わたしはミルウォーキーへ帰ったが、翌一九七七年の一月、FBIの人事異動は一時的に凍結され、六月になってやっとクワンティコへ移り、行動科学課に勤務することになった。

わたしは三十二歳で、本部へ転出したパット・マレイニの後任になった。それは大任であり、やりがいのある仕事だった。

6　囚人たちとの面接

わたしが参加したとき、行動科学課には九人の特別捜査官が所属し、主として教育にたずさわっていた。FBI職員とナショナル・アカデミーの研修生に提供するおもな科目は応用犯罪心理学だった。これは一九七二年にハワード・ティーテンが創設した科目であって、刑事や犯罪捜査官がもっとも関心をもつ問題、すなわち動機に焦点をあてていた。暴力犯罪者がなぜそのように考え、行動するのか、研修生に理解させるのが目的である。ただ、この科目は人気があって、実用的ではあったが、主として心理学という学術的分野の研究にもとづいていた。資料の一部はティーテン自身の経験から取ってあり、のちには他のインストラクターたちの経験も利用されるようになった。しかしその当時は、幅広い組織的な研究をおこなってきたという権威を背景にしゃべれるのは学者だけだった。そしてわれわれのあいだでは、そうした研究は法の執行や捜査の分野に限られたかたちでしか適用できない、と気づきはじめていた。

アカデミーのほかの科目には、性犯罪もあったが、レイプや子供との性交といった問題が真剣かつ専門的レベルで研究されるのは、数年後のことである。プロファイリングが犯罪解決の効果的な道具だと考える者も、当時はいなかった。ティーテンやマレイニがパーソナリティ・プロファイリングを始めたとき、すべて口頭でおこなわれ、文書にはされなかった。「局を困惑させるな」が第一のルールだったのである。

ティーテンの発案と、彼がニューヨークのブラッセル医師から学んだことにもとづいて、依頼してくる個々の警察官に非公式の助言をあたえることはあった。しかし、これこそ行動科学課がはたすべき職務だという考えはなかったし、またそうする組織的計画もなかった。通常は、ナショナル・アカデミーのコースを修了した者が、困っている問題についてティーテンとかマレイニに電話をかけて相談するというかたちだった。

そうした相談の一つに、カリフォルニアのある警察官からのものがあった。彼は、めった刺しにされて死んだ女性の事件を解決しようと懸命だった。すさまじい殺し方を除けば、とくに目立つ点はなく、また裁判に役立つ証拠もなかった。その警官が少ない事実を報告すると、ティーテンはこう助言した。まず被害者自身の近隣を調べること――痩せ型で、魅力がなく、孤独な、十代の終わりの男。女を衝動的に殺し、いまは激しい罪の意識にさいなまれ、発見される恐怖と闘っている。きみは、その男の家へ行って、彼が玄関へ出てきたら、そこに立ったまま相手をじっと見て、こういうんだ。「わたしが来たわけは、わかってるな」。彼の自白を引き出すのは難しくないだろう。

二日後、その警官はまた電話をかけてきて、近隣の家を組織的に訪問しはじめたことを告げ、こう報告した。ある家で、ティーテンの「プロファイル」に適合する若者が応対し、警官が予行演習したとおりにいう前に、その若者はいきなり、「そう、ぼくがやったんだ」と認めたというのだ。

その当時はティーテンがまるで手品を使ったかのように思えたことだろうが、これにはしっかりした論理があった。そして以後何年もかけて、われわれはその論理をいっそう精密なものにし、ティーテンやパット・マレイニが手をつけた方法を暴力犯罪と戦う重要な武器へとつくりあげていったのである。

特定の分野が進歩するときよくあることだが、この場合も思いがけない発見に負うところが大きい。わたしは行動科学課のインストラクターとして、もっと直接的な情報を得る方法が必要だと感じていた。

わたしがクワンティコへ来たとき、わたしを仕込む責任をもたされたのは、年齢と経歴が少し上の者――ディック・オールトとボブ・レスラーだった。ディックは約六歳上、ボブは約八歳上である。ふたりとも、FBIへ入る前は陸軍で警察の仕事をしていた。応用犯罪心理学は、十一週にのぼるナショナル・アカデミーのコースのなかで四十時間ほどの授業を分担していたので、新人を仕込むいちばん効果的な方法は「移動教室」を利用することだった。「移動教室」とは、クワンティコのインストラクターたちが全米各地へ出かけ、地元警察や学者を対象におこなう同じタイプの密度の濃い授業のことをいう。これは好評で、たいていは順番待ちの状態だった。依頼してくるのは主として、ナショナル・アカデミーのコースをすでに修了している警察署長や幹部たちである。わたしはボブ・レスラーと組んで出かけはじめた。

移動教室には決まりごとがあった。日曜日に自宅を出て月曜日の朝から金曜日の正午まで、どこかの警察署か大学で教え、それからつぎの教室へ移動し、また同じことを繰り返す。しばらくつづけると、シェーンかローン・レンジャーのような気持になってくる――町へ乗り込み、地元の人びとをちょっとばかり助け、仕事が終わると、また静かに出ていく、というわけである。わたしはときどき、憶えていてもらうために銀の弾丸を残しておきたいと思ったものだった。

最初からわたしは「伝聞」にもとづいて教えるのがすっきりしなかった。インストラクターの大部分は――なかでもわたしが最たるものだったが――教える事件の大多数について直接的な経験をもっていなかった。その点では、たいていの場合、教授自身が経験してもいないことをしゃべる大学の犯罪学の講義に似ている。授業内容の多くは、もとは事件を担当した警官が語ったのに、やがて粉飾されて、実際の出来事とはほど遠くなっていた。わたしが参加した当時、インストラクターがある事件について話すと、研修生のなかにその事件を担当した者がいて、彼に反駁《はんばく》されてしまう、ということも起きるほどだった。最悪なのは、インストラクターがかならずしも引きさがらず、自分のほうが正しいと主張することで、これがしばしばあった。こんなことをしていては、クラスの信用を失ってしまう。

そのほか、わたしが三十二歳になったばかりで、しかももっと若くみえる、という点も問題だった。教える相手は経験をつんだ警官たちであって、その多くはわたしより十歳から十五歳も年上である。そこでわたしは、彼らに向かいあう前に、知らないことは急いで覚えようと思った。

こういうことにかけてはわたしは馬鹿ではなかった。授業を始める前に、その日取りあげる予定の事件とか犯罪者に関して直接的な経験をもつ者はいないか、きくことにしたのである。たとえば、チャールズ・マンソンについて話すのなら、まず最初にこうきく。「ロス警察から来た人はいますか？　この事件を担当した人は？」。そんな人がいれば、事件の詳細をみんなに話すように頼む。こうすれば、実際の関係者が真実だと思うことと、こちらとが矛盾しないですむわけだ。

とはいえ、たとえこちらが地方支局から来た三十二歳の若僧であっても、クワンティコで教えるときやクワンティコから出ていって教えるとき、FBIアカデミーとその有力な情報源という権威をもって話すべきだと思った。警官たちは絶えず、休憩のときにわたしのところへ来たり、移動教室のときにはホテルへ電話をかけてきて、こんな質問をした。「なあ、ジョン、きみがきょう話したのと似たような事件をいまかかえているんだ。きみはどう思う？」。だからわたしは、自分がやっていることに権威をもたせる必要があった。FBIからくる権威ではなく、わたし自身にそなわる権威が。

旅先では歌を聴いたり、飲んだり、テレビを観たりしてつぶす時間がたくさんあった。そこでわたしは思いついた。一九七八年のはじめ、ボブ・レスラーとわたしがカリフォルニアで移動教室に出ていたときである。サクラメントから移動中、わたしは提案した。われわれが教室で取りあげる犯罪者の大半はまだ服役中だ、彼らと話し、なぜあんなことをしたのか、彼らの目から見てどんなだったか、きいてみよう。うまくいかなかったら、それはそれで仕方がない。

わたしは張りきりボーイとして知られていた。ボブは、この常識はずれな提案に賛成してくれた。「許可を願うより容赦を乞うほうがましだ」というのがボブのモットーであり、まさにこの場合がそうだった。上層部に許可を申請しても、許可は下りないだろう。そればかりか、われわれがやろうとすることを細かく調べられるにきまっている。

カリフォルニアには大騒ぎされる犯罪が多く、調査を始める場所としてはよさそうだった。さいわいサンラファエルに駐在するFBI特別捜査官のジョン・コンウェイはボブの知り合いで、カリフォルニア州の刑務所とは良好な関係にあり、仲介してくれることになった。

われわれが最初に会うことにした重罪犯人はエド・ケンパーだった。彼は何重もの終身刑を宣告されて、サンフランシスコとサクラメントのほぼ中間、ヴァカヴィルにあるカリフォルニア州立医療刑務所《メディカル・ファシリティ》で服役中だった。われわれはケンパーに関して教えていたが、彼にはじかに会ったことがなかったので、手始めの面接対象としてはよさそうに思えた。彼がわれわれに会って話してくれるかどうか、その点が残る問題だった。

事件の諸事実は詳細に記録されていた。エドマンド・エミル・ケンパー三世は一九四八年十二月十八日、カリフォルニア州バーバンクに生まれた。ふたりの姉妹といっしょに育てられたが、家庭は機能していなかった。母親のクラーネルと父親のエド・ジュニアとはけんかが絶えず、結局は離婚した。エドが二匹の飼い猫を切り刻んだり、姉のスーザンと死刑ごっこをしたり、「気味の悪い」行動に出たあと、母親は別れた夫のところへ彼をやった。彼がそこから逃げて母親のもとへもどると、カリフォルニア州の辺鄙な土地、シエラ山脈の麓に農場をもつ父方の祖父母にあずけられた。そこでエドは、家族から遮断され、学校でも心はなごまず、孤独だった。そうして一九六四年八月のある午後、図体のばかでかいこの十六歳の少年は二二口径のライフルで祖母を撃ち殺し、キッチン・ナイフでめった刺しにした。エドは祖父のほうが好きだった。祖母は、その祖父と畑へ行かずに家へ残って雑用を片付けなさい、と強要したのだった。祖父はこの光景を受け入れられないだろうと気づいたので、祖父が帰ってきたとき、エドは彼も撃ち、死体を庭に放置した。あとで警官からきかれると、エドは肩をすくめて、こういった。「お祖母さんを撃ったらどんな気持がするだろう、と思ったのさ」

この二重殺人に動機がなさそうなところから、エドは「性格特性の障害、受動‐攻撃タイプ」と診断され、アタスカデロ州立精神病院へ収容された。彼は一九六九年、二十一歳のとき、精神科医の反対にもかかわらず釈放され、母親の保護監督の下におかれた。その当時、母親は三人目の夫と別れ、サンタ・クルーズに開校したばかりのカリフォルニア大学で秘書として働いていた。エドはもう二百五センチ、体重およそ百三十五キロの大男だった。

彼は二年間、半端な仕事につきながら、自分の車で街路やハイウェイを流し、若い女性ヒッチハイカーを拾うのを常とした。サンタ・クルーズとその周辺は、カリフォルニアの美人女子学生を引き寄せる力があるようだった。彼はハイウェイ・パトロール隊員にはなれなかったが、州道路局の仕事にありついた。

一九七二年五月七日、彼はフレズノ州立大学の学生でルームメイトでもあるふたり、メアリ・アン・ペイシェとアニタ・ルケサを拾い、人目につかない場所へ連れていって刺し殺した。それから彼女たちの死体を母親の家へ運び、ポラロイド写真を撮ってから死体を切断し、いろいろな器官をもてあそんだ。そのあと、ばらばらの遺体をビニール袋に入れて、サンタ・クルーズの山中に埋め、頭を道路わきの深い谷へ投げ込んだ。

九月十四日、こんどは十五歳のハイスクール生徒アイコ・コーを乗せてやり、絞殺して、その死体に性的暴行をくわえてから、切断するために家へ運んだ。翌朝、精神の健康状態について定期的診断を受けに彼が州の精神科医を訪れたとき、車のトランクにはコーの頭がころがっていた。それでも、診断の結果は良好で、精神科医はエドがもう自分自身に対しても他人に対しても脅威ではなくなったと明言し、彼の少年のときの記録に封印をほどこすように勧告した。彼は有頂天になり、山へ行ってコーのばらばら死体をボウルダー・クリークの近くに埋めた。

エド・ケンパーが犯行を重ねていたころ、サンタ・クルーズは世界の連続殺人事件の首都といってもよいくらいだった。頭が切れ、ハンサムで、妄想型統合失調症と診断されたハーバート・マリンが多数の男女を殺しつつあり、彼によれば、内なる声が環境を救うためにそう命じていたのだった。同じような主張のもとに、郊外の森に隠遁者のように住む二十四歳の自動車修理工——ジョン・リンリー・フレイジャー——は、自然を破壊する人びとへの警告として、ある家に放火し、六人を殺した。毎週のようにすさまじい事件が起きていた。

一九七三年一月九日、エド・ケンパーはサンタ・クルーズの女子学生シンディ・シャールを拾い、銃を突きつけて車のトランクに入らせたうえ、射殺した。習慣的に彼は死体を母親の家へ運び、彼のベッドで性交して、浴槽で切断、ばらばらの遺体を袋に入れ、カーメルへ行って、崖から海に投げ捨てた。この犯行では、彼は新しいことを考えつき、シンディ・シャールの首を裏庭に埋めるとき、顔を母親の寝室の窓のほうへ向けた。なぜなら、彼女はいつも人びとから「見上げられる」ことを望んでいたからである。

このころになると、サンタ・クルーズは「女子学生殺し」に恐れおののいていた。若い女性たちは、見知らぬ人に誘われても車に乗らないように、とりわけ、安全と思われる大学地区とは無縁の部外者の誘いにのらないように、と警告された。しかしケンパーの母親は大学で働いていたので、彼は大学に出入りできるステッカーを車に付けていた。

一カ月たらずのうちに、ケンパーはロザリンド・ソープとアリス・リューを拾い、ふたりとも射殺してから車のトランクに詰め込んだ。ふたりの死体は、前の被害者と同じように扱われた。彼は切断した死体をサンフランシスコに近いイーデン・キャニオンへ投棄したが、これは一週間後に発見された。

殺したいというケンパーの強迫的衝動は、彼自身にとっても恐ろしいほどエスカレートしていった。彼は街区の全住民を撃ち殺そうかと考えたが、結局はとりやめた。それよりもっといい案が浮かび――ずっと前からそうしたかったのだと気づいた。イースターの週末、彼の母親がベッドで眠ったとき、ケンパーはそこへ入り、釘抜きハンマーで繰り返し殴って、とうとう殺した。それから首を切断し、首のない母親の死体をレイプした。それから最終的な霊感に従って、彼女の喉頭を切り取り、生ゴミのディスポーザーに入れた。「そうするのが適切のように思われたんだ」と彼はあとで警察に語っている。「彼女は何年ものあいだ意地悪をし、ぼくをがみがみ怒鳴りつづけたんだから、当然さ」

ところがスイッチを入れると、ディスポーザーの調子が悪く、血まみれの喉頭が彼のほうへ飛び出てきた。「死んでさえ、彼女はまだ意地悪をしていた。ぼくはあの女を黙らすことができなかった！」

それからケンパーは、母親の友だち、サリー・ハレットに電話をかけ、「びっくり」ディナーに招待した。彼女がやってくると、ケンパーは棍棒で殴り、絞め殺して、首を切り離したうえで、死体を彼女自身のベッドに置き、自分は母親のベッドで眠った。イースターの日曜日の朝、彼は車で出かけ、あてもなく東へ向かった。国中で大騒ぎになるものと期待してラジオを聴きつづけたが、何もなかった。

コロラド州プエブロの郊外へ来たとき、睡眠不足のため疲れてぼーっとなりながら、途方もない行為がちっとも騒がれていないことに失望して、彼は道路わきの電話ボックスに車を停め、サンタ・クルーズ警察へ電話をかけた。彼が真実を話していることをわからせようと何度も試みたあと、ケンパーは人を殺したこと、彼が「女子大生殺し」であることを告白した。それから、地元警察が連れに来るまで辛抱強く待った。

ケンパーは八件の第一級謀殺について有罪となった。どういう罰を受けるのが妥当と思うかたずねられると、彼はこう答えた。「拷問死」

サンラファエル駐在のジョン・コンウェイが、刑務所の当局者と事前に打ち合わせてくれたものの、わたしとしては囚人が予想していないときに面接するのがいちばんよいと思った。その場合、確実に協力してもらえるという保証なしに訪ねていくことになるが、それでもちばんいい方法だと思われた。刑務所では秘密を保てない。ある囚人がFBIと関係があるとか、FBIと話をしている、といった噂が流れでもしたら、その囚人は密告者かもっと悪いやつとみなされかねない。われわれが予告なしに訪れたら、何かの捜査のために来たので、事前に知らせなかったのだ、と囚人たちは思い込むだろう。そうした事情からも、エド・ケンパーがわれわれに会うのを簡単に承知したときには、わたしはいささか驚いた。どうやら、彼の犯罪についてたずねる者が長いこといなかったうえ、彼がわれわれの意図に好奇心をいだいたらしい。

FBIの捜査官といえども、厳重警備の刑務所に入っていくのは寒気のする経験だった。最初にしなければならないのは、銃を預けることである。つぎに、万一こちらが人質に取られた場合、刑務所の責任体制を責めないし、そうした事態でこちらが取引の材料として扱われなくてもかまわない、ということを述べた権利放棄書に署名しなければならない。ＦＢＩ捜査官が囚人の人質になれば、囚人のほうがとてつもなく有利になる。こうした手続きを踏んで、ボブ・レスラーとジョン・コンウェイ、そしてわたしはテーブルと椅子だけの一室へ通され、エド・ケンパーが来るのを待った。

彼が連れてこられたときわたしがまず驚いたのは、図体がとてつもなく大きいことだった。背が高く、あまりにも大きいので学校や近所で除け者にされたことは、わたしも知っていた。しかしそばで見ると、巨大だった。この男ならわれわれの誰をも二つ折りにできるだろう。彼の黒っぽい髪は長く、口ひげをはやし、開襟の仕事用のシャツに白いＴシャツを着ていた。太い腹が目立った。

まもなくわかったが、ケンパーは頭がよかった。刑務所の記録によると、ＩＱは百四十五。彼と何時間も過ごしているあいだ、ボブとわたしはときどきケンパーのほうがずっと頭がいいようだと気になった。彼には自分の人生と犯罪についてじっくり考える時間があった。われわれが彼の記録を入念に調べてあり、彼が嘘をつけばすぐにばれると知るや、ケンパーは心を開き、自分について何時間も話してくれた。

彼の態度には気取りも傲慢さも、自責の念も、罪を悔いたようすもなかった。それどころか、クールで、口調は柔らかく、分析的思考力に富み、そしてやや隔たりが感じられた。面接がつづいているあいだ、彼の話に割り込んで質問するのはしばしば困難だった。涙もろくなったのは、母親の彼に対する扱いを思い出して語ったときだけである。

わたしは、犯罪者が生まれついたものなのか後天的影響によるのか、という古くからの疑問に興味をもっていた。決定的な答えはまだないし、これからも出ないかもしれないが、エド・ケンパーの話を聞いていると、興味をそそる疑問が浮かんできた。

彼の両親の結婚生活が劣悪だったことは疑いない。彼の話によると、小さいころから父親によく似ていたので、母親はエドを憎んだ。それから彼の体格が問題だった。十歳になったときには、その年齢にしてはすでに巨体であり、母親は彼が姉妹にいたずらをするのを心配した。それで彼女は、エドを地下室の窓のない部屋で眠らせた。毎晩、寝る時間になると、母親は彼を地下室に閉じ込めてドアを閉め、彼女たちは二階の寝室へ上がっていくのだった。それで彼は怖い思いをし、女たちを心底から恨んだ。そのころは、母親が父親と決定的に別れた時期と一致している。並はずれた大きさと内気な性格、そして家庭内に見習える模範が不在という理由が重なって、エドはいつも引っ込みがちで、「変わり者」になった。四人のように地下室に閉じ込められ、何も悪いことをしていないのに自分は汚らしい危険な人間だと思うように仕向けられて、彼の敵意と殺意が頭をもたげはじめた。そのころ、彼は飼い猫を二匹殺して、ばらばらにした。一匹はポケットナイフを使い、もう一匹は鉈《なた》を使った。われわれは後に気づくことになるが、小動物に対する残虐行為が子供のときにあらわれるのは「殺人犯への三要素」の重要な一つである。因みに、正常な年齢を越えてからも夜尿症がつづくこと、そして放火癖がその他の要素である。

哀れにも、また皮肉なことに、エドの母親はサンタ・クルーズの大学当局者や学生のあいだで人気があった。感受性が豊かで思いやりがあり、困ったときや、心のわだかまりを吐き出す相手がほしいときには、話を聞いてくれる女性だと思われていた。ところが家庭では、彼女は臆病な息子を一種の怪物のように扱っていたのだった。おまえは女子学生とデートや結婚なんかできる人間じゃないんだよ、彼女たちはおまえよりずっとりっぱなんだから、というのが彼女の明らかなメッセージだった。絶えずこうした態度にさらされて、エドはついに彼女の期待を満たすことに決めた。

母親は、彼女なりに息子のことを気にかけていたといわねばならないだろう。エドがカリフォルニア・ハイウェイ・パトロールに入りたいという気持を表明したとき、母親はエドが祖父母を殺害したという「汚名」が彼の邪魔をしないように、少年時代の記録を抹消してもらおうと奔走している。

警察の仕事をしたいという願望には興味深いことがあらわれている。これは、われわれの連続殺人者研究の過程で幾度となく認められた。連続強姦魔や連続殺人犯にはとくに共通する三つの動機、威圧、操作、そして支配があると判明した。これらの男のほとんどは無能な、人生の負け犬であり、肉体的または精神的に虐待された経験があるので、彼らが警官になることを空想しても驚くにはあたらない。

警察官は権力《パワー》と公衆の尊敬を象徴する。必要な場合、共通の善のために悪者を痛めつける権限をもっている。われわれの調査では、道を踏みはずして暴力犯罪に走る警官は少数しかいない反面、しばしば連続犯は警官になろうとして失敗し、警備員とか夜警のような関連分野に仕事を見つけていることがわかった。また、容疑者は警察車に似た乗用車、たとえばフォード・クラウン・ヴィクトリアとかシヴォレー・カプリスに乗っているだろう、とわれわれがプロファイルのなかで推定する場合もでてきた。アトランタで子供の連続殺人事件が起きたときのように、容疑者が警察の中古車を買って乗っていたことも幾度かある。

もっと共通しているのは「警察狂」である。エド・ケンパーはつぎのようなことも語ってくれた。彼は、警官たちがよく来るバーやレストランをしばしば訪れ、彼らと会話を始めた。それによってエドは部内者のような気持になり、警官の権力を間接的に味わった。しかしまた、「女子学生殺し」が徘徊しはじめると、彼は捜査の進捗状況を直接知って、警察のつぎの動きを予測することができた。実際、長い残虐な行為に終止符を打とうとコロラドから電話をかけたとき、それが酔っぱらいの冗談ではないこと、「女子学生殺し」が彼らの友だちのエドだということを、サンタ・クルーズの警官に納得させるのに手間取った。いまわれわれは、この種の犯人が捜査に自分もかかわろうとする可能性が高い、ときまって考える。何年か後にニューヨーク州ロチェスターでアーサー・ショークロスが売春婦をつづけさまに殺したとき、わたしの同僚のグレッグ・マクラリーは、多くの警官がよく知っていて、警官のたまり場によく現われ、情報をしきりに得たがる人物が犯人だと正確に予言したものである。

わたしはエド・ケンパーの犯行方法に非常な興味をおぼえた。彼がほぼ同じ地域でうまく犯罪を重ねたことは、彼が適切なやり方をしていたこと、自分のやることを分析し、技術を磨いてきたことを意味する。こうしたほとんどの男たちにとって、獲物を捜し出して殺すのは生活のなかでいちばん重要なこと、彼らの主要な「仕事」である。したがって彼らはいつでもそのことを考えている。ケンパーはじつに巧妙で、車のトランクに死体を二つ入れて走っていて、テールライトが壊れていたため警官に停められたときなど、彼の態度がじつに礼儀正しかったので、警官は警告だけで放免してやったほどである。ケンパーにしてみれば、死体を発見されて自分が逮捕されることを恐れるどころか、むしろスリルの一部だった。彼は淡々と語ってくれたが、もしも警官がトランクのなかをのぞいたら、殺すつもりだったという。またあるときには、彼が銃で撃って死にかけているふたりの女性を車に乗せたまま、大学の警備員を口先でうまくごまかしたこともあった。そのとき、ふたりとも毛布を首までかけ、ひとりは助手席に、もうひとりはバックシートに乗せてあった。ケンパーは穏やかに、そして少し困惑した様子で、彼女たちが酔っぱらったので家へ送りとどけるところだと説明した。さらにこんなこともあった。彼は、十代の息子を連れてヒッチハイクをしている女性を、ふたりとも殺す気で拾った。しかし、走り出すとき、その女性の連れが彼の車のナンバープレートをメモするところをバックミラーで見た。それで、母親と息子を目的地まで乗せていって、降ろしてやった。

ケンパーは頭がいいので、刑務所で実施する心理テストを事実上、彼が宰領《さいりょう》した。それで彼は専門用語に通じ、自分の行動を精神医学的に細かく分析して話すことができた。彼にとって犯行のあらゆる点が挑戦でありゲームであり、どうやれば疑念を起こさせずに被害者を車に乗せることができるか考えつくのさえ、そうだった。彼はこんな話もしてくれた。きれいな女の子を見つけて車を停め、どこへ行くのかたずねてから、乗せていってやる時間があるかどうか確かめるかのように、腕時計をちらっと見る。そうすると彼女は、この人はヒッチハイカーのために車を停めるよりもっと重要な仕事のある忙しい男なんだと思い、すぐさま安心して、ためらいが消える、というのである。この種の情報から、殺人者の手口の一端がうかがえるだけではなく、ほかの重要なことがわかってくる。つまり、われわれがほかの人びとをひと目で値踏みして、瞬時に判断するうえでの常識的な前提、相手の言葉じりとかボディ・ランゲージなどは、社会病質者にはあてはまらないのだ。たとえばエド・ケンパーの場合、美人ヒッチハイカーを乗せようと車を停めることがいちばん重要な優先事項だったので、その目的を達成するのにどうやればいちばんいいか、彼は時間をかけ、熱心かつ分析的に考えていた。

操作、威圧、支配。これが暴力的連続犯の三つのスローガンである。彼らがおこない、考えるすべてのことは、他の点では適応力のない彼らの生き方を充足させる方向へ向いている。

連続強姦魔や連続殺人犯が発現するうえでたぶんもっとも重大な単一の要素は、空想の役割だろう。エド・ケンパーの空想は早く発現し、すべてが性と死との関係にかかわっていた。姉に無理強いした遊びのなかには、彼をガス室にいるみたいに椅子に縛りつけさせるものがあった。彼の性的空想には、最後には相手が死んで、死体を切断するというものもあった。自分には適応能力がないという思いのせいで、ケンパーは男女の普通の関係に慰めをおぼえなかった。彼を受け入れてくれる女の子などいないだろうと思っていた。それで、彼自身の心の中でその埋め合わせをした。彼は、空想上の相手を完全に占有しなければならなかった。それは、究極的には彼女の命を占有することを意味していた。

「生きているときには、彼女たちは遠い存在で、ぼくと気持を分かちあってくれなかった」と彼は法廷で紹介された告白のなかで述べている。「ぼくは関係を確立しようと努めた。彼女たちが殺されつつあるとき、ぼくの頭のなかには、この女はぼくのものになりつつあるという思いしかなかった」

とりわけセックス殺人犯の場合、空想から現実への移行にはいくつかの段階があり、ポルノや、動物を対象とする気味悪い実験、仲間に対する残酷行為などによってあおられることが多い。この最後の傾向は、ひどい扱いを受けたことへの「仕返し」の意味もある。ケンパーは、彼の並はずれた体と性格のせいでほかの子供たちから除け者にされ、苦しめられた、と思っていた。彼は家族の飼い猫二匹を殺して切断する前に、姉の人形を盗んで首と両手を切断している。これは、生きものに対して意図することの予行演習にほかならない。

べつの面では、ケンパーのもっとも重要な空想は、威圧的で口ぎたなくののしる母親を除去するものであり、殺人者として彼がやったすべてのことは、その文脈で分析できる。エド・ケンパーは生まれついての連続殺人者ではなく、そうなるように造られた一例である。彼がもっと安定した養育的な家庭生活を送ったとしても、同じような殺人者になっただろうか？ それはわからない。しかし、彼の生活のなかで支配的だった女性のパーソナリティに対する信じられないほどの激しい怒りがなかったら、女性たちに対して同じような仕方で行動におよんだだろうか？　およばなかっただろう、とわたしは思う。

この点もまた、われわれがその後しばしば出会う特徴の一つである。犯人が憤激の対象に怒りを直接ぶつけることはめったにない。ケンパーは夜中にハンマーをもって母親の寝室へ入り、頭をたたき割る空想をしたというが、実際にそうする勇気がでるのは、少なくとも六人殺してからのことだった。こうした置き換えは、ほかにもさまざまなかたちをとる。たとえば、殺したあとで被害者から指輪とかネックレスとか、何らかの「記念《トロフィ》」を奪うのも共通の傾向である。奪った殺人者は、その品を妻とかガールフレンドにあたえる。たとえその女性が彼の怒りや敵意の「源」であっても、妨げにはならない。典型的な例では、彼はそのアクセサリーを買ったとか、見つけたとかいう。そうして、彼女がそれを身につけるのを見て、殺すときの興奮と刺激を心の中でふたたび体験し、不運な被害者に彼がしたことをこの女にだってできるんだと思って、心の中で威圧と支配を確認する。

後にわれわれは、このように犯罪の構成要素を犯行前と犯行後の諸要素に分解することになる。ケンパーはそれぞれの被害者の死体をばらばらにした。これは犯人がサディストであることを示唆する。しかし、死体切断はすべて死後にやったことであり、被害者が生きているときのことではない。つまり、辛い罰や苦痛をあたえてはいない。ケンパーの話を数時間聞いてみると、死体切断はサディスティックというよりフェティシズムであり、空想のなかの所有欲のほうに関係があると判明した。

同様に重要な意味をもつのは、ケンパーの死体の扱い方と捨て方である。初期の被害者たちは、彼の母親の家から遠いところへ慎重に埋められた。後期の被害者たちは、母親もその友人もふくめて、事実上おおっぴらに捨ておかれた。このことと、彼が車に死体や死体の部分を入れたまま広い範囲を走りまわったことを考え合わせると、自分をあざけり退けた地域社会を、彼があざけっていたように思われる。

われわれは数年にわたり、ケンパーとの長い面接を数回おこなってから切り上げたが、そのつど有益で、それぞれが細部にわたって陰惨だった。彼は、人生の花盛りにある知的な若い女性たちを殺害した男である。それでもわたしは、正直なところ、エドに好感をもったことを認めなければならない。彼は愛想がよく、隠しだてせず、感受性が豊かで、ユーモアのセンスがあった。そういえば、連続殺人者の多くはチャーミングで、自分の考えを明確に述べることができ、よくしゃべった。

この男にあんな恐ろしいことがどうしてできたんだろう？　何かの間違いか、酌量すべき事情があったのにちがいない。読者が彼らの幾人かと話してみれば、そう思うことだろう。だから、精神科医や判事、仮釈放審査委員たちがしばしばだまされたのである。

画家を理解したければ、その作品を見よ。わたしはつねにそういってきた。ピカソの作品を研究せずにピカソを理解したとはいえない。成功する連続殺人者は、画家がキャンヴァスにどう描くか構想を練るように、行動を計画する。そして、回を重ねるごとに、腕を上げていく。

ボブ・レスラーかわたしが移動教室の旅に出て、時間と協力が得られたときには、刑務所を訪れるのが通例になった。

だいたいのところわれわれは一週間に四日半は拘束されるので、わたしは夕方か週末に面接をおこなうように努めた。ほとんどの刑務所は夕食のあと人数調べをおこない、それ以後は誰も独房棟へ入ることを許されないので、夕方の面接は困難なこともあった。しかしそのうちに、刑務所の体制がわかり、それを利用しはじめた。FBIのバッジを見せればたいていの刑務所へ入れるし、刑務所長に会うことができるので、わたしは予告せずに訪れるようになり、そのやり方がいちばんうまくいくことが多かった。面接を重ねれば重ねるほど、経験を積んだ警官たちにわたしが話し教えることは正しいという自信が強まった。そうしてついに、わたしの教育は現実的根拠をそなえつつあり、口から口へ伝わるうちに誇張される伝聞ではなくなった、と思うにいたった。

被面接者が自分の犯罪や心理について深い洞察を提供してくれるとはかぎらない。そういうことはごく少なく、ケンパーのように頭のよい者でさえ無理だった。彼らが話すことは、法廷で話したこととか、供述の繰り返しが多かった。したがって、われわれの立場から厳密な作業と広範囲にわたる再吟味を通してすべてを解釈しなければならなかった。それでも、面接することによって犯罪者の心の動きがわかり、彼らの立場で考え、感じることができるようになってきた。

われわれの非公式の調査が始まって数カ月のうちに、六人以上の殺人者や殺人未遂者に面接できた。アラバマ州知事ジョージ・ウォレスを暗殺しかけたアーサー・ブレマー（ボルティモア刑務所）、フォード大統領を殺そうとしたセイラ・ジェーン・ムーアとリネット・〝スクィーキー〟・フロム（ウェスト・ヴァージニア、オルダーソン刑務所）、そしてフロムの崇拝するチャールズ・マンソン（サン・クエンティン）などがふくまれていた。

法執行官は誰でもマンソンに興味をもっていた。彼の一味がロサンゼルスで女優のシャロン・テートやラビアンカ夫妻を殺してから十年たっていたが、マンソンはあいかわらず有名だった。クワンティコではこの事件のことを定期的に教えていた。諸事実は明瞭でも、わたしはこの男の心の中が読めていないという気がしていた。彼との面接で何が得られそうか見当もつかなかったが、自分の意に従うようにほかの人びとをあれほどうまく操縦した人物は重要な研究対象になるだろう、とわたしは思った。そこでボブ・レスラーとわたしは、サン・クエンティンの主独房棟のはずれにある小さな会議室で彼に会った。

マンソンについての最初の印象は、エド・ケンパーのそれと正反対だった。目は油断のない荒々しい光をおび、体の動きは落着きがなく、活動的な感じがした。わたしが思っていたよりずっと小柄で、身長は百五十七、八センチというところだった。こんな弱々しい小男があの悪名高い「ファミリー」にどうやって強烈な影響をおよぼしたのだろう？

話しながらわれわれを見下ろせるように彼が椅子の背まで上がったとき、その答えの一つがわかった。わたしはこの面接にそなえてマンソンのことを幅広く調べてあり、彼が砂漠で弟子たちに話すさいにはよく岩の上に登り、説教する自分の姿を強調した、という話を読んでいた。マンソンは最初からこう明言した。自分がなぜ投獄されたのか理解できない。なにしろわたしは誰も殺していない。わたしは社会的スケープゴート――アメリカの暗黒面の無実の象徴だ、というのだった。裁判中に額に彫った鉤十字の刺青《いれずみ》は薄れてはいたが、まだ見えた。ほかの刑務所に入れられた女性の信奉者たちと、彼は協力的な第三者を通していまでも連絡をとっていた。

少なくとも一つの点で彼はエド・ケンパーや、われわれが面接したほかの多くの男たちとよく似ていた。子供のときにひどい状態で育ったという点である。

チャールズ・ミルズ・マンソンは一九三四年、キャスリーン・マドックスという十六歳の売春婦の私生児としてシンシナティで生まれた。キャスリーンは恋人のひとりが父親だろうと推測し、その姓をあてたにすぎない。彼女は刑務所に入ったり出たりし、チャールズは信心深い伯母にあずけられたり、サディスティックな伯父にあずけられたりした。その伯父は、チャールズが小学校へあがる最初の日、彼に女の子の服を着せた。十歳になったときには、さまざまなグループ・ホームやリフォーム・スクールに入れられ、そうでないあいだは、街の路上生活者として生きていた。〈フラナガン神父の少年の町〉にも入ったが、四日しかつづかなかった。

青年時代には、強盗、偽造、ポン引き、暴行と、ひっきりなしに悪事をつづけ、警備のいっそう厳重な刑務所で暮らしだした。盗んだ車を州境を越えて運んだ容疑で、ＦＢＩに調べられたこともある。そうして一九六七年、最後に仮釈放されたとき、ヒッピーの存在が脚光を浴びた時期にあたっていた。彼はサンフランシスコのハイト－アシュベリ地区、つまりヒッピー、セックス、ドラッグ、そしてロックンロールを引き寄せている土地へ移住した。たちまちマンソンは、十代や二十代の新しがりの落伍者たちにとってカリスマ的な指導者になった。彼はギターを弾き、現実世界に幻滅した若者たちに真理めいたことを語った。まもなく彼は生活費など不要になり、セックスでも非合法のドラッグでも望むものが手に入りだした。男女の信奉者が彼の周りに集まって、放浪の「ファミリー」が形成され、その数は五十人におよぶこともあった。彼は、来るべき究極の悪の滅亡と人種戦争について説教した。彼によれば、そのさい勝利の側につく彼のファミリーは残り、彼の統制の下にある。この筋書は、ビートルズの『ホワイト・アルバム』の「ヘルター・スケルター」からヒントを得たものだった。

一九六九年八月九日の夜、マンソン・ファミリーの四人のメンバーはチャールズ・〝テックス〟・ワトソンに率いられ、ほかの人家から隔絶した場所、ビヴァリー・ヒルズのシエロ・ドライヴ一〇〇五〇にある映画監督ロマン・ポランスキーと妻の女優シャロン・テートの家へ押し入った。ポランスキーは所用で出かけていたが、テートと四人の客は下劣なばか騒ぎのなかで惨殺され、被害者自身の血で壁や彼らの体にスローガンがなぐり書きされた。シャロン・テートは妊娠八カ月だった。

二日後、明らかにマンソンに煽動されて、ファミリーのメンバー六人がロサンゼルスのシルヴァー・レイク地区にある実業家リーノ・ラビアンカの家で、彼と妻のローズマリーを殺してばらばらに切断した。マンソン自身は殺しには手を貸さず、あとでやってきた。その後、この二つの殺害にくわわり、べつにハイウェイの設備に放火もしたスーザン・アトキンズが売春容疑で逮捕されたのを皮切りに、やがてファミリーへ当局の手がのびて、O・J・シンプソンの事件をめぐる狂気じみた騒ぎが起こるまで、カリフォルニアの歴史上おそらくもっとも有名な裁判が始まった。裁判は二つに分けておこなわれ、マンソンとその信奉者数人は、シャロン・テートとラビアンカ夫妻殺害やスタントマンのドナルド・シェイ殺しその他の罪で死刑を宣告された。同州では死刑が廃止され、それにともなって彼らの刑は終身刑に減刑された。

チャールズ・マンソンは通常の連続殺人者ではない。実際のところ、彼が自分の手で人をほんとうに殺したのかという論議もある。しかし、信奉者たちが彼に教唆されたことは疑問の余地がない。わたしは、どうしてこんな悪魔的な救世主ができあがったのか知りたかった。そのためには彼の浅薄な理屈を何時間も聞かねばならなかったが、こちらが細かい話を要求したり、ばかげた話をさえぎったりするうちに、だんだんわかってきた。

チャーリーは邪悪な宗教的指導者になろうとしたのではなかった。目的は名声と財産だった。ドラマーになって、ビーチ・ボーイズのような有名なロックバンドと共演したかった。彼は機知を頼りに生きるしかなく、そのため、会う人びとを値踏みし、自分にとって役立つ人かどうかすばやく判断することに熟達していた。もしも彼がわたしの課にいて、個人の心理的弱点や強さを評価し、われわれが追う殺人犯にどうすれば到達できるか考えてくれたとしたら、すばらしい結果が出たことだろう。

仮釈放になってサンフランシスコへ来てみると、純真で理想主義的で、人生の目的のない若者が大勢いて、彼らはチャーリーの人生経験と、彼が示すうわべの英知を尊敬した。彼らの多くは、とくに女性は、父親との間がうまくいっていなかった。チャーリーは巧みにそういう女たちを選び出した。彼は父親的な存在になり、それと同時に彼女たちの空虚な生活をセックスやドラッグで満たしてやることもできた。チャールズ・マンソンの目は底知れぬ光をおび、すべてを見通すようで、狂気じみ、そして催眠的だった。彼は自分の目の力を知っていた。

彼の説教は筋が通っていた。公害が環境を破壊している、人種的偏見は醜いし、破壊的だ、愛は正しく悪は誤りである、というのだった。しかし、彼女たちの失われた魂をいったん掌握すると、彼は断眠やセックス、食料管理、そしてドラッグを利用して、完全に支配するにいたった。すべては善か悪かのどちらかであり、チャーリーだけが真実を知っている。彼はギターをかきならしては、単純なマントラを繰り返した。チャーリーだけが腐っていく病んだ社会を回復できる。

マンソンがつくりあげたような指導力と権威は、ほかにも例がある。ガイアナで数百人を自殺させたジム・ジョーンズや、テキサス州ウェーコ郊外で新興宗教ブランチ・ダヴィディアンを集団自殺させたデイヴィッド・コレシュなどがそうである。この三人には大きな差異があるにもかかわらず、一方では共通する点があり、われわれはそのことをマンソンとの面接から学んだ。

　救世主的理論は重要ではない。単純なコントロールである。終末戦争《ヘルター・スケルター》的な説教はマインド・コントロールを維持するための手段だった。しかし、マンソンが気づくにいたったように、このコントロールを集団に対して毎日二十四時間つづけることができなければ、コントロールを失うおそれがある。デイヴィッド・コレシュはこのことに気づいて、彼の帰依者たちを砦のような建物に閉じ込めたのだった。

　マンソンの話を聞いた後、わたしは彼がシャロン・テートとその友人の殺害を計画あるいは意図したのではなく、じつは状況と信奉者に対するコントロールを失ったのだ、と信じるようになった。場所と被害者の選択は明らかに気まぐれだった。女性信奉者のひとりが前にそこへ行ったことがあり、金があるはずだと思った。テキサスから来たハンサムな男、テックス・ワトソンはかねてからチャーリーに対抗してのし上がろうと狙っており、彼が仲間を率いてポランスキーの家へ行き、殺しをそそのかしたのだ。

　それから、この下っ端連中がもどって、最終戦争が始まったといって、やったことを告げたとき、マンソンは彼らにやりすぎだとはもういえなかった。そんなことを口にすれば、彼の力も権威も台なしになってしまう。それで、彼はそれをもともと意図していたかのように振舞い、今度は彼らをラビアンカの家へ導いたのである。

　レスラーとわたしの刑務所での面接相手が十人から十二人に達したころには、成果がはっきり見えてきた。はじめてわれわれは、犯罪者の心の動きと彼らが現場に残した証拠とを関連づけることができるようになった。

一九七九年には、われわれはプロファイルの依頼を五十件ほど受け、インストラクターたちは授業の合間にそれと取り組んだ。翌年には依頼が倍増し、その翌年にはさらに倍増しそうだった。そのころには、わたしは教えることからかなり解放されて、課でわたしだけがこの作業に専念するようになった。時間が許せばあいかわらずナショナル・アカデミーや捜査官たちのクラスには出ていたが、ほかの課員とはちがい、教えるのは副業になった。課にも ち込まれる他殺事件の事実上すべてと、ロイ・ヘイズルウッドが忙しくて扱えないレイプ事件を、わたしが担当した。

正式に認可のない非公式の業務だったものが、ちょっとした制度的慣行へと発展した。わたしには新しく創られた「犯罪者パーソナリティ・プロファイリング・プログラム・マネージャー」という肩書がつき、地方支局と連携して、地元警察の捜査に協力しはじめた。あるとき、わたしは一週間ほど入院した。以前フットボールとボクシングで鼻を痛めていたが、それが悪化して、呼吸するのがしだいに困難になったからである。ほとんど目も見えない状態で寝ているわたしのところへ捜査官が来て、二十件ものファイルをどさっと置いていったことは、忘れられない。

刑務所ではじめての囚人に面接するたびに、われわれの知識は増えていったが、この非公式の調査を系統的で有用な枠組のなかに整然とまとめる必要があった。その前進はロイ・ヘイズルウッドによってもたらされた。わたしは彼といっしょに《FBI法執行報告》誌に快楽殺人についての記事を書いているところだった。ロイはアン・バージェス博士といっしょにある研究をしていた。バージェス博士は、ペンシルヴェニア大学看護学部で精神衛生・看護学を教える教授であり、またボストン保健医療局で看護研究を担当する副部長でもあった。彼女は多数の著述をあらわし、レイプとその心理的影響に関する権威者としてもよく知られていた。

ロイは彼女を行動科学課へ連れてきて、ボブ・レスラーとわたしに紹介し、われわれがやっていることを説明した。彼女は感心して、この分野ではまだおこなわれたことのない調査研究ができると思う、といってくれた。『精神障害の分類と診断の手引』が精神障害のタイプの理解と組織化に役立っているのと同じように、われわれも犯罪者の行動を理解するのに貢献できそうだと思ったのである。

われわれは共同作業を始めることに同意し、アンが国立司法研究所から四十万ドルの助成金を得てくれた。目標は、三十六人から四十人の囚人に面接し、どんな結論が出るか調べてみることだった。われわれの資料をもとに、アンは五十七ページからなる質問表を作成し、面接のたびに埋めていくことになった。そうしてボブとわたしは、地方支局の捜査官たちの助力を得て、ふたたび刑務所を訪れては囚人たちと会うことになった。われわれはそれぞれの犯罪の手口と犯罪現場について記述し、犯行の前と後の行動を調べて記録する。アンはコンピューターで処理する。そしてわれわれは結果をまとめる、という分担である。このプロジェクトは三年ないし四年かかるものと思われた。

そうしてこの間に、犯罪捜査分析は現代に突入するのである。

7　心の暗黒へ

当然の疑問がわいてくる。凶悪な犯人がなぜ連邦捜査官に協力してくれるのか？　このプロジェクトに取りかかるとき、われわれもこの点を不思議に思った。しかしながら、われわれが数年間に面接を申し入れた凶悪犯人の圧倒的多数が、話すことを承知した。その理由はいくつもあった。

まず、自分の犯罪に心から悩み、心理学的研究に協力することが悩みの部分的軽減への道であり、さらには自分自身をいっそうよく理解できるだろう、と思う者たちがいた。エド・ケンパーはこの部類に入るだろう。ほかに、すでに述べたように、警官や法執行官にあこがれ、彼らのそばにいるのが嬉しい者。また、「当局」に協力すれば得するかもしれない、と思った者。忘れられ無視されてきたので注意を集めたい、退屈しのぎをしたい、と願った者。そして、殺害の空想を再体験する機会をたんに喜んだ者、とさまざまだった。

われわれは、彼らがしゃべりたいことを何でも聞きたかったが、主としてつぎのような基本的な疑問に関心があった。われわれはそれを《FBI法執行報告》一九八〇年九月号に、こうまとめた。

1 何のせいで性犯罪者になるのか、また、初期の予兆としてどんなものがあるか？
2 何が彼の犯行をうながし、あるいは抑制するか？
3 被害者になるのを避けるのに、どんなタイプの反応ないし対処方法が、どんなタイプの性犯罪者に対して有効か？
4 何が、彼の危険性、思惑、性癖そして扱い方を言外に示しているか？

この計画を有意義なものにするには、充分に準備し、どの男の話すことでも即座に洞察できなければならない。事前に彼らと彼らの犯罪についてよく知り、ほんとうのことを話しているかどうかわかるようにしておかねばならない。というのも彼らには、記録が示すよりも同情の余地があるとか、罪が軽いとか思わせるように話を作り変える時間が充分にあるからだ。

初期の面接では、囚人の話を聞いたあとで、わたしは同僚にこうききたくなることが多かった。

「彼は濡れ衣じゃないのかな？ すべてにちゃんと答えたじゃないか？ あの男が真犯人なのか？」。そんなわけでわれわれは、クワンティコへもどると、まず記録をチェックし、地元警察に問い合わせたりして、有罪にしたのが間違いでなかったことを確認したものだった。

ところで、ボブ・レスラーは子供のころシカゴで育ち、スーザン・デグナンという六歳の少女の殺害におののいた。彼女は自宅からさらわれて、殺された。彼女の体はばらばらにされた状態で、エヴァンストンの下水道から発見された。結局、ウィリアム・ハイレンズという若者がつかまり、その殺しと、窃盗に入ったアパートでふたりの女性を殺害したことを自供した。そのうちのひとり、フランシス・ブラウンを殺したとき、ハイレンズは被害者の口紅で壁にこう殴り書きした。

お願いだ
殺しを重ねないうちに
ぼくをつかまえてくれ
ぼくは自分を抑えられない

ハイレンズは殺人《マーダー》を、彼の体内に住むジョージ・マーマン（たぶんマーダー・マンを縮めた言葉だろう）のせいにした。

犯罪者パーソナリティ調査プロジェクトが動きだすと、ボブとわたしは、イリノイ州ジョリエットのステイツヴィル刑務所にいるハイレンズに面接するために出かけた。彼は一九四六年に有罪判決を受けてから投獄され、模範囚となって、州内でははじめて獄中で大学卒業の資格を取り、大学院へ進んだ。

われわれが面接したときには、ハイレンズはあの犯罪とは無関係だ、濡れ衣を着せられたのだと主張していた。われわれがどんなことをきいても、彼は答えることができ、自分にはアリバイがあるし、殺人現場の近くにさえいなかったと主張するのだった。なかなか説得力があったので、わたしは司法の側に大きな誤りがあったのではないかと心配になり、クワンティコへもどると、事件の資料をぜんぶ調べなおしたくらいだった。この時点でハイレンズをポリグラフにかけたとすれば、彼はたぶんやすやすと切り抜けたことだろう。

一九六六年にシカゴ南部のタウンハウスで八人の看護実習生を殺し、終身刑で服役中のリチャード・スペックは、われわれが研究中のほかの殺人者と同列に扱われたくない、とはっきり意思表示した。

「おれは、連中といっしょくたにされたくないね」と彼はいった。「やつらは頭がイカれてるんだ、あの連中はな」。彼は犯行を否定しなかった。連続殺人者とはちがうことを、われわれに知ってもらいたがった。

基本的な点ではスペックのいうとおりだった。彼は連続殺人者ではない。連続殺人者は、ある種の情動的サイクルないし冷却期間をおいて犯行を繰り返す。スペックは大量殺人者である。彼は町から出ていく金がほしく、盗みをはたらくつもりでその家へ行った。二十三歳のコラソン・アムラオが玄関のドアを開けると、スペックはピストルとナイフで脅して押し入り、彼女と五人のルームメイトを縛って金品を奪うだけで、それ以上のことはしない、といった。スペックは彼女たちを寝室へ閉じ込めた。それから一時間あまりのあいだに、さらに三人の女性がデートや図書館での勉強から帰ってきた。彼女たち全員を支配下に置くと、スペックは気が変わり、狂ったようにレイプし、首を絞め、ナイフで刺し、切り裂いた。隅に隠れていたアムラオだけが助かった。スペックは人数がわからなくなっていたのである。スペックが去ってから、アムラオはバルコニーへ出て、助けを求めた。彼女は警察に、襲った男の左の前腕に「騒がせ屋」という刺青《いれずみ》があったと話した。一週間後、自殺に失敗したリチャード・スペックが地元の病院へ現われたとき、この刺青で犯人だとわかった。

犯行がすさまじく残忍だったため、スペックは医学界や心理学界のありとあらゆる臆測を呼んだ。当初、彼の遺伝子はアンバランスで、男性染色体（Y）がよけいにあり、そのせいで攻撃的、反社会的行動がつのるのだといわれた。百年以上前には、当時の行動科学者は性格や頭脳の能力を予想するのに骨相学を利用した。もっと時代が新しくなると、脳波に十四と六の棘波が繰り返しあらわれるのは、激しい人格異常の証拠だと考えられた。陪審はいまでもXYの問題では見解が分かれるが、この遺伝子をもっていても異常な攻撃性とか反社会的行動を示さない者がじつに多いこともまた、まぎれもない事実である。そのうえ、スペックについて精密な検査がおこなわれた結果、彼には余分のYさえないことが判明したのである。

ケンパーやハイレンズとちがい、スペックは模範囚どころではなかった。あるとき彼はごく小さい粗雑なウィスキー密造装置を作り、看守の机の二重引出しの奥に隠した。その装置ではアルコールはほとんどできなかったが、においはかなり出た。だが、看守は装置が見つからないので、頭にきてしまった。またあるときは、割れた窓から一羽の傷ついた雀が入ってきたのを見つけ、介抱して治してやった。雀が飛べるようになると、足を縛って、彼の肩にとまらせていた。それを見てある看守が、ペットを飼うことは許されていないと注意した。「飼っちゃいけないのか?」とスペックはくってかかってから、まわっている扇風機のところへ行き、小鳥を投げ入れた。

ショックを受けた看守はいった。「おまえはその鳥が好きだったんだろう」

「そうさ」とスペックは答えた。「だけど、おれが飼えないんなら、誰にも飼わせねえ」

ボブ・レスラーとわたしがスペックに面接したとき、刑務所のカウンセラーが同席した。スペックはマンソンと同じように上席を選び、われわれを見下ろせるように棚の上へ腰掛けた。わたしはこちらの意図を話したが、彼は話そうとせず、われわれを無視した。

そこでわたしはカウンセラーのほうを向いた。彼は気さくで、敵意を和らげることにかけては経験を積んでいた。わたしは、スペックなどいないかのように、スペックのことを話した。

「彼がやったことを知ってるだろ? 彼は女《プッシー》を八人殺したんだ。なかにはきれいな女もいた。彼はおれたちから具合のいい穴を八つも奪ったというわけだ。ひどいと思うだろう?」

こういう話し方はボブには明らかに不愉快だった。彼は殺人者のレベルまで落ちたがらず、死者をあざけることを嫌っていた。もちろんわたしも同感である。しかし、このような状況では、やるべきことをやるしかない。

カウンセラーは応じてくれ、それからやり取りが始まった。殺人事件の被害者が話題でなければ、ハイスクールの若者がロッカールームで交わすような調子だったろう。スペックはしばらく耳を傾け、首を振ったり、くすくす笑ったりしていたが、やがて口を開いた。「おまえらはどうかしてるぜ。あんまり違わねえなあ。おまえらとおれとはな」

そのきっかけをつかんで、わたしはスペックのほうを向いた。「いったいおまえは、一度に八人もどうやってファックできたんだ？　朝めしに何を食べている？」

彼は、のろまな世間知らずを見るような目でわれわれを見た。「おれはみんなをファックしたわけじゃねえ。あの話はおおげさすぎる。おれがファックしたのはひとりだけよ」

「寝椅子にいた女か？」

「そうよ」

露骨で胸がむかつく会話ではあるが、これでわたしにはわかりはじめた。まず、スペックは敵意があり攻撃的ではあるものの、見せかけるほどには男らしい男ではなかった。彼がレイプしようと選んだ女性は寝椅子の上でうつぶせにさせられていたことを、われわれは知っている。つまり彼女はスペックにとってすでに非人格化された体になっていた。また、つぎつぎに帰ってくる看護実習生を、ある者は寝室へ、ある者はクロゼットへと押し込んだことからも、彼が秩序だって考えることができない男だとわかる。

興味深いことに、彼は自殺しようとしてできた傷を治療しに病院へ行ってつかまることになり、そのときはバーでけんかをしたときの傷だと話している。彼自身はそれと気づいていないが、自殺するしか出口のない病的な弱虫ではなく「騒がせ屋」らしい男のなかの男だと、われわれに思われたがっているのだった。

わたしはスペックの話を聞きながら、情報を頭のなかで整理しはじめた。スペックは、彼自身のことだけでなく、同じタイプの犯罪について何かを話していた。いいかえれば、いずれわたしが似たような筋書の犯罪に遭遇した場合、犯人のことをいっそう深く理解できるということであり、もちろんそれがこの計画の主目的だった。

こうして得たデータを処理しながら、わたしは難解な学術用語などは省いて、警官たちに役立つ明瞭な言葉に代えるように努めた。地元警察の刑事に妄想型統合失調症患者を捜せというのは、何者ともわからない容疑者をつかまえるのにあまり役には立たない。やがてわれわれは、犯人が秩序型か無秩序型か、それとも両方の混合型か、という区別が重要だということを発見する。スペックのような犯罪者たちは、無秩序型犯罪者のパターンをわれわれに示しはじめていたのだった。

スペックは、子供のときから厄介者だったと話した。二十歳になったときには逮捕歴が四十回に近づいていた。この年で十五歳の女の子と結婚し、子供をひとりもうけた。五年後には腹を立てて彼女を捨てた。彼女を殺すようなまねはしなかったぜとスペックはわれわれに話したが、その代わり、彼を鼻であしらった安っぽいバーのウェイトレスをはじめ、数人の女性を殺した。看護実習生たちを殺す二カ月ほど前には、六十五歳の婦人から金品を強奪、彼女に暴行している。ふつうなら、年配の婦人を残酷にレイプするのは、あまり経験とか自信のない、また世慣れない若者、たぶんにティーンエイジャーがやることである。スペックは、レイプしたとき二十六歳だった。彼の行動レベルは、犯罪者としても、思春期後半のそれにあたる。

ジェリー・ブルードスは靴を狙うフェティシストだった。その程度でとどまっていれば、問題はなかったことだろう。しかし、横暴ですぐに懲罰をくわえる母親や彼自身の抑えがたい欲望など、さまざまな事情のせいでそれはさらに高じ——やや変わり者という段階から大きく逸脱して破滅的なものになった。

ジェローム・ヘンリー・ブルードスは一九三九年にサウス・ダコタ州で生まれ、カリフォルニア州で育った。五歳のとき、彼は地元のゴミ捨て場でぴかぴかしたハイヒールを一足見つけた。家へ持ち帰ってはこうとすると、母親はすごいけんまくで怒り、それを捨てるようにいった。しかし彼は隠し持っていた。やがて母親はそれを見つけて取りあげ、燃やしたうえ、彼を罰した。十六歳になったときには、オレゴン州に住んでいたが、不定期的に近所の家へ侵入し、女性の靴を、やがては下着を、盗んでは保管して、身につけようとした。翌年、若い女性を車へ連れ込んで裸を見ようと脅迫的行為におよんで、逮捕された。彼はセイラムの州立病院で数カ月にわたり治療を受け、危険な男ではないと診断された。ハイスクールを卒業した後、陸軍に短期間いたが、心理学的理由で除隊になった。ブルードスはあいかわらず家屋へ侵入し、靴や下着を盗んでいた――ときには侵入した家で女性と出くわし、意識を失うまで首を絞めることがあった――が、童貞を失った相手の若い女性と、義務感からまもなく結婚した。彼は職業訓練校へかよって、エレクトロニクスの技術者になった。

六年後の一九六八年、ふたりの子の父親となり、あいかわらず記念品を求めて夜の家宅侵入をつづけていたブルードスが、ある日、玄関のベルに応えて出ると、リンダ・スローソンという十九歳の女性が立っていた。彼女は百科事典を販売するために訪問の約束をして、間違った家へ来たのだった。ブルードスはこの機会をとらえ、彼女を地下室へ引っ張り込んで、棍棒で殴り、首を絞めた。彼女が死ぬと、ブルードスは衣服を脱がせ、集めてあったさまざまな品を死体につけてみた。廃棄された自動車のトランスミッションを錘《おもり》にしてウィラメット川へ死体を棄てる前、彼は左足を切り取り、大切にしているハイヒールをはかせて、冷凍庫へしまった。それからの数カ月間に、彼はさらに三回殺人を犯し、乳房を切り取って、それらの型を作った。彼がいろいろな女子学生に同じような話をもちかけてデートに誘っていたことがわかり、待ち合わせの場所に張り込んでいた警察につかまった。ブルードスは自供し、精神障害だという弁護側の主張は通らず、有罪になった。

ボブ・レスラーとわたしは、セイラムのオレゴン州立刑務所で彼に面接した。彼はずんぐりした丸顔の男で、礼儀正しく、協力的だった。しかし、犯行の細部についてきくと、低血糖症のせいで記憶がないといった。

興味深いことにブルードスは、警察に自供したときには、犯行の細部まで話し、死体や証拠がどこにあるか記憶していた。彼はまた、自分が犯人であることを示す証拠をうっかり残していた。ガレージで被害者のひとりを鉤にかけて吊し、彼の好きな衣類や靴を身につけさせ、死体の下に鏡を置いて写真を撮っているうちに、うっかり彼自身まで写してしまったのである。

低血糖症のせいで記憶がないと主張するにもかかわらず、ブルードスは秩序型犯罪者である特徴を数多く示した。これは、もっと若いころの空想内容と結びついていた。十代のはじめに家族の農場で暮らしていたとき、彼はトンネルのなかで女の子をつかまえて、むりやり彼の言いなりにさせる空想をした。現実に、女の子をだまして納屋へ連れ込むことができるようになると、裸になれと命令して、写真を撮った。こういうタイプの行動は成人してからも尾を引くものである。ブルードスがティーンエイジャーのときには、まだ素朴で未熟なので、裸の被害者の写真を撮るくらいしか思いつかなかったのだ。納屋での行為のあと、彼は女の子をトウモロコシの貯蔵庫へ閉じ込めておき、しばらくしてから、髪形を変え、べつの服を着てもどり、ジェリーの双子の兄弟のエドと名乗った。彼はおののく彼女に、ジェリーは集中的な治療を受けているところだと説明し、口外しないでほしい、口外されるとジェリーは困ったことになり、病気が逆もどりするからと頼んで、解放してやった。

ジェローム・ブルードスに明瞭にあらわれているのは、彼の行為が典型的にエスカレートしていること、そして空想が絶えず精密になっていくことである。エド・ケンパーのような犯罪者とジェリー・ブルードスのような犯罪者とでは、目的も手口も大きく異なるものの、ある犯行からつぎの犯行へ、活動のあるレベルからつぎのレベルへと、細部を「改善」しようとする執念は共通している。ケンパーが選ぶ被害者は美人の女子学生であって、これは彼の心の中で母親と結びついていた。彼ほどは世慣れていないし、知能も劣るブルードスは、いきあたりばったりに会う被害者で満足した。しかし、細部についての執念は両者とも同じで、これが両者の暮らし方を支配した。

ブルードスは、彼が異常に執着する衣類を妻のダーシーに着せ、写真を撮った。彼女はまともな、冒険心などない女性で、こうした行為に不安をおぼえ、夫を怖がった。ブルードスは拷問部屋を造る手の込んだ空想をしていたが、ガレージで我慢するしかなかった。そのガレージには冷凍庫があり、気に入った死体の部分を入れて鍵をかけていた。妻のダーシーが夕食に肉を料理するときには、夫にどんな肉がほしいかいわねばならず、そうすると彼が肉を取ってきた。彼女はしばしば友だちに、自分で冷凍庫をのぞいてこれこれの肉を選べたらいいのに、と不満を漏らした。それでも、不便にもかかわらず、彼女は通報しなければならないほどおかしいとは思わなかった。あるいは、怖くて通報しなかったのかもしれない。

見つけた靴から姉の衣類へ、そしてほかの女性の占有へ――ブルードスは特には害のない奇癖から始まってしだいにエスカレートしていった犯罪者の典型的な例に近い。最初のうち、彼は洗濯物を盗むだけだった。それから、ハイヒールをはいた女性をつけまわしたり、誰もいない家へ忍び込むようになり、やがてもっと大胆になって、住人と面と向かう気になった。

はじめのうちは、衣服を着てみるだけで充分だったが、結果的に、もっとスリルを求めだした。彼は女の子たちに写真を撮らせてくれと頼みはじめた。やがて、ひとりが服を脱ぐのを拒絶すると、彼はナイフで脅した。殺人を始めたのは、たまたま被害者が彼の玄関のベルを押したときからだった。しかし、いったん女性を殺して満足感を知ると、それを繰り返すようになり、そのたびに死体切断の度が高じていった。

わたしは、スティレットヒールに惹かれたり、黒いレースのブラジャーやパンティのことを思うと興奮する男性すべてが犯罪者になるというつもりはない。もしもそうなら、われわれの大部分は刑務所へ入るだろう。しかし、ジェリー・ブルードスの例でわかるように、この種の性倒錯はいっそう悪化していくことがあり、また「状況しだい」でもある。例をあげよう。

過日、わたしの家からさほど遠くない小学校で、校長が子供たちの足に特に関心を示していた。彼が子供の足やつま先をいつまでくすぐれるか、ゲームをよくやるのだった。子供がある時間まで耐えたら、彼は金をあたえた。ショッピング・センターで金遣いの荒い子供たちがいることに親が注目した。学区の当局がその校長をクビにすると、地域社会のあちこちから抗議の声があがった。彼はハンサムで、きまったガールフレンドと正常な関係をつづけていた。そして子供や親にも同じように人気があった。彼がつま先にそんなことをしたにせよ、本質的に無害だった。子供を虐待したことはなく、服を脱がせようとしたこともなかった。これは、倒錯的欲望を満たすために子供を誘拐するような種類の人物ではない。

この評価にはわたしも同意した。彼に会ってみると、愛想がよく、人好きのする人物だった。しかし、かりにそうしたゲームの途中で少女が激しく反応し、悲鳴をあげて、彼のことを言いつけてやると脅すとしよう。彼はたちまちパニック状態になり、その状況にどう対処すればいいかわからず、それだけのせいで子供を殺すこともありうる。教育長がわたしの課に助言を求めたとき、わたしは彼をクビにしたのは正しい措置だったと思うと伝えた。

同じころ、わたしはヴァージニア大学へ呼ばれて行った。女子学生が地面に押しつけられ、ビーチサンダルをむりやり盗まれるという事件がつづいていたのだった。さいわいひどく負傷した者はいなかった。地元警察や大学の警察はこの事件をある種のいたずらとして扱っていた。わたしは彼らや大学当局者に会い、ブルードスその他の犯罪者のことを話した。それ以後、彼らの態度は大きく変わり、事件は起きなくなった。

エド・ケンパーの場合、情緒的に痛ましい少年時代によって連続殺人者が造られたように思う。ジェリー・ブルードスの場合はもっと込み入っている。明らかに彼独得の性倒錯はごく若い年齢からあった。彼は小さいとき、ゴミ捨て場で見つけた一足のハイヒールに魅了された。しかしその魅了の一部は、以前に見たことがないハイヒールだったことかもしれない。それは母親がはく靴とはぜんぜん違っていた。そうして、彼女がひどくやかましく叱ったとき、彼にとってそれは禁断の果実になった。それからあまり経たないうちに、ブルードスは彼の先生の靴を盗んだ。ところが、見つかったとき、その先生の反応に驚いた。彼女は叱らず、彼がなぜそんなことをしたのか知りたがった。ブルードスは、自分のやることについて大人の女性たちから異なるメッセージを受けだした。おそらく生来のものらしい衝動はしだいに不気味な、はるかに破滅的なものへと変化していった。

その進行の危険性にほかの人が気づいて、彼の感情を制御する生産的な方法を講じていたら、どうなっていただろう？　最初の殺人が起きたときでは遅すぎる。しかし、どの段階にせよ、進行を遮断できただろうか？　わたしは、性的動機をもつほとんどの殺人者の更生ということに関しては、ごく悲観的である。効果的方法があるとすれば、ずっと初期の段階、空想が現実になる前でなければならない。

わたしの姉のアーリーンがティーンエイジャーだったころ、母は彼女がつきあう若者がどんな人物か、彼らが母親にどんな気持をいだいているかきけばいろいろわかる、とよくいっていた。母親を愛し尊敬していると打ちあければ、ほかの女性との将来の関係にもたぶんそれが反映されるだろう。母親のことを性悪女だとか売女、男をダメにするやつだとか思っているなら、ほかの女も同様に扱う可能性がかなり高い、というのだった。

わたしの経験からすると、母の観察は当を得ている。ヴァージニア州アレクサンドリアでティーンエイジャーのときに五人の女性をレイプし殺害したモンティ・リセルは、われわれにこう話した。両親のいがみあいの多い結婚生活が破綻したとき、母親ではなく父親と暮らすことを許されていれば、リッチモンド刑務所で終身刑を送ることにはならず、いまごろは弁護士になっていただろう、と。

モンティ・ラルフ・リセルのことから、われわれはパズルのピースをいっそううまく組み合わせられるようになった。両親が離婚したとき、三人の子供のなかでいちばん年下のモンティは七歳だったが、母親は住みなれた土地を離れ、子供たちを連れてカリフォルニアへ移った。彼女は再婚し、新しい夫だけと多くの時間をすごして、子供たちは大人の監督をほとんど受けなかった。モンティは早くから問題を起こしはじめ、学校でわいせつな落書をし、ドラッグをやり、そうして口論のあげくいとこをBBガンで撃った。彼によれば、義理の父親がライフルをくれたが、衝動的に撃ったとわかると、義父はライフルをたたき壊して、銃身で彼を幾度も殴ったという。

モンティが十二歳になったとき、母親の二回目の結婚は崩壊し、家族はヴァージニアへもどった。モンティは、彼と姉とに責任があったと思う、とわれわれに語っている。それ以降、彼の犯罪はエスカレートし、無免許運転、押込み、自動車泥棒、そしてレイプへとつづいた。殺人への移行は示唆に富んでいる。まだハイスクールにいて保護観察下にあり、精神科医のカウンセリングを受けていたとき、ガールフレンドから手紙がきた。彼女は学年が一年上で、そのときは大学生になっていた。手紙は別れようという知らせだった。モンティはすぐさま車に乗って大学へ行き、彼女が新しいボーイフレンドといっしょにいるところを見つけた。

あからさまな行動にでるとか、原因となった男に怒りをぶつけるとかはしないで、彼はアレクサンドリアへもどり、ビールとマリファナで空元気《から》をだしながら、アパートの駐車場で自分の車のなかに何時間も坐っていた。

午前二時か三時頃、女性ひとりの乗る車がそこへやってきた。時のはずみで、彼は失ったものを取りもどす決心をした。その女性の車へ近づき、拳銃を突きつけて、強引に近くの人のいない場所へ連れ込んだのだった。

第一に、これは引き金となる出来事のあとで起きている。こういう出来事をわれわれはストレッサーと呼ぶようになった。このパターンはじつに多い。引き金となるストレッサーはさまざまだが、いちばん共通するものが二つある。職を失うこと、妻やガールフレンドを失うことがそれだ（ここで女性を持ちだしたのは、こうした殺人者の事実上全員が男性だからである）。モンティ・リセルのような人びとを調べた結果、こうしたストレッサーは連続殺人者を起動させる大きな役割をになうので、場合によってはストレッサーが何だったか推測できる。

モンティ・リセルは、ガールフレンドが男子学生といっしょにいるのを見た夜、最初の殺人を犯した。このこと自体に意味があるが、どのようにして、なぜそうなったのか調べていくと、もっと多くのことがわかる。

偶然、リセルの被害者は売春婦だったと判明した。この点から二つのことが考えられる。まず、見知らぬ男とのセックスに対する恐怖が、ふつうの女性とは同じでなかった。そして、怖がってはいたものの、生きのびようとする本能的な勘はたぶんかなりよかっただろう。それで、男がレイプするつもりだとはっきりわかると、彼女は状況を緩和しようと、スカートをまくりあげ、これが好きなんでしょう、どんな体位がいいの、とたずねた。

女のこの行動は、相手を和らげるどころか、かえって怒らせた。「あの女は状況を支配しようとしているようだった」と彼はわれわれに話した。女は、彼をなだめようと明らかに偽《にせ》のオルガスムスに二、三回達してみせたが、逆効果だった。モンティにとって、女がこのレイプを「楽しむ」ことができるのなら売春婦だろう、という彼の推測を強めるものだった。彼女は非人格化し、殺害をいっそう容易に考えられるようになった。

ある被害者が癌にかかった父親の世話をしていることを話すと、モンティは彼女を逃がしてやった。モンティの兄は癌にかかっていたので、彼女と結びつけたのだった。彼にとってその女性は人格化したのである。これは前述の売春婦や、リチャード・スペックがうつぶせ状態にして襲った若い看護実習生の場合と反対だった。

このことは、レイプされる状況でどうするべきか、一般的に当てはまる助言をあたえにくい事情を物語っている。強姦者のパーソナリティや犯罪の動機しだいで、いいなりになるのが最善の方法ということもあるし、話しかけてその場を切り抜けるのがよいこともある。そうすれば事態がいっそう悪くなることもあるだろう。「男としての力を確認したい強姦者」に対しては、抵抗すれば、彼はすぐにやめるかもしれない。しかし「怒りに刺激された強姦者」に抵抗すれば、被害者が充分に強いかすばやく逃げないかぎり、殺されかねない。

モンティはその売春婦をレイプしたあと、怒ってはいたが、彼女をどうするか決めていなかった。しかし、当然ながら、彼女は逃げようとした。このことは、彼ではなく彼女のほうが状況を支配しているとモンティに思わせた。「あの女は谷へ逃げた。そのとき、おれは彼女をつかまえた。アームロックしたんだ。彼女はおれより大きかった。絞めはじめると……彼女はよろめき……おれたちは丘を転がり、水に落ちた。おれは彼女の頭を岩の側面にぶっつけ、水のなかに押さえこんだ」

犯罪を分析するのに、被害者の行動も、犯人の行動と同じくらい重要であることを、われわれは学んだ。これはハイ・リスクの被害者だったのか、それともロー・リスクの被害者だったのか？　彼女は何をいったか、あるいは何をしたか？　それが犯人をあおりたてたのか、あるいは手控えさせたのか？　彼らの出会いはどんなだったのか？

モンティは、自分のアパートの近くにいた者を選んだ。いったん人殺しをやってしまうと、そのタブーは消えた。彼は人を殺すのが楽しいことに気づいた。もしもわれわれがこの事件を手がけていたら、もっと経験を積んだ人物が犯人だと推測したことだろう。はじめて人を殺したとき、モンティはやっと十九歳になったばかりだった。われわれなら、二十代の半ばか後半の男だと推測したはずである。

しかしモンティ・リセルの事件は、われわれの仕事においては、年齢はかならずしも生まれてからの年数とはかぎらないことを示している。一九八九年、わたしの課のグレッグ・マクラリーはニューヨーク州ロチェスターでの連続売春婦殺しの捜査に協力し、詳細なプロファイルにもとづいた策略を提案した結果、犯人アーサー・ショークロスを逮捕、そして有罪へとうまくはこんだ。われわれが後にそのプロファイルを見ると、グレッグはほとんど正確に犯人を指摘し——人種、パーソナリティ、職業のタイプ、家庭生活、乗用車、趣味、土地勘、警察との馴染みぶりなど、事実上すべてが的中し、年齢だけがはずれていた。グレッグは、犯人が二十代後半か三十くらいと予想したのに、ショークロスは四十五歳だった。あとでわかったが、ショークロスは小さい子供をふたり（売春婦や老人と同様に子供も襲いやすい）殺した罪で十五年間服役していた。そして保釈で出獄して何ヵ月もたたないうちに、やりかけたことを再開したのだった。

アーサー・ショークロスが保釈中に殺人をつづけたのと同様に、モンティ・リセルも保釈の身だった。そしてエド・ケンパーと同じように、モンティは人間を殺しつづけているあいだにも、精神科医にすばらしい回復ぶりだと信じさせることができた。精神科医や精神衛生の専門家は、患者自身による報告にもとづいて診断するのが習慣であり、精神科医をだますのは信じられないくらい容易だとわかってきた。犯罪行動に関しては自己報告の信憑性に限界があることを、精神医学界は知っておいてほしい。連続殺人犯や連続強姦魔は相手を操ることが巧みで、自己愛的、そしてまったく自己中心的である。彼らは、保釈を決定する係官や刑務所の精神科医に、相手が聞きたいことを何でも、刑務所から出してくれそうなことなら何でも話すだろう。

モンティからそれ以後の殺人を聞いて、彼が着実に進歩していったことがわかった。彼は、二番目の被害者が質問ぜめにしたのに苛立った。「彼女は知りたがった。おれがなぜこんなことをしたいのか、なぜ彼女を選んだのか、おれにはガールフレンドがいないのか、おれがどんな問題をかかえてるのか、おれが彼女をどうするつもりなのか、とね」

彼女は銃を突きつけられて車を走らせていた。そして最初の女性と同様に、逃げようとした。その時点で、モンティは彼女を殺さねばならないと決め、胸部を繰り返し刺した。三度目の殺人になると、かなり容易だった。前の経験から学び、被害者に話させなかった。彼女を非人格的なままにしておく必要があった。「おれは考えていた……もうふたり殺したんだ。この女も殺したっていいじゃないか」

モンティはその女性を逃がしてやった。彼女は癌の父親の世話をしていた。しかし、彼が殺した五人のうち最後のふたりについては、彼の意図は明確になっていた。ひとりは溺死させ、もうひとりは刺殺した——彼自身の記憶では五十回から百回は刺したという。

ほかの連続殺人者と同様、モンティ・リセルは実際にレイプとか殺人を始めるずっと前に、空想でそうしている。そんな考えがどこからきたのか、われわれはたずねた。由来はさまざまだったが、その一つはデイヴィッド・バーコウィッツに関する記事だった。

デイヴィッド・バーコウィッツは、最初は「四四口径の殺人者」として知られたが、新聞社へ手紙を書きだしてからは「サムの息子」と呼ばれた。彼は典型的な連続殺人者というより暗殺者タイプである。ほぼ一年間——一九七六年七月から一九七七年七月まで——に六人の若い男女が殺され、さらに多く負傷した。その全員が、恋人たちが利用する静かな道に車を停めているところを、強力な拳銃で撃たれた。

多くの連続殺人者と同様にバーコウィッツは養子として育てられたが、陸軍へ入るまでそのことを知らなかった。彼は希望するヴェトナムでなく朝鮮へ派遣され、そこで売春婦を相手にはじめての性体験をもち、性病をうつされた。除隊してニューヨーク市へもどると、実の母親を捜しはじめた。見つけたとき、母親は娘――つまり彼の姉――とロングアイランドで暮らしていた。驚き、かつがっかりしたことに、彼女たちは彼とかかわりたがらなかった。バーコウィッツは内気で自信がなく、怒りを胸にいだいていた。そこへいまや殺人者としての可能性が生まれた。彼はテキサスへ行き、チャーター・アームズ・ブルドッグつまり四四口径の拳銃を購入した。この強力な大型の火器を持つと、自分がずっと大きく、強くなったような気がした。それを持ってニューヨーク市のゴミ捨て場へ入りこみ、小さな目標を狙って撃ち、うまくなるまで練習した。そうして、郵便局の下っ端従業員だった彼は、夜はハントに出かけるようになった。

われわれはアッティカ州立刑務所でバーコウィッツに面接した。彼は、有罪を認めた殺人一件につき二十五年の刑に服していた(あとで犯行を否定しているが)。一九七九年には刑務所内で背後から喉を切り裂かれ、瀕死の重傷を負って、五十六針も縫った。犯人はわからずじまいだった。そういうこともあったので、彼がまた危害をくわえられないように、われわれは予告せずに訪れた。わたしは「サムの息子」を大きく扱った古いタブロイド新聞を持っていった。

わたしは彼に新聞を渡して、いった。「デイヴィッド、いまから百年たったら、ボブ・レスラーとかジョン・ダグラスの名前なんか誰も憶えちゃいないだろう。だが〝サムの息子〟は記憶に残ってるぜ。現に、いまもカンザスのウィチタでは女を半ダースも殺す事件が起き、犯人は〝BTK絞殺者〟と名乗ってる。〝縛《バインド》って、苛《トーチャー》み、殺《キル》す〟の略だな。で、その男が手紙を何通も書いていて、そのなかにおまえのことを述べてある。〝サムの息子〟ことデイヴィッド・バーコウィッツについてな。彼はおまえのようになりたがっている。なにしろおまえにはパワーがあるからな」

バーコウィッツは自分のやったことを評価する者を絶えず求めていた。わたしの言葉を聞くと、彼の目が輝いた。わたしはさらに話をつづけた。やがて彼は、ためらわずに話してくれ、ブルックリンとクイーンズ地区で二千件以上の放火をしたことを認めた。彼は逐一、日記につけていた。この点も暗殺者タイプに似ている。被害者と肉体的接触をもちたがらなかった点も、暗殺者タイプに近い。彼は強姦魔でもフェティシストでもなかった。被害者から記念品を取っていないし、性的興奮は射撃自体からきていた。

火をつける物はゴミ箱とか廃屋で、多くの放火犯と同様、炎を見ながらマスターベーションをし、消防車が来て消すときにも、またマスターベーションをした。

われわれにとってきわめて興味深いのは、恋人たちの車を狙うとき、バーコウィッツは運転席の側でなく助手席の側から、つまり女性の坐る側から近づいた点である。これは、銃を撃つとき、彼の憎しみ、怒りが女性に向けられていたことを示す。そして何発も撃つのは、何回も刺すのと同じように、その怒りの程度を示している。

同様に興味深いのは、バーコウィッツが毎晩のように獲物を求めて出かけた点である。適当な獲物が見つからないときには、前に成功した地域へもどった（連続殺人者の多くは死体を処理した場所へもどってくる）。彼は犯罪現場や墓地へよく来ては、象徴的な意味をこめて泥のなかを転がり、空想を幾度も甦らせた。

連続殺人者が自分の犯行を写真やヴィデオに残すのも、これと同じ理由からである。被害者が死んで、死体を処理してしまうと、犯人はそのときのスリルを再現したくなり、空想のなかで幾度も繰り返す。バーコウィッツはアクセサリーとか下着、あるいは体の一部などを必要としなかった。犯行現場へもどるだけで充分だった。それから家へ帰って、マスターベーションをし、空想を繰り返すのだった。

法の執行に従事する人びとは、殺人者は犯罪現場へもどってくると推測してきたが、それを証明することも、理由を説明することもできなかった。われわれは、バーコウィッツのような犯人たちからその推測が正しかったことを発見しはじめた。とはいえ、理由がわれわれの考えとかならずしも一致するとはかぎらなかった。たしかに良心の呵責《かしやく》は理由の一つだろう。しかし、バーコウィッツが示したように、ほかにも理由がある。特定のタイプの犯罪者が犯罪現場へもどるわけを理解すれば、対処する戦略を立てることもできるのだ。

「サムの息子」は、最後の殺人の夜、車を消火栓のそばに駐車していたせいで、ついに逮捕された。そのあとバーコウィッツは「サム」を隣人のサム・カーから取った、カーの飼う黒いラブラドール・レトリーバーはじつは年齢三千歳の悪魔であって、デイヴィッドに殺人を命じたのだ、と説明した。そのために彼は妄想型統合失調症とされたが、それは罪を免れるための手段にすぎない。彼はわれわれにもその犬のことを話しはじめたので、わたしはこういった。「おいおい、デイヴィッド、そんなたわごとはよせ。犬はこれと関係ないじゃないか」

彼は笑い、わたしのいうとおりだと認めた。要するにデイヴィッド・バーコウィッツは、母親やほかの女性による扱いに怒り、女性のそばでは自分が不適当だと感じていた。そして女を自分のものにする空想が、死をともなう現実へと発展したのである。

ボブ・レスラーが国立司法研究所の助成金をうまく運用したことと、アン・バージェスが面接結果をうまく編集したおかげで、一九八三年には三十六人の犯罪者に関する詳細な研究が完成した。彼らの百十八人にのぼる被害者についてのデータも集まった。

この研究から、暴力犯罪者をいっそうよく理解し、分類するシステムができあがった。犯人の頭のなかで起きていることと、犯罪現場に彼が残す証拠とを、これではじめて結びつけることができるようになった。このことは、犯人をいっそう効果的に追跡し、いっそう効果的に裁くのに役立った。「こんなことができるのはどんなタイプの人間だろう？」という古くからの疑問に本格的な取り組みが始まったのだ。

一九八八年、われわれは『セックス殺人――パターンと動機』（邦訳名『快楽殺人の心理』）という本を著した。しかし、われわれがどれだけ多く学ぼうとも、同書の結びで述べたように「この研究は、解答できることよりさらに多くの疑問を生じさせる」のである。

暴力犯罪者の心の中へ向かう旅は、いつまでも発見を求める前進でありつづけるだろう。連続殺人者は経験から学んで、成功する。われわれは、彼らより速く学びつづけなければならない。

8　殺人犯には言語障害が

一九八〇年のあるとき、わたしは老婦人が殺されたという地元新聞の記事を読んだ。彼女は性的に暴行され、激しく殴られて、死んだ。彼女の二頭の犬も刺殺されていた。犯人は現場でかなり長く過ごしたものと警察はみていた。土地の人びとは唖然《あぜん》とし、憤激した。

二ヵ月ほど後、出張から帰ったわたしは、その事件に関して何か進展があったか妻にたずねた。すると、進展はないし、有力な容疑者もないということだった。わたしが読んだり聞いたりしたところからすると、早く解決しそうな事件だった。FBIが担当する事件ではなく、わたしは地元の住人にすぎないが、できることがないかきいてみることにした。

わたしは警察署へ行き、自己紹介して、担当の刑事たちと話ができないだろうかとたずねた。署長は快く受け入れてくれた。

捜査主任が現場写真をはじめ事件の資料を見せてくれた。被害者はほんとうに殴り殺されていた。資料を調べていくうちに、犯人の精神状態や犯行のありさまがはっきりわかってきた。

丁重だが少し疑わしそうな刑事たちに、わたしは話した。犯人は十六歳か十七歳のハイスクール生徒。老婦人が性的暴行の被害者になった場合、われわれはかならず若い男、自分に自信がなく、あまり経験のない若者を捜す。被害者より若くて強い、あるいはもっと挑戦的な女性は、怖いので襲えない。彼はだらしない様子をしているだろう。髪はばさばさ、身だしなみが悪い。犯行の夜、彼は母親か父親から追い出され、行くところがなかった。その状況ではあまり遠方へは行こうとせず、手近な、いちばん楽に見つかる避難所を探そうとした。彼には、自宅の嵐がおさまるまで置いてもらえるほど親しいガールフレンドも男の友だちもいない。それで、みじめな思いと無力感をいだき、腹を立てて何となく歩いているうちに、その老婦人の家へ来た。彼女が独りで暮らしていることを、彼は知っていた。以前、そこで働いたか、ちょっと仕事をしてやったからだ。彼女が強敵にならないことはわかっている。で、彼は押し入った。彼女は拒もうとしたかもしれない。彼をののしりはじめたかも、あるいは怖くて口もきけなかったかもしれない。彼女の反応がどうであれ、それが彼を興奮させ、行動をおこさせた。自分自身と世間に対して、おれがどんな男か見せてやる、という気になった。犯人は、彼女とセックスしようと試みたが、挿入できなかった。それで彼女を激しく殴った。ある時点で、この女の口をふさいだほうがいいと決めた。なぜなら相手は顔見知りなのだ。犯人はマスクをしていなかった。犯行は計画したものではなく、衝動的におこなわれた。しかし、被害者はあまりにもひどく扱われたので、たとえ生きのびたとしても、犯人の人相を警察に教えることはできなかっただろう。

襲った後、犯人はやはり行くところがなかった。彼女はもう脅威にならないし、夜間に訪ねてくる者がいないことはわかっているので、彼はそこにとどまり、食べたり飲んだりした。その時点で、空腹だったからである。

わたしは話すのをやめ、こうした点に該当する者がいる、その男を見つければ、それが犯人だ、と刑事たちにいった。

彼らは顔を見合わせた。ひとりが微笑しはじめた。「あんたは霊能者かい、ダグラス？」

「いや」とわたしはいった。「しかし、わたしが霊能者なら、仕事はぐっとやりやすくなるがね」

「というのは、二週間前にビヴァリー・ニュートンという霊能者がここへ来てね。だいたい同じことをいったんだよ」

そのうえ、わたしが述べた特徴は近くに住むある人物に適合していた。この会合の後、刑事がその人物をふたたび尋問したが、勾留するだけの証拠はなく、自白も得られなかった。それからまもなく、彼は土地を離れてしまった。

それはともかく、わたしがどうしてそんなに明確な筋書を描けるのか、署長や刑事たちは知りたがった。そのころすでにわたしは、あらゆるタイプの人びとに対する暴力犯罪を充分に調べ、細部を関連づけていたし、また充分な数の暴力犯罪者に面接して、どんなタイプの犯罪がどんなタイプの人物によっておこなわれるか、頭のなかに図式ができていた。これが答えの一部である。しかしいうまでもなく、そんなに簡単な作業なら、マニュアルにもとづいてプログラムを教えるとか、コンピューター・プログラムを警察に提供することもできるだろう。われわれも作業中にはコンピューターを大いに利用する。ところがプロファイリングには、コンピューターにはできない、将来もできそうにない、複雑な面がある。プロファイリングは著述に似ている。コンピューターには文法や構文法などをインプットできるが、それでコンピューターが本を書くことはできない。

事件を手がけるとき、わたしは必要なすべての証拠——事件の報告書、犯罪現場の写真と説明、被害者の申し立てや解剖記録など——を調べたうえで、わたし自身を犯人の知的、感情的動きに合わせる。わたしは犯人と同じように考えようと努める。

ときには犯罪捜査に霊能者が役立つこともあるだろう。そういう例をわたしは見てきた。彼らのなかには、犯罪現場の特定の微細な証拠に潜在意識を集中的にはたらかせて、そこから理にかなった結論を導きだす能力をそなえた人びとがいる。ただしわたしはつねに、霊能者は捜査の最後の手段にするべきだと捜査員にいっている。アトランタで起きた子供の連続殺人事件のときには、何百人もの霊能者が犯人像や手口を述べたてたが、およそのところをいい当てた者さえひとりもいなかった。

これとほぼ同じころ、わたしはサンフランシスコ湾に近い警察署から依頼を受けた。ハイキング・コースのある深い森林地帯で連続殺人事件が起き、犯人は同一人物と思われた。マスコミは「山道わきの殺人者《トレイルサイド・キラー》」と名づけていた。

最初の事件は一九七九年八月のことで、運動好きな銀行の幹部行員、四十四歳のエッダ・ケインがタマルパイス山の東の山頂へ独りで登りにいったまま行方不明になった。この美しい山からは金門橋やサンフランシスコ湾が見渡せ、「眠りの美女《スリーピング・レディ》」というニックネームで知られている。ケインが暗くなっても帰宅しないので、心配した夫が警察に知らせた。翌日の午後、捜索犬によって彼女の死体が発見された。片方のソックスをはいただけの裸体で、まるで命乞いをするかのようにひざまずき、下を向いていた。検屍官は、後頭部に撃ち込まれた一発の弾丸が死因だと判断した。性的暴行の証拠はなかった。犯人はクレジット・カード三枚と現金十ドルを奪ったが、彼女の結婚指輪その他のアクセサリーには手をつけていなかった。

翌年の三月、マウント・タマルパイス公園で二十三歳のバーバラ・シュウォーツの死体が発見された。胸を幾度も刺され、やはりひざまずいていた。十月には、公園の縁へジョギングに行った二十六歳のアン・オルダーソンが帰宅しなかった。翌日の午後、側頭部を撃たれた彼女の死体が発見された。前のふたりの被害者とちがい、オルダーソンは衣類をぜんぶ身につけ、顔を上げて、岩にもたれかかっていた。なくなったものは一つだけ、右側の金製のイヤリングだった。住み込みの公園管理人によると、オルダーソンにとって最後の朝、彼女は公園の円形劇場に独りで坐り、日の出を眺めていたという。ほかにもふたり、エッダ・ケインの死体が見つかった場所から一キロと離れていない場所で、彼女を見かけた者がいた。

有力な容疑者としてマーク・マクダーマンが浮かんだ。マクダーマンの体の不自由な母親と統合失調症の兄が、タマルパイス山にある彼らの山小屋で撃ち殺されていた。マクダーマンは十一日間逃げまわった後につかまった。ところが、彼が家族を殺したことは明らかでも、「山道わき《トレイルサイド》」の事件に該当する銃を所持していなかった。そのうちにまた殺人が始まった。十一月、二十五歳のショーナ・メイが、サンフランシスコから数マイル北のポイント・レイズ公園で落ち合う予定だったふたりのハイキング仲間の前に現われなかった。二日後、浅く掘った土のなかに彼女の死体を捜索隊が発見。そばには腐敗したべつのハイカーの死体があり、それは一カ月前に行方不明になったニューヨークのダイアナ・オコンネル(二十二歳)と判明した。ふたりとも頭を撃たれていた。同じ日に、さらにふたりの死体が公園内で見つかり、十九歳のリチャード・ストワーズとその婚約者、十八歳のシンシア・モアランドと判明。ふたりとも十月半ばから行方不明になっていた。捜査員は、アン・オルダーソンが殺されたのと同じコロンブス・デー(十月の第二月曜日)の長い週末に殺害されたものと推定した。

　初期の連続殺人事件はすでにその地域のハイカーを震えあがらせ、とくに女性は独りで森へ入らないように、警告の看板が立っていた。しかし、一日に四人の死体が発見されると、大騒ぎになった。マリン郡の保安官G・アルバート・ハウエンスタイン・ジュニアは、彼女たちが死ぬ前に妙な男といっしょにいたという目撃者を幾人か突き止めたが、男の年齢とか顔立ちなど、肝腎の特徴がそれぞれ異なった。こんなことは、ひとりだけ殺された事件でさえめずらしくない。何カ月にもわたり幾人も殺された事件ではなおさらである。バーバラ・シュウォーツの殺害現場から変わった二焦点眼鏡が発見され、犯人のものと思われた。ハウエンスタイン保安官はこの情報を公表し、すべての検眼士にあたった。フレームは明らかに刑務所で使用されるものだったので、釈放されて間もない性犯罪歴のある人びとも調べられた。FBIのサンフランシスコ地方支局もふくめ、さまざまな法執行機関が活発に動いていた。

「山道わきの殺人者」は「十二宮殺人者《ゾディアック・キラー》」の再来ではないか、という推測がマスコミにはあった。サンフランシスコで殺人を重ねたあげく、何者だかわからないまま一九七四年以降活動をやめた殺人犯のことで、もしかするとべつの罪で投獄され、それと知られないまま保釈になったのかもしれない、というのである。しかし「ゾディアック・キラー」とちがい、「トレイルサイド・キラー」は警察をあざける必要を感じていなかった。

ハウエンスタイン保安官は、心理学者のR・ウィリアム・マシス博士に事件の分析を依頼した。マシス博士は事件の儀式的な様相に注目し、犯人は記念品を取って持っているだろう、人をひきつけるパーソナリティのハンサムな容貌にちがいない、とした。

博士の助言にもとづいて、ハウエンスタインたちは、男性の公園監視員に女性ハイカーをよそおわせるなど、さまざまな罠を仕掛けたが、効果はなかった。

FBIのサンラファエル駐在所からクワンティコへ依頼がきたとき、受けたのはロイ・ヘイズルウッドだった。ロイは、レイプと女性に対する暴力を担当する専門家であり、わたしとはちがい、教育にかかりきりだった。そのころわたしは教壇に立つことをほとんどやめ、行動科学課ではただひとりプロファイリングに専念していた。それでロイは、わたしにサンフランシスコへ行くように頼んだ。

保安官事務所で、わたしは事件の関係資料すべてに目を通した。特に興味をおぼえたのは、リッチ・キートン刑事の観察である。つまり、すべての殺人は、樹木が多くて葉が天蓋のように茂り、空がほとんど見えない、孤立した場所で起きているようだ、という指摘である。殺害現場は、車では無理な、徒歩でしか行けないところにかぎられていた。アン・オルダーソンが殺された現場は、公園の円形劇場からの近道にあたる間道のすぐ近くだった。これは、殺人者が地元の人間であり、その地域にずいぶん詳しいことを、強く示唆していた。

わたしは、マリン郡保安官事務所の広いトレーニング・ルームで発表した。半円形に椅子が置かれ、五十人から六十人が出席していた。そのうち十人ほどはFBIの捜査官、残りは制服警官や刑事だった。聴衆を見渡すと、白髪の人びとが少なくなかった――この事件の犯人捜査に協力してもらうため、引退生活から引きもどされた人びとではないか。

まずわたしは、すでに発表されていたプロファイルに反論した。犯人がハンサムで魅力的な、洗練されたタイプであるとは思えない。めった刺しにしてあること、うしろから不意に襲ったことからみて、犯人は引っ込みがちで、自信がなく、被害者と会話を始めることも、気軽な雰囲気をつくることも、あるいは、うまくだまして望みどおりにさせることもできない（かならずしも反社会的とはかぎらないが）非社交的な人物と思われる。ハイカーはみんな体力がある。いきなり襲うのは、相手が対応できないうちに圧倒するしか方法がなかった証拠だろう。

こういう犯罪は、被害者と知り合いの人物による仕業ではない。現場は人家から離れていて、見通しが悪い。これは、犯人が被害者を餌食にする空想を好きなだけ長く楽しめることを意味している。それでも犯人は電撃的に襲う必要を感じた。レイプはせず、殺したあとで死体をいじっている。たぶんマスターベーションをしただろうが、挿入はしていない。被害者は年齢も体型もばらばらであって、口の達者な、人当りのよいテッド・バンディの被害者たちとはちがう。テッドの被害者の大部分は女子学生かそれくらいの年齢で、美人、まんなかで分けた黒っぽく長い髪、という共通の特徴をそなえていた。「トレイルサイド・キラー」にはそういう好みがなく、巣にかかる虫を待つクモに似ている。わたしは集まった警官たちに、犯人には犯罪歴があるはずだと話した。レイプか、もっと可能性があるのはレイプ未遂だが、この連続殺人の前に殺しはやっていないだろう。殺人を始める前に、それへ駆りたてるストレッサーがあったと思われる。被害者はすべて白人なので、犯人が白人であることは間違いない。彼はブルーカラー、機械関係か工業関係の仕事についている。効率よく殺しているし、いままで警察の追及をかわしていることからみて、年齢は若くても三十代半ば。頭はかなりいい。知能指数を調べれば、普通以上だろう。夜尿症、放火、そして動物虐待、あるいはこのうち少なくとも二つの前歴がある。

「もう一つ」わたしはしばらく言葉を切ってからいった。「殺人者には言語障害があるでしょう」

聴衆の表情やボディ・ランゲージは容易に見てとれた。

「どうしてそうわかるんだね？」とひとりの警官が辛辣な口調できいた。「刺し傷がもたもたしているとでも？」。彼はにやにや笑っていた。

いや、とわたしは説明した。事件のほかのあらゆる要素を考慮し、帰納的、演繹《えんえき》的推理を組み合わせたのです。ほかの人が来そうにない、隔絶した場所。犯人はどの被害者にも人混みのなかで近づいていないし、また、うまくだまして連れていったのでもないという事実。人家から遠く離れたところなのに不意の襲撃に頼る必要を感じていた事実——これらすべては、自分で恥ずかしいとかぶざまだと思う何らかの障害をもつ人物が犯人であることを示しています。怪しんでいない被害者を圧倒して、彼女を威圧、支配することは、この障害を克服する彼の方法なのです。

言語とは異なるタイプの病気か障害ということもありうる、とわたしは認めた。心理学的あるいは行動科学的にいって、ごく地味な人物、にきびの痕がひどいとか、ポリオによる障害がある、手か足に欠損がある、といった人も考えられないことはない。しかし、襲い方からみて、体が不自由な人物は除外できるし、またそんな人が現場の近くにいれば、目立つから、見かけたという報告があっただろう。その点、言語障害なら、当人が口を開くまで目立たない。

「あんたが間違っていたら？」

「いくつかは間違っているかもしれません」。わたしはできるだけ正直に認めた。「年齢はちがうかもしれません。職業や知能指数もちがうかもしれません。しかし、人種や性別については自信があります。彼がブルーカラーだということもたしかです。彼に何らかの欠陥があり、彼をひどく悩ましていることも間違っていません。もしかすると言語障害ではないかもしれませんが、わたしはそう思います」

話を終えたとき、どれほどのインパクトをあたえたか、また、理解してもらえたかどうか、わたしにはわからなかった。しかし、あとでひとりの警官がやってきて、いった。「あんたの話が正しいかどうか、わたしにはわからんがね、ジョン。だが、少なくとも捜査の方向は示してくれたよ」。わたしはクワンティコへもどり、ベイ・エリアの保安官事務所と警察の合同捜査がつづいた。

三月二十九日、殺人者はまたしても襲った。今度はサンタ・クルーズに近いヘンリー・カウエル・レッドウッズ州立公園で、若いカップルを撃ったのだ。犯人は、カリフォルニア大学の二年生エレン・マリー・ハンセンにレイプすると告げた。彼女が拒絶すると、犯人は三八口径の拳銃で撃って、彼女を即死させ、いっしょにいたスティーヴン・ハートルに重傷を負わせた。瀕死のまま置き去りにされたハートルは、犯人は体が曲がり、歯が黄色だったと特徴の一部を教えることができた。ほかの目撃者たちから、その男が外国製の赤い新車、おそらくフィアットに乗っていたこともわかった。ハートルは、犯人が五十代か六十代、頭はかなり禿げていたと話した。弾丸も、以前の殺人に使用されたのと同じ銃から発射されたものとわかった。

五月一日、ブロンドの美人、二十歳のヘザー・ロクサンヌ・スキャグズが行方不明になった。彼女はサンノゼの印刷学校の生徒だった。母親やボーイフレンド、そしてルームメイトはみんな、彼女が学校の工芸の教師、デイヴィッド・カーペンターといっしょに出かけることになっていた、彼の友人から彼女が車を買う話がまとまったからだ、と話した。カーペンターは五十歳。このタイプの犯罪では異例である。しかも彼は赤いフィアットに乗っていた。カーペンターはもっと前に逮捕されてもよいところだったのに、信じられないほど運がよかった。彼は性犯罪で投獄されたことがあった。皮肉なことに、州の仮釈放者リストに載らなかったのは、法律的にはカーペンターは連邦の刑に服するためカリフォルニア州によって釈放されたのであって、記録上はまだ連邦刑務所に収監されていることになっていたのである。さらに、二番目の犠牲者バーバラ・シュウォーツを殺した現場に彼は眼鏡を落としてきたが、そのバーバラと彼とは同じ検眼士にかかっていた!

ほかにも証人が現われた。サンノゼ警察とFBIはカーペンターを監視したのち、逮捕した。彼は、威圧的で虐待する母親と、少なくとも精神的に虐待する父親とに育てられた。子供のとき知能指数は平均以上だったが、ひどい吃音のせいで、いじめられた。慢性的な夜尿症と動物虐待も子供のときの特徴だった。成人してからは、怒りと欲求不満は予測できない発作的な怒りとなってあらわれるようになった。

彼が逮捕されて服役することになった最初の犯罪は、プレシディオでナイフと金槌をもって女性を襲うという行為であり、すでに破綻しかけていた彼の家庭に赤ん坊が生まれたあとに起きている。その被害者によると、容赦ない暴行のときとその直前には、はなはだしい吃音が消えたという。

ナショナル・アカデミーの修了者たちからあまりにも多くの依頼がくるため、ウィリアム・ウェブスターFBI長官は一九七八年、行動科学課のインストラクターたちが心理学的プロファイリングの依頼に応じることを正式に承認したが、一九八〇年代のはじめには非常な評判になっていた。わたしはそれにかかりっきりで、ボブ・レスラーやロイ・ヘイズルウッドのようなインストラクターは、教える職務の許す範囲で相談にのっていた。しかし、われわれは成果をあげていると思っていたにもかかわらず、これがFBIの人員資源の効果的利用だということは、トップの誰もわかっていなかった。

そこで一九八一年、FBIの制度調査・開発課が費用対効果に関する徹底的な調査をおこなうことにした。質問表が作成され、われわれのプロファイリング・サーヴィスを受けた法執行機関の幹部や刑事たちに送られた。当時プロファイリングは、FBIの多くの人びとにとってもまだ評価しにくい、漠然とした概念だった。それでわれわれは、証明可能な明確な成功がこの調査によって示されなければ、行動科学課の非教育部門は廃止されかねないと承知していた。

そんなわけで、一九八一年の十二月に分析結果がもどってきたとき、われわれは喜び、安堵した。国中の捜査員がわれわれを熱心に支持し、続行を望んでいた。その報告の添え状の最終パラグラフには、つぎのようにまとめてあった。

評価によって、この計画はわれわれの誰もが実際に考えていたよりも成功していることが明らかになった。行動科学課は、その卓越した仕事のゆえに賞賛されるべきである。

9　殺人者と被害者の立場で考える

一九八〇年代のはじめになると、わたしは一年間に百五十件以上もの事件をかかえ、百五十日ほどは出張旅行に出ていた。キャンディ工場でベルトコンベヤーにのってつぎつぎにやってくる製品の処理に追われるように、ますます多くの依頼がきて、わたしはますます遅れまいと懸命になるありさまだった。こちらに余裕ができてひと息つけるときなど、とうていありえなかった。

　われわれの仕事と成果が知られるにつれて、国内のいたるところから、さらには外国からも依頼がきた。病院の救命救急室の治療優先順位判定係と同じように、わたしは扱う事件の優先順位を決めはじめねばならなかった。さらに人命が失われそうな強姦《レイプ》殺人が、いちばん気になった。

　容疑者が活動しなくなったと思われる事件の場合、依頼してきた警察にたずねてみると、被害者の家族から圧力をかけられていることもあった。そういう家族の気持はわかるが、地元警察が棚上げしそうな事件の分析に貴重な時間を割くわけにはいかなかった。はじめのうち、わたしは分析結果を書面にして渡していた。扱う事件が加速度的に増えるにつれて、そうする時間がなくなった。わたしは、資料を調べながらメモをよく取った。それで、地元の捜査員と電話を通してにせよ直接にせよ、話すときには、メモを見て事件を思い出すようになった。

医師と同様に、そうした経験を充分につめば、依頼してきた人にどれくらい時間をかけるべきかわかってきた。事件を再吟味すると、わたしが役に立てるかどうかわかった。わたしは犯罪現場の分析と被害者学上の疑問に焦点を合わせた。それだと、被害者はほかのたくさんの候補者のなかからなぜ選ばれたのか？　どのようにして殺されたのか？　この二つの疑問から、究極の疑問、つまり「誰がやったのか？」に迫ることができる。

シャーロック・ホームズと同様に、犯罪が日常的な、ありふれたものであればあるほど、手掛かりになる行動科学的証拠が少なくなることに、わたしも早くから気づいていた。街の強盗《ホールドアップ》事件の解決には、わたしはあまり役に立てなかった。ホールドアップはあまりにもありがちで、行動もあまりにもありふれている。したがって容疑者になりそうな人物はとてつもなく多い。同様に、銃による傷が一カ所だけとか、刺し傷が一カ所だけの場合は、いくつも傷つけられた場合よりずっと難しい。戸外で起きた事件は、屋内での事件より厄介だし、売春婦のようなハイ・リスクの被害者からは、有益な情報が得られない。

わたしがまず見るのは検屍官の報告であって、これは傷の性質やタイプ、死因、性的暴力がふるわれたかどうか、もしもそうならどんな類の暴力か、といったことを知るためである。検屍官の作業の質は国内の多数の警察管区によってはなはだしく異なる。なかには法医学に通じた病理学者もいて、彼らの報告は一級品である。たとえばジェイムズ・リューク博士がワシントンDCの検屍官だったときには、われわれはいつも詳細で正確な、完璧な記録をあてにできた。彼が引退してからは、わたしの課の貴重なコンサルタントになっていただいたくらいである。一方、南部の小さな町には検屍官がその土地の葬儀屋を兼ねるようなところがある。そんな場合、現場にやってきて死体を蹴り、「うん、この子はたしかに死んでいる」という。それで検屍は終わりというわけだ。

わたしは、死体に関連する調査結果を調べ終わると、警察の予備的な報告に目を通す。最初に警官が到着したのはいつか、警官は何を見たか？ 現場は、その警官か捜査チームの誰かによって変えられることもありうる。わたしにとっては、犯人が現場をどんな状態にしたのか、できるだけ詳しく思い浮かべられることが重要である。変わっているのなら、もとの状態を知りたい。たとえば、被害者の顔に枕がのっているのなら、誰がのせたのか？ 警官が到着したときにはのっていたのか？ 死体を発見した家族が死者の体面を考えてのせたのか？ それともほかにわけがあるのか？ といったことを知りたいのだ。そして最後に、わたしは犯罪現場の写真を見て、頭のなかの映像を完成する。

写真の質はいつも最高とはかぎらない。ほとんどの警察署が白黒フィルムで写真を撮っていたころは、とくにそうだった。それでわたしは、犯罪現場の見取り図を、方角や足跡もふくめて描くように頼んだ。刑事がとくにわたしに見てもらいたいものがあれば、写真の裏側に描くように頼んだ。つまり、わたしの最初の事件把握が、ほかの人の観察になるべく影響されないようにした。同じ理由から、有力な容疑者がいたとしても、わたしは知りたくなかったので、容疑者リストを送ってくるのなら封をしてよこすように頼んだ。そうすることによって、わたし自身が分析するとき客観的になれるからである。

被害者のものが何か取り去られているか、犯罪現場から何かなくなっていないか、そうしたことを見抜くのも重要である。概して、現金とか貴重な品、みごとな宝石が奪われていればわかるし、それらは犯人の動機を示唆してくれる。ほかの品物が奪われていたら、容易にわかるとはかぎらない。

警官とか刑事から何も奪われていないと告げられると、わたしはこうきく。「どうしてそうとわかる？　かりにわたしがきみの奥さんとかガールフレンドの引出しからブラジャーかパンティを一枚取ったとして、きみは見抜けるだろうか？」。バレッタなど髪留めのような、ちょっとした物がなくなっていることもあり、こんな場合はわかりにくい。何もなくなった物はないという外見だけでは、わたしにとっては明確な答えではない。現に、犯人をつかまえて、彼の家屋敷を捜索してみると、思いがけない記念品がよく見つかるものである。

実のところ、プロファイリングや犯罪現場分析は、たんにデータをまとめて整理するのとは大きくちがう。優秀なプロファイラーになるには、広範囲にわたる証拠やデータを評価できなければならない。しかも、犯人と被害者の両方の立場で考えることもできなければならない。

頭のなかでその犯罪を再現できなければならない。被害者がどんなふうに反応したか想像できるように、被害者についてできるだけ多く知る必要がある。襲撃者が銃かナイフ、あるいは石か拳か何かで被害者を脅かしたとき、その被害者の気持になることができなければならない。犯人がむかってきたときの被害者の恐怖を感じること。犯人にレイプされたとき、殴られるとか切られるとかしたときの被害者の痛みを感じること。こういうことができなければならない。犯人が性的満足を得ようと被害者を痛めつけたとき被害者はどうしたか、想像してみなければならない。恐怖と苦悶のうちに悲鳴をあげても、どうしようもないし、犯人を制止できないとわかったとき、どんな気持がするか、理解しなければならない。それがどんなことか、知らねばならない。そうすることは重荷であり、被害者が子供や老人の場合、とりわけ辛い。

映画『羊たちの沈黙』の監督や出演者が撮影準備のためクワンティコへ来たとき、わたしはジャック・クロフォード役を演じたスコット・グレンを――この特別捜査官の役はわたしがモデルだという人もいた――わたしのオフィスへ案内した。グレンはかなりリベラルな男で、犯罪者の更生、贖罪《しょくざい》、そして人間の基本的な善を肯定していた。わたしは、課員が毎日のように接している身の毛もよだつような写真を見せた。殺人者たちが犠牲者を苛《さいな》んでいるときに録音したテープも聞かせた。保釈されてまもないふたりのスリルを求める殺人者が、ヴァンの後部でロサンゼルスのふたりのティーンエイジャーを惨殺した事件があるが、その被害者のひとりの声も聞いてもらった。テープを聞きながらグレンは泣いた。彼はわたしにいった。「こんなことのできる人間が実際にいるとは、思ってもみなかったよ」。ふたりの娘をもつ知的で情愛深い父親でもある彼は、わたしのオフィスで見たり聞いたりしたあと、もう死刑に反対できなくなり、「クワンティコでの体験が、それについてのわたしの心を決定的に変えたよ」と語った。

しかし、困難ではあっても、わたしは殺人者の立場に自分自身を置き、彼と同じように考え、計画しなければならない。殺人者の鬱積《うっせき》した空想が実現し、べつの人間をついに支配して、好きなように操り、威圧できるその時の、彼の満足感を理解し、感じなければならない。

ヴァンのなかでティーンエイジャーの女の子を殺した男たちは、ローレンス・ビタカーとロイ・ノリスという。彼らはヴァンに「殺人《マーダー》マック」というニックネームさえつけていた。ビタカーは凶器を持って人を襲った罪で刑務所に入った。ノリスは札付きの強姦魔だった。彼らはサン・ルイス・オビスポのカリフォルニア・メンズ・コロニーで服役中に知り合った。若い女性を威圧し痛めつけることが共通の興味だと知って、彼らは意気投合した。そして一九七九年にふたりとも仮釈放になると、ロサンゼルスのあるモーテルで、彼らにとって手頃な年齢つまり十三歳から十九歳までの女の子を拉致してレイプし、痛めつけたうえで殺す計画を立てた。五人の女の子に対してこの計画は成功したが、そのつぎの女の子はレイプされたあと、彼らの手から逃げて、警察へ駆け込んだ。

ビタカーに引きまわされがちなノリスは、やがて警察の尋問に屈して、自供し、死刑を免れるのを交換条件に、彼よりサディスティックで攻撃的なビタカーを売ることに同意した。彼は、死体を遺棄したあちこちの場所へ警察を案内した。カリフォルニアの太陽のせいで、一体はすでに骸骨になり、耳からアイスピックが突き出たままだった。

この事件で注目すべき点は、ノリスの言葉によれば「おもしろ半分に」将来ある人命を抹殺したという胸の裂けるような悲劇であること、若い女性をなぶり殺しにする極めつきの悪行だということにくわえて、一つの犯罪にふたりの犯人がかかわって、異なる行動がみられることである。こういう場合、だいたいにおいて一方が主導的で他方は従順な相棒であり、一方はより秩序的だが他方はさほど秩序的でないことが多い。連続殺人者は何よりもまず適応能力に欠けるタイプであり、犯罪を実行するのにパートナーが必要な連続殺人者は適応能力にいちばん欠ける。

彼らの犯罪はぞっとするほど恐ろしいが（わたしが出会った犯罪者のなかでローレンス・ビタカーはいちばん嫌悪すべき、不快な人間のひとりだった）、残念ながら、彼らは特異な存在ではない。

ビタカーとノリスのように、ジェイムズ・ラッセル・オドムとジェイムズ・クレイトン・ローソン・ジュニアも刑務所で出会った。それは一九七〇年代半ばのことで、ふたりともレイプで有罪になり、カリフォルニア州のアタスカデロ州立精神病院で服役中だった。彼らの記録を見ると、ラッセル・オドムはサイコパス、クレイ・ローソンのほうはむしろ統合失調症だった。アタスカデロにいたとき、ローソンは出所したら何をしたいか話して聞かせ、オドムの気をそそった。その計画は、女どもをつかまえ、乳房を切断し、卵巣を切り取り、ワギナにナイフを突き刺すことをふくんでいた。彼はチャールズ・マンソンとその追従者たちから影響されたと語った。ローソンは、彼の計画のなかに性交は入っていないと明言した。「そんなことをする」のは考えていなかったのだ。

ところがオドムのほうは性交がきわめて重要なことだと思っていた。彼は、釈放されるとすぐに、淡青色の一九七四年型フォルクスワーゲンで国を横断し、ローソンが仮釈放後に両親と暮らしながら配管工として働いているサウス・カロライナ州コロンビアへ行った(前に述べたように、その当時フォルクスワーゲンは——貯金のないFBI捜査官と同じに——連続殺人者が好んで選ぶ車のようだった)。オドムは、ふたりの興味は関連しているのに重ならないので、いいチームを組んで、それぞれ好きなことができると思った。

オドムが来て数日のうちに、ふたりはローソンの父親の車、一九七四年型フォード・コメットに乗って獲物を探しに出かけた。彼らはUSハイウェイ一号線のセブンイレブンで車を停め、よさそうな若い女を見つけた。彼女はカウンターの奥で働いていた。しかし店には人が多すぎたので、そこを去って、ポルノ映画を観にいった。

狙う相手に抵抗されそうなのでうまく拉致できそうもない、あるいは少なくとも目撃者がいると気づいたとき、彼らが予定した犯行におよばずにそこを去ったことは、ここで注目すべき重要な点だとわたしは思う。ふたりとも精神を病んでおり、ローソンの場合、うまく主張すれば無罪になりそうな病状だった。それにもかかわらず、状況からみて犯行が成功しそうもないとき、彼らは実行を抑制した。そうせずにはいられないほどの強い欲望に動かされていたわけではない。重ねていうが、わたしの経験からすると、精神に障害があるからといって犯人が有罪を免れる理由にはならない。犯人が完全に妄想のとりこになっていて、現実の自分の行動を理解していない場合はべつだが、彼は他人を傷つけるかどうかを選択する。そしてほんとうに狂った人間はつかまえやすい。連続殺人者はちがう。

最初のハントの翌晩、オドムとローソンはドライヴイン映画館へ行った。真夜中を少し過ぎたころ映画が終わると、彼らはセブンイレブンへ行った。店内へ入って、ありふれた物——チョコレート・ミルクやピーナッツ、ピクルス——を買った。今度は店内に彼らしかいなかったので、若い女性店員にオドムの二二口径の拳銃を突きつけて、拉致した。ローソンは三二口径の拳銃をポケットに忍ばせていた。店員のいないことに気づいた客の知らせで警察が来てみると、レジは手つかずだし、店員のセカンドバッグがカウンターのうしろに残され、貴重な物は何ひとつ取られていなかった。

オドムとローソンは人家から離れたところへ行った。オドムが彼女にぜんぶ脱ぐように命じ、車のバックシートでレイプした。そのあいだローソンは、運転席のドアの外に立って、早くすませておれにまわせとオドムにいっていた。五分ほどたって、オドムは射精し、ズボンのベルトを締めて、車から降り、ローソンに代わった。

オドムによると、オドムは車から遠ざかって、吐いた。あとでローソンが話したところによると、逃がしてくれたら口外しないという約束をその女から引き出したにもかかわらず、

「彼女を始末しなくちゃいけねえ」とオドムはいったという。いずれにせよ、五分ほどあと、オドムは車から女の悲鳴があがり、「ああ、喉が！」と叫ぶのを聞いた。もどってみると、ローソンは前の晩セブンイレブンで買ったナイフで彼女の喉を切り、裸の体を切断しているところだった。

翌日、二つの束にまとめた被害者の衣類を捨てるため、ふたりがオドムのフォルクスワーゲンに乗っているとき、ローソンは話した。襲ったあとで女の性器を食べようとしたが、胸が悪くなった、と。

無残に切断された死体は、見通しのよい場所で発見され、犯人たちは数日後に逮捕された。命が惜しいオドムは、レイプしたことはすぐ認めたが、殺害に手を貸したことはないと主張した。

警察への自供のなかで、クレイ・ローソンは被害者と性交はしなかったと明言した。「おれはあの子をレイプしなかった。彼女を殺《ばら》したかっただけさ」。裁判のとき、この男は法廷でチョークを嚙んでいた。

彼らはべつべつに裁かれた。オドムは終身プラス四十年の刑を宣告された。ローソンは第一級謀殺の罪で有罪となり、一九七六年五月十八日に電気椅子で処刑された。

ビタカーとノリスの場合と同様、この事件もふたりの独特なパーソナリティが関与しているせいで、行動の混在が——したがって行動科学的証拠が——特徴をなしている。死体切断は無秩序的パーソナリティ・タイプの徴《しるし》であり、被害者のワギナに精液があれば秩序的パーソナリティを強く示す。

ペンシルヴェニア州ローガン・タウンシップの警察署長ジョン・リーダーから電話がきたとき、わたしはこの事件を思い出した。リーダーはナショナル・アカデミーの修了生であり、ジョンズタウンのFBI駐在所を通して、彼と地方検事のオリヴァー・E・マタス・ジュニアとが、ベティ・ジェーン・シェードという若い女性のレイプ・殺害・死体切断事件を解決するため協力を要請してきたのだった。

わたしが知らされた諸事実はつぎのようなものだった。

ほぼ一年前の一九七九年五月二十九日、その二十二歳の女性はベビーシッターの仕事が終わり、午後十時十五分ごろ歩いて自宅へ向かった。四日後、ひとりの男が散策に出かけていて死体を見つけた、と届けでた。アルトゥーナに近いウォプソノック山の頂上にある不法ゴミ投棄場で無残に切断されているが保存状態はいい、ということだった。長いブロンドの頭髪は切られ、近くの木に掛けてあった。郡の検屍官は地元の新聞に、これまで見たうちで「いちばん身の毛のよだつ」死だと語った。ベティ・ジェーン・シェードは性的に乱暴されていた。顎の骨は砕け、目のまわりは黒くなり、体は何カ所も刺されていた。死因は頭部の強打。死後に刺された傷も多数あり、両方の乳房は切り取られ、ワギナから直腸まで切り裂かれていた。

胃のなかの食べ物が部分的に消化されているところから、行方不明になってまもなく殺されたことは明らかなのに、四日間もゴミ捨て場に放置されていた割には死体の保存状態は良好だった。ウジはわいていないし、動物に噛まれた痕もなかった。そこのゴミ不法投棄については苦情がでて、警察が捜査中だったので、もっと早くから死体があれば、警察が発見していただろう。

わたしは、リーダーが送ってくれた事件の資料をすべて詳しく調べたうえで、プロファイルを作成し、電話による長い会議を開いた。この会議のあいだ、わたしはプロファイリングの諸原則について、またわれわれの求めるものについて、教えるように努めた。わたしが考える容疑者は、白人の男性、年齢は十七から二十五、ただし、田舎で暮らしてきたのなら、社会的発育が遅れるので、もっと年上のこともありうる。彼は痩せ型か、筋張った体をしている。独りでいるタイプ。ハイスクールの成績はよくない。内向的。たぶんポルノに溺れている。子供のときの生活は典型的――機能しない崩壊家庭、父親は不在、威圧的で過保護の母親。この母親は息子に、彼女を除いて女はみんな悪者だという印象を植えつけたかもしれない。したがって、犯人は女性を恐れ、女性とうまくつきあうことができない。彼が急いでベティ・ジェーンを意識のない状態に、つまり無力にした理由もそこにある。

犯人は彼女をよく知っていた。顔にひどい外傷ができていたことから、それは明らかだった。犯人はすさまじい怒りを内に秘めており、顔を殴り、乳房や性器を切り取ることによって彼女を非人格化しようとした。頭髪を切ったことにはほかの意味があるように思えた。これも非人格化の試みだと考えることもできるが、ベティ・ジェーンはきれい好きな、細かいことまで気をつける女性で、手入れのゆきとどいた豊かな髪を自慢にしていたところからみて、その髪を切るのは侮辱、相手の自尊心を傷つける意思表示である。そしてこれはまた、犯人が彼女をよく知っていたことを示唆する。とはいえ、殺す前にサディスティックな虐待も拷問もおこなった徴候がなく、この点はビタカーとノリスの場合とはちがっている。犯人は、被害者に苦痛をあたえることから性的満足を得るようなタイプではない。

わたしは警官たちに「社交的なパーソナリティの、街のセールスマン・タイプ」は捜さないように、と告げた。犯人がどこかの従業員だとすれば、肉体労働に従事しているだろう。そんなゴミ捨て場に死体を遺棄する人間は、汚れ仕事についているにちがいない。被害者を拉致した時刻、乳房がなくなっていること、死体を明らかに運んだこと、最終的な死体遺棄場所を犯人がふたたび訪れていること、これらすべては犯人が夜間に活動する人間であることを告げている。彼はベティ・ジェーンと「正常な」関係をもっていたのだと確信するまで自分の頭のなかで事実をねじ曲げようと、彼女の墓地を訪れたはずだ、もしかすると葬儀にも参列したかもしれない、とわたしは思った。したがって、この犯人にポリグラフは役に立たないだろう。犯人の住居は、彼女がベビーシッターの仕事から帰るのを見られた場所と彼女の家とのあいだにある可能性が高い。

警察の話によると、逮捕するだけの確証はないものの、有力な容疑者がふたりいるということだった。ひとりは彼女と同棲中で、婚約者だと自称しているチャールズ・F・スールト・ジュニア、通称ブッチ。たしかに彼は有力な容疑者だった。しかし警察は、もうひとり、つまり死体を発見した男のほうがもっとクサイとにらんでいた。この男の話につじつまの合わない点があった。彼は鉄道の機械工だったが、障害のために辞めていた。彼は、散策に出かけたが、ゴミ捨て場で死体を見つけた、と話した。その男がそこで排尿しているのを、犬を連れて散歩中のある老人が見ていた。長時間のハイキングには不向きな服装だったうえ、雨が降っていたのに、ぜんぜん濡れていなかった。彼はベティ・ジェーンの家から四ブロック以内のところに住み、彼女を車に乗るよう誘って断られたことが数回あった。警官の前では神経質になり、死体を見つけたのを知らせるのが怖かった、彼がやったんだろうといわれたくなかったからだ、と話した。犯人が進んで捜査に協力するふりをして、自分への疑いをそらせようとする場合、これは典型的な口実である。彼はビール好きで、ヘヴィ・スモーカーだった。彼自身が殺して死体を捨てる体力は充分にあり、反社会的行動の経歴があった。殺人の起きた夜、彼と妻は家でテレビを観ていたと主張したが、これはたしかなアリバイにはならない。わたしは警官たちに、こういう人物なら弁護士を頼み、それ以来、非協力的になるものだが、と話した。すると、そのとおりだとわかった。彼は弁護士を雇い、ポリグラフにかかることを拒否したという。

これらすべてのことからみて、彼が犯人である可能性は高そうだった。しかしわたしがいちばんひっかかるのは、彼が結婚してふたりの子供をもうけ、妻と暮らしていることだった。結婚生活をつづけてきた男が女性を殺す場合、女性に対してサディスティックな怒りをいだいていることが多い。殺しに時間をかけ、殺す前にもっと虐待するものだが、殺したあとで死体を切断したりはしない。それに彼は三十歳でもあり、わたしには年齢が高すぎると思われた。

スールトのほうが容疑は濃いようだった。プロファイルのすべての要素に彼はあてはまった。彼が子供のころ両親は離婚していた。母親は威圧的で、息子の生活に過剰にかかわった。彼は二十六歳になっても、女性とうまくつきあえなかった。警察に語ったところによると、それまでに女性と性的なかかわりをもったことは二度あり、二度とも相手は年上の女で、彼が勃起しないのでからかわれた。彼とベティ・ジェーンとはとても愛しあっていて、結婚の約束をかわしていた。ただし彼女は、ほかの男たちともデートし、性的関係をもっていた。

わたしは、ベティ・ジェーンが生きていれば、彼女はまったくちがうことをいっただろうと確信した。葬儀のとき、彼はベティ・ジェーンの棺にいっしょに入りたいといった。警察の取り調べを受けたとき、たえず泣いて、彼女を失ったことを嘆いたという。

ブッチ・スールトと兄のマイクはゴミ運搬業者として働いている、と警察は教えてくれた。

「えっ、そいつはいい」とわたしはいった。

彼らはゴミ捨て場に出入りできるので、そのことに詳しく、そこへ行ってもおかしくない。また、死体を運ぶ手段もそなえている。

しかし、ブッチが容疑者らしいと思いながらも、二つのことが気になった。第一に、わたしが予想したとおり、彼はベティ・ジェーンの体格とさほどちがわない小男だった。死体を運ぶとか、発見されたときの死体のように両脚を開いてひざまずいた姿勢、つまりカエルのような格好をさせるだけの力があるとは思えない。第二に、被害者のワギナのなかに精液が発見され、ありふれたレイプを示唆していた。精液が体の表面とかパンティあるいはほかの衣類に付着していたのなら、わたしは驚かなかっただろう。しかしこの場合はちがっている。デイヴィッド・バーコウィッツのように、この犯人はマスターベーションをするほうであって、強姦者《レイピスト》ではないはずである。彼は性的満足を間接的に得るしかない。つじつまが合わなかった。

ここには秩序型－無秩序型が混在し、多くの点で、ニューヨークでのフランシーン・エルヴェソン殺しと似ていた。フランシーン・エルヴェソンは一九七九年、彼女が二十六歳のとき、不意に襲われて殺された。顔はめちゃめちゃに潰され、性器が切除されていた。彼女の両方の乳首が切り取られていたのに対し、ベティ・ジェーンのほうは乳房全体がなくなっている。

しかしフランシーン・エルヴェソンの事件では、彼女より大きい犯人、カーマイン・カラブロが小柄な被害者を二階上へ運んで、遺棄していた。そして射精はすべてマスターベーションによっている。

オドムとローソンの事件から得た教訓を念頭に、わたしは理にかなう可能性は一つしかないと考えた。事件の夜ブッチ・スールトは、仕事から帰る途中のベティ・ジェーンに通りで会い、口論になった。ブッチは彼女を殴り、たぶん彼女は意識を失った。そこでブッチは彼女を人の来ないところへ運んだ。ブッチが彼女を殴り殺し、髪を切って、体を切断し、乳房を記念品として保存した、ということも考えられないことはない。しかしベティ・ジェーンは、最初に襲われた時と死亡した時とのあいだにレイプされている。スールトのような無秩序型の、性的適応性に欠け、母親に抑圧された男にそんなことができるとは思えない。それに、彼が自分だけで死体を運んだとも思えない。

ブッチの兄マイクが、必然的に第二の容疑者として浮かびあがる。育った家庭環境はブッチと同じだし、仕事も同じ。しばらく精神病院に入っていたことがあり、暴力沙汰を起こした記録が残っている。行動上の問題があり、怒りを抑えられない。彼は結婚しており、この点が大きくちがう。ただし、事件の夜、マイクの妻は出産のため入院していた。妻の妊娠は主要なストレッサーになり、そのうえ彼は性欲を発散させる相手がいなくなった。ブッチはベティ・ジェーンを襲ったのち、パニックに陥り、マイクを呼んだ。マイクは、ブッチの目の前でその若い女性をレイプした。そして殺したあと、死体切断を手伝った。

わたしは警官たちに、相手に脅威をあたえない間接的なやり方が最善だろうと告げた。残念なことに、警察はすでに数回ブッチを取り調べ、ポリグラフにかけていた。わたしが思ったとおり、ポリグラフは彼が嘘をついたとは示さないが、感情の異常な反応があらわれたという。わたしとしては、マイクに焦点を合わせるのがその時点でいちばんいい方法だろうと思った。つまり、おまえはベティ・ジェーンとセックスし、彼女の死体切断を手伝っただけだ、しかしいま協力しないと、弟と同じ重い罪に問われることになるぞ、と強調するのである。

この戦術は成功した。兄弟は――ベティ・ジェーンのいちばんの親友だと主張していた彼らの妹、キャシー・ウィーシンガーも——逮捕された。マイクによれば、死体を切断する現場にキャシーもいたという。

では、何があったのか？　わたしが思うに、ブッチはこの性的魅力のある、性経験の豊富な女性とセックスしようとしたが、できなかった。彼の憤懣《ふんまん》がつのり、やがて爆発した。ベティ・ジェーンを襲ったあとで、彼はパニックに陥り、兄を呼んだ。しかし、マイクが彼女とセックスでき、彼ができなかったとき、怒りはいっそう強まった。怒りは持続し、四日後に死体を切断した。

乳房の一つは回収された。マイクは、ブッチが他方の乳房を保管していると警察に語った。そう聞いても、わたしは驚かなかった。ブッチがそれをどこに隠したのか、わからずに終わった。

チャールズ・〝ブッチ〟・スールトは第一級謀殺の罪で有罪となり、マイクは精神病院へ入れられた。リーダー署長は、捜査を進展させ、犯人の自供を得るうえで、われわれが直接的に役立ったと公に発表した。われわれのほうとしては、警察とクワンティコとの協調過程を理解してくれる地元警察のパートナーを得たことは幸いだった。

その協力のおかげで、われわれは殺人者と共犯者を、ふたたび殺人を犯さないうちに検挙することができたのである。

10　誰もがもつ「不安誘発要因」

何年も前、わたしがモンタナの大学でうまくいかず、家へ帰っていたときのある夕べ、わたしはロングアイランドのピザ店で両親と夕食をとっていた。ピザを口に入れたとき、母がだしぬけにこうきいた。「ジョン、あなたは女性との性経験があるの？」

わたしは喉がつまりそうになった。一九六〇年代の半ばには、十九歳か二十歳の若者が母親からきかれることなどめったにない質問だった。わたしは助け船を出してもらおうと父のほうを見たが、彼も不意を突かれて、めんくらっていた。

「ね、どうなの？」と母はしつこくきいた。

「その……うん。あるよ」

母の顔に激しい嫌悪感があらわれた。「で、彼女はどんな人？」

「えーと……その……」。わたしはさっきまでの食欲を失った。「じつは、数人いたんだ」

「誰があなたを夫にするというの？」。彼女は嘆いた。

ふたたびわたしは、めずらしく沈黙をつづける父のほうを見た。父さん、助けてくれよ！

「どうだかな。このごろは、そういうことは大した問題じゃないんだよ」

「いつだって〝大した問題〟よ」と母はやり返して、わたしのほうへ向いた。「将来の妻から、あなたが彼女と出会う前にほかの女性と関係したかどうかたずねられたら、どういうことになるの？」

わたしは嚙むのをやめた。「そうだな。ほんとのことを話すよ」

「いや。それはいかん」と父が不意に声を張りあげた。

「それはどういうこと？」と母はきいた。

この尋問はぎこちない膠着《こうちゃく》状態で終わった。わたしがいまのように充分に訓練と分析的経験を積んでいたとしても、そのときの母のきびしい質問にはうまく対応できなかっただろう。なぜなら彼女は、真実にかかわる問題のわたしの弱点を突いていたからである。

べつの例をあげよう。わたしはFBIのチーフ・プロファイラーになってから、ほかのプロファイラーをわたし自身で選んで訓練した。そのせいで、チームの男女みんなとはとりわけ親しい、協力的な関係を維持していた。彼らのほとんどは花形になったが、ほんとの弟子だと呼べる者がいるとすれば、それはグレッグ・クーパーだろう。グレッグはまだ三十代のはじめに、ユタ州のある町の警察署長という信望の厚い仕事を捨てて、FBIに入った。そしてシアトル地方支局でめざましい働きをしたが、彼の夢はクワンティコへ来て行動科学課で仕事をすることだった。グリーン・リヴァー事件のプロファイリングのためわたしがシアトルへ行ったときには、彼は積極的に協力してくれた。そんなこともあって、わたしが再編成された捜査支援課の課長になったとき、当時カリフォルニアに駐在していたグレッグをクワンティコへ呼んだのだった。

はじめのうちグレッグは、窓のない地下のオフィスでジェイナ・モンローと同室になった。ジェイナは、FBIの特別捜査官になる前は、カリフォルニアで殺人課の刑事をしていた。いろいろな優れた資質の持主だが、なによりもはっとするほど魅力的なブロンド美人だった。一方のグレッグは信心深いモルモン教徒で、家族を大切にし、すばらしい五人の子供とすてきな妻に恵まれていた。妻のロンダにとって、気候のよいカリフォルニアから暑くて湿気の多いヴァージニアへ引越してくるのは、大きな犠牲的行為だったろう。彼女がグレッグにオフィスの同僚についてきくたびに、彼は口を濁して、話題を変えようとした。

われわれのチームにくわわってからほぼ六カ月後、ついにグレッグは課のクリスマス・パーティへ妻のロンダを連れてきた。わたしは仕事で出かけていたので出席しなかったが、陽気なジェイナは当然出席した。しかも、体の線がよくみえる、胸元の広くあいた、短いまっ赤なドレスを着てきた。

わたしがもどると、パーティのあとロンダとグレッグのあいだに険悪なやりとりがあった、と次席のジム・ライトが話してくれた。ロンダには、夫が閉塞的な部屋でそんなにチャーミングな美人といっしょに過ごすのがおもしろくなかったのだ。

それでわたしは、秘書を通してグレッグにすぐ来るように伝えた。彼はやや心配そうな顔でわたしのオフィスへやってきた。

わたしは机から顔を上げて、いった。「ドアを閉めろ、グレッグ。坐ってくれ」。彼はそうした。わたしの口調にいっそう不安げになった。「いまロンダと電話で話したところだ」とわたしはつづけた。「きみたちは面倒なことになっているようだな」

「ロンダと電話で話したところですって？」。グレッグはわたしのほうさえ見ていなかった。机の上の長官連絡用の電話に、目が釘付けだった。

「なあ、グレッグ」。わたしはせいいっぱい相手をなだめるカウンセラーのような口調でいった。「わたしはきみを庇《かば》ってやりたいが、きみとジェイナとが親密な仲になったときには、手の打ちようがない。こういう問題は、きみたち自身の手で片付けなくてはな。ロンダは明らかに、きみとジェイナとのことを知っていて――」

「わたしとジェイナとのあいだには何もありません！」とグレッグは急《せ》き込んでいった。「この仕事にストレスが多いことはわかっている。だが、きみには美しいすてきな奥さんと、いい子供たちがいるじゃないか。それをみんな捨ててはいかんな」

「思い過ごしですよ、ジョン。妻も思い過ごしです。信じてください」。そういうあいだも彼は電話を見ていた。顔に冷や汗が出た。頸動脈がひくひく動くのが見てとれた。彼は急速に追いつめられつつあった。

だからその時点でわたしは中止した。「自分を見てみろ。みじめな姿じゃないか！」。わたしは得意になってにやにや笑った。「それでも自分を尋問官と呼べるのか？」。その当時グレッグは『FBI犯罪分類マニュアル』の尋問の章を執筆する準備にかかっていた。「きみは身におぼえがあるのか？」

「いや、ジョン。誓いますよ！」

「なのに、どうだ！　わたしの意のままじゃないか。きみは完全に潔白なんだぞ。もと警察署長で、経験豊かな尋問官だ。それなのにわたしは、きみを手玉に取ることができた。きみはどう思う？」

そのときには彼の頭に安堵の汗が流れていた。グレッグは何もいわなかったが、問題点を理解した。

われわれはみんな弱点をもっている。どんなによく知っているか、どれほど経験を積んでいるか、どれほど多くの容疑者に自白させたか、といったことは関係ない。どこに弱点があり、どうすればそこを突けるか、そこがわかれば誰でも追いつめられる。

プロファイラーとして手がけた初期のある事件から、わたしはそのことを学び、それからは幾度も応用した。つぎに、わたしがはじめて尋問を「演出」した事件について述べよう。

一九七九年の十二月、ジョージア州ロームに駐在するロバート・リアリー特別捜査官が身の毛のよだつような事件の詳細をよこし、最優先の扱いをするように依頼してきた。その前の週、ロームから三十分ほど離れた町アデアズヴィルのメアリ・フランシス・ストーナーという可愛い社交的な十二歳の少女が、自宅の車道の入口でスクール・バスから降りたあと、行方不明になった。彼女の家は道路から九十メートルほど引っ込んだところにあった。その後、恋人たちがよく行く木立ちの多い場所で、彼女の死体が発見された。彼女の頭を覆う明るい黄色のコートに、若いカップルが気づいたのだった。彼らは現場を乱さないようにして、警察へ連絡した。死因は頭を鈍器で殴られたためで、頭骨が砕けていて、傷跡は大きな石の形と一致することが、検屍によってわかった（犯行現場の写真には、頭のすぐそばに血のついた石が写っていた）。首に残る変色部分は、彼女が後ろから手で絞められたことを物語っていた。

事件の資料に目を通す前に、わたしは被害者のことをできるだけ知りたかった。メアリ・フランシスのことは、みんながみんな褒めていた。誰に対しても愛想がよく、社交的で、チャーミングだったという。優しくて、無邪気で、学校の楽隊でバトンガールをつとめ、その制服を着てよく登校した。彼女は十二歳に見える十二歳の可愛い少女であって、十八に見られたがるタイプではなかった。やたらに男の子たちと関係するような子ではなく、ドラッグもアルコールもやったことがなかった。レイプされたとき処女だったことが、解剖によってわかった。総合的にみて、彼女は危険の少ない状況から拉致されたロー・リスクの被害者といえるだろう。

リアリーから話を聞き、ファイルや現場写真を調べたのち、わたしは半ページのスペースにつぎのように犯人像をまとめた。

プロファイル

性別――男性。
人種――白人。
年齢――二十代半ば～二十代後半。
結婚歴――既婚。不仲か、離婚。
軍歴――不名誉除隊、医学的理由。
職業――ブルーカラー。電気工、配管工。
IQ――平均～平均以上。
教育――せいぜいハイスクールまで。中途退学。
前科――放火、レイプ。
パーソナリティ――独断的、生意気、ポリグラフ検査はシロ。
車の色――黒か青。
尋問――直接的、投影的。

これは偶発的なレイプであり、殺害は計画的、意図的なものではない。死体の服装は乱れており、これはメアリ・フランシスがむりやり脱がされ、レイプのあと、急いで着るのを許されたことを物語る。片方の靴の紐はほどけている、と写真から見てとれた。報告書によると、パンティに血がついていた。彼女の後頭部や背中、足に屑などは付着していなかった。つまり、死体が見つかった樹木の多い地面でレイプされたのではなく、車のなかでレイプされたことをうかがわせる。

どちらかといえばありふれた犯罪現場の写真を一心に見ているうちに、わたしは何が起きたかわかってきた。

メアリ・フランシスは若年だし、人を信用しやすい性質なので、スクール・バスが停まるような危険のない環境では、彼女に容易に近づけただろう。犯人はたぶんうまいことをいって彼の車のそばへ来させ、引きずり込んだか、ナイフか銃を突きつけてむりやり乗らせた。死体の発見場所が人家から遠いことからすると、彼には土地勘があり、そこなら邪魔が入らないと知っていたと思われる。

拉致した現場のようすから、これが計画された犯行ではなく、車で通りかかって思いついたものだとわかる。オドムとローソンの事件のように、被害者がたまたまその時刻にそこにいなければ、犯罪は起きなかった。その少女が可愛いし、明るい性格だったせいで、空想の膨らんだ犯人は彼女の無心の親切につけ込んで、性交する欲望をいだいた。

暴行を受けると、彼女はおののき、苦痛のうちに助けを求め、命乞いをした。犯人がそれまで何年もはぐくんできた空想とはちがい、現実は気持のよいものではなかった。この少女を意のままに扱うこともできず、どうにもならないことに気がついた。

この時点で、窮状から抜け出すには殺すしかない、と彼は悟った。しかし、彼女は命を奪われるのではないかと恐れているので、意のままに扱うのは思ったよりずっと難しい。それで犯人は、彼女をもっと協力的にしようと、早く服を着ろ、逃がしてやる、といった。

しかし、少女が背を向けるなり、犯人はうしろから首を絞めた。そのままつづければ彼女の意識を失わせることができただろうが、絞殺するには上体の強い力を必要とする。犯人はうまくやれず、彼女を木の下へ引っ張っていき、目についた大きな石をつかんで、頭を二、三回殴って、殺した。

犯人はメアリ・フランシスをよくは知らなかった。しかし、彼女は犯人を見て顔見知りだと気づくくらいに、また犯人のほうは彼女のことを空想する程度に、町で何度か見かけた間柄だろう、とわたしは思った。犯人はたぶん、彼女がバトンガールの制服で登校するのを見たのだろう。

被害者の頭にコートをかぶせてあったことから、犯人はその犯行を不快に思っているとわかった。また、時間が警察の敵だということもわかった。このようなタイプの犯罪で、犯人のタイプが知能的、秩序型である場合、犯人が自分の犯行について考え、説明づけ、被害者が悪いんだとこじつけて正当化する時間が長くなればなるほど、自供を引き出すのが困難になる。ポリグラフで調べても、決定的な結果は得られない。そうして、ほとぼりが冷めたころ犯人がよその土地へ引越せば、またべつの少女が危険になりかねないのである。

わたしから見て、犯人は明らかに土地の人間であり、警察はほぼ間違いなくすでに彼を取り調べている。その男は協力的だが、生意気だろう。警察が責めても、屈しない。ただ、これが最初の殺人である可能性は高い。彼の青か黒の乗用車は、購入してから数年たっているだろう。彼には新しい車を買う金銭的余裕がない。しかし車はよく手入れされ、調子がいい。

車内のすべての物は所定の場所にきちんと置かれている。わたしの経験では、整頓好きで強迫感にとらわれた人びとは、概して黒っぽい車を好む。

わたしのこうした話を聞いたあとで、ひとりの警官が電話のむこうからいった。「あなたがいま述べたような男を、われわれは容疑者として調べてから、釈放しました」。その男はべつの犯罪の容疑者でもあり、プロファイルにぴったり合っていた。名前はダレル・ジーン・デヴィア、白人、二十四歳。結婚、離婚を二回繰り返し、いまは最初の妻といっしょに暮らしている。彼はロームの植木刈り込み職人であり、十三歳の少女をレイプした容疑が濃かったが、起訴されたことはない。最初の離婚のあと陸軍に入隊したものの、無許可で離隊し、数カ月後に除隊処分になった。三年前に買った黒いフォード・ピントを乗りまわし、車をきれいに整備してある。少年時代のころ火炎瓶所持の罪で逮捕されたことを、彼は認めている。八年生が終わったのちにハイスクールを中途退学したが、ＩＱは百から百十ある。

メアリ・フランシス・ストーナーが拉致される二週間ほど前、彼は電力会社の依頼でストーナー家の前の通りで並木の刈り込みをやっていたので、何か見たか、あるいは聞いていないか、警察は尋問した。そしてちょうどこの日、彼をポリグラフにかける予定になっているという。

それはまずい、とわたしは彼らにいった。ポリグラフで調べても得るものはないし、むしろ取り調べに対処する容疑者の能力を高めるだけである。その当時、われわれは実際の尋問経験をあまり積んでいなかったが、刑務所での面接や進行中の連続殺人者研究から、わたしは要領がわかっているつもりだった。予想どおり、翌日連絡してきたとき、彼らはポリグラフでは結論が出なかったと知らせてくれた。

彼がポリグラフをごまかせるのだから、方法は一つしかない、とわたしはいった。夜間に警察署で彼を尋問するのである。はじめのうち容疑者は、昼間よりゆったりするだろうから、質問に対して脆くなる。これはまた、警察が本腰を入れ、専念するつもりだというメッセージを彼にあたえるだろう。彼は、昼食とか夕食のような中休みが勝手にとれないと知るだろう。地元警察とFBIアトランタ地方支局とが合同で尋問して、協力態勢を見せつけ、合衆国政府が相手だとわからせるようにする。彼の前のテーブルには、彼の氏名の付いたファイルを山と積む。中身は白紙でもかまわない。

いちばん重要なのは、彼の正面視線から四十五度の角度をなすところに低いテーブルを置き、何の説明もせず、血のついた凶器の石をのせておく。彼がそれを見るには首をまわさねばならない。彼の行動、発汗、呼吸、頸動脈にあらわれる脈拍——彼のすべての非言語的信号を綿密に観察する。彼が犯人なら、取り調べ官がその石のことを説明しなくても、それを無視することができないだろう。

警察は、わたしが「不安誘発要因」と呼ぶものを創りだす必要があった。じつのところわたしは、このストーナー事件を自分の理論の実験台として利用した。のちに改良する専門的技術の多くは、この事件に実験的起源をもっている。

彼はなかなか自供しないだろう、とわたしはつづけた。ジョージア州には死刑制度がある。

それに、たとえ刑務所送りで済むとしても、幼児わいせつという罪状のせいで、最初にシャワーを浴びるときからオカマを掘られるだろう。囚人みんなから、彼は狙われることになる。

取り調べ室の照明は薄暗く、神秘的な感じにする。そして取り調べる係は同時にふたり以上は同席しないこと。ひとりはFBI捜査官、もうひとりはアデアズヴィル警察署員が望ましい。取り調べ係は、容疑者を理解している、彼の胸の内も、彼が受けるストレスも理解している、とほのめかさなくてはならない。どんなに嫌な気分がしても、悪いのは被害者のほうだという態度をとる必要がある。彼女がそそのかしたんだろう、とほのめかすのがいい。彼女のほうから誘ったのか、彼女が彼を刺激したのか、彼女が人にいいつけてやると脅迫したのか、とたずねる。彼の立場を救うかたちで取り調べをすすめる。彼の行為を説明する道を開いてやることだ。

わたしが知るかぎり、鈍器による殺人であれナイフによる殺人であれ、犯人には被害者の血がわずかにせよ付くもので、犯人がそれを避けることは難しい。その点が利用できるだろう。わたしはこうすすめた。彼が少しでもあいまいな態度をみせはじめたら、彼の目をまっすぐ見つめ、この事件でいちばん気になるのはメアリの血が彼に付着したことだと告げる。

「われわれは、きみに血がついたことは知ってるんだ、ジーン。きみの手、きみの服にな。われわれが疑問に思うのは〝きみがやったのか？〟ということじゃない。きみがやったことはわかっている。疑問なのは〝なぜ？〟ということだ。われわれは理由がわかってるし、理解してるつもりでいる。われわれが正しいかどうか、きみはそれだけ話してくれればいい」

ことはこのとおりに運んだ。警察はデヴィアを連れてきた。彼はすぐに石に目をとめ、汗が出はじめ、呼吸が荒くなった。彼のボディ・ランゲージは前の尋問のときよりすっかり変わり、自信がなく、防衛的になった。取り調べ係は少女を非難し、彼女のせいにした。彼がそれに乗ってきたとき、取り調べ係は血のことをもちだした。これで彼はすっかり動転した。容疑者が口をつぐんで、取り調べ係の言葉を熱心に聞く場合、真犯人であることが多い。無実の人はわめいたり怒鳴ったりする。罪を犯した人が無実だと思わせたいためにわめいたり怒鳴ったりしても、両者のちがいはわかるものだ。

デヴィアはレイプしたことを認め、取り調べ係のいうようにメアリ・フランシスが彼を脅した、と同調した。取り調べたロバート・リアリー特別捜査官はこういった。きみが計画的に彼女を殺したんじゃないことはわかっている。計画していたのなら、石より効果的なものを使っただろう、と。その結果デヴィアは殺害とレイプを自供した。彼はメアリ・フランシス・ストーナーをレイプし、殺害した罪で有罪となり、死刑の判決を受けた。彼が電気椅子に送られたのは、逮捕されてからほぼ十六年後の一九九五年五月十八日のことだった。これはメアリ・フランシスがこの世に生きていた期間より四年以上長い。

このタイプの尋問で肝腎なのは創造的であること、すなわち想像力を使うことである。わたしは自分にこうきかねばならなかった。「わたしが犯人なら、どうなるだろう?」。われわれにはみんな弱点がある。わたしの場合は経費報告書がそれであり、支局長なら、わたしが提出した経費報告書をタネに、わたしにたっぷり冷や汗をかかせることもできただろう。

誰もが石をもっているのだ。

デヴィア事件で学んだ教訓は、胸の悪くなる性的犯罪以外にも広範囲に応用できる。横領事件でも汚職事件でも、あるいはマフィア捜査でも、原則は同じである。相手の脆い部分を見抜き、そこへつけ込み、尋問を「演出」する。具体的な方法が対象によって変わることはいうまでもない。しかし、こちらの想像力をはたらかせ、誰もがもつ石つまり「不安誘発要因」を利用するのが基本的戦略なのだ。

11　アトランタ児童連続殺人事件

一九八一年の冬、アトランタは連続的な脅威にさらされていた。

それは一年半前、ほとんど気づかれずに静かに始まった。そうして、片付かないうちに、アメリカの歴史上もっとも大規模な、そしておそらくもっとも騒がれた犯人捜索が繰り広げられ、町では政治問題化し、国論が分極化することになった。

一九七九年七月二十八日、ニスキー・レイク・ロードわきの林から悪臭がするという苦情があり、警察が行ってみると、十三歳の少年アルフレッド・エヴァンズの死体が見つかった。彼は三日前から行方不明になっていた。あたりを調べた警察は、十五メートルほど離れたところでべつの死体を発見した。部分的に腐敗したこの死体は十四歳のエドワード・スミスで、アルフレッドのいなくなる四日前に行方不明になっていた。ふたりとも黒人だった。検屍官によれば、アルフレッドはたぶん絞殺、エドワードは二二口径の銃で撃たれて死んだのだった。

十一月八日、廃校になった学校で九歳の少年ユセフ・ベルの死体が発見された。彼は十月下旬から行方不明になり、やはり絞殺されていた。八日後、十四歳の少年ミルトン・ハーヴェイの死体がイースト・ポイント地区のレッドワイン・ロードとデザート・ドライヴの交差点近くで発見された。彼については九月はじめに失踪届けが出されていた。アルフレッド・エヴァンズと同様に、はっきりした死因は不明だった。ふたりともやはり黒人だが、特に意味のありそうな類似点はなかった。あいにくアトランタのような大都市では、たえず子供が行方不明になる。そのなかには、死体となって見つかる者もいるのである。

一九八〇年三月五日、エンジェル・ラニアという十二歳の少女が学校へ行こうと出かけたのに、到着しなかった。五日後に、彼女の死体が道端で見つかった。電気のコードで縛られ、さるぐつわをかまされていた。下着もふくめて衣類はぜんぶ身につけていたが、べつのパンティが口のなかに詰め込まれていた。死因はコードによる絞殺。性的暴行の証拠はなかった。三月十二日には十一歳の少年ジェフリー・マシスの姿が消えた。この時点でもアトランタ警察は、以上六人の子供たちの行方不明や死亡を関連づけなかった。これらの事件には類似点もあれば相異点もあった。事件の一部または全部が関連する可能性について、警察は真剣に考えていなかった。

しかし、考える人びともいた。四月十五日、ユセフ・ベルの母親が行方不明になったり殺害された黒人の子供の親と手を携えて、「児童殺害を止めさせる委員会」を結成したと発表した。この人びとは、いま起きている事態を当局が認識して助力してほしいと訴えた。アトランタでこんな運動が起こるのは異例のことだった。ここは経済的に繁栄しだした新しい南部の中心地、多忙の町であり、みんな「忙しすぎて憎むひまがない」といわれ、市長のメイナード・ジャクソンは黒人、公共安全コミッショナーのリー・ブラウンも黒人だった。

戦慄すべき事件は止まなかった。五月十九日には十四歳のエリック・ミドルブルックが、自宅から四百メートルほど離れたところで他殺死体となって発見された。鈍器で頭を殴られたのが死因だった。そして六月九日には十二歳のクリストファー・リチャードソンが行方不明になった。六月二十二日の日曜日には、ふたりめの少女、ラトニヤ・ウィルソン（八歳）が早朝、自宅の寝室から連れ去られた。それから二日後、アーロン・ワイチ（十歳）の死体がデカルブ郡のある橋の下で発見された。死因は窒息、首の骨を折られていた。ついで七月六日、アンソニー・カーター（九歳）がウェルズ・ストリートの倉庫の裏手で死んでいた。草に顔を埋め、いくつもの刺し傷があった。そこには血の跡がなく、べつの場所から運ばれたことは明らかだった。

パターンはもう無視できなくなった。公共安全コミッショナーは「行方不明者・被謀殺者特別捜査班」を設け、これは最終的には五十人以上のメンバーを擁することになった。それでも事件はつづいた。七月三十一日、アール・テレル（十歳）がレッドワイン・ロードのはずれで行方不明になった。そこはミルトン・ハーヴェイの死体が発見された場所に近かった。そしてハリウッド・ロードわきの路地で、十二歳のクリフォード・ジョーンズが首を縛られた死体となって発見されると、ようやく警察はつながりを認め、黒人の子供たちの殺人事件には関連があるという仮定のもとに捜査すると発表した。

忌まわしい極悪非道な連続事件ではあっても、ことが一地方に限られていたので、FBIには捜査に乗り出す権限がその時点までなかった。が、アール・テレルが行方不明になったとき、きっかけができた。彼の家族に、息子を無事に返してほしければ身代金をよこせという電話が数回かかってきた。電話の主は、アールをアラバマ州へ連れていったとほのめかした。事件の広がりが他の州におよんだと思われるので、連邦誘拐法が適用され、FBIの捜査が可能になった。しかしまもなく、身代金の要求は悪ふざけだとわかった。アールの生存の望みは薄れ、FBIは手を引かざるを得なかった。

さらに九月十六日、十一歳のダロン・グラスという少年が行方不明になったという知らせがきた。ジャクソン市長はホワイトハウスへ助力を——とくにFBIによる捜査を——要請した。司法上の管轄権の問題はあったが、グリフィン・ベル司法長官はFBIに、行方不明の子供たちが連邦誘拐法に違反した状態で拘束されていないか、いいかえれば州境を越えた犯罪になっていないか、調べるように命令した。その付加的義務として、アトランタ地方支局はこれらの事件が実際に関連があるかどうか、調べることになった。多くの言葉は使われていないが、事実上は、できるだけ早く事件を解決して犯人を逮捕せよというメッセージを、FBIは受けたのだった。

もちろんマスコミは逆上気味に騒ぎたてた。新聞には子供たちの顔が定期的に載り、市全体に罪があるといわんばかりだった。これは黒人を皆殺しにしようとする陰謀で、か弱い者を標的にしているのか？　主要な公民権法が施行されてから十五年、ＫＫＫ団かナチ党か、または黒人を憎むほかの組織が、活動を開始したのか？　子供たちを殺すのが使命だと思っている狂った個人の仕業にすぎないのか？　この最後の可能性はいちばん低いように思われた。子供たちが犠牲になっていく間隔は、信じられないほど短い。それに、これまでのところ連続殺人者の大多数は白人であり、白人以外の人種を狙ったことはほとんどない。連続殺人は私的な犯罪であって、政治的犯罪ではない。

しかし、まさにこの点から、ＦＢＩが事件を扱うべつの合法性が考えられた。複数の州にまたがる誘拐の線がうまくいかないのなら、「分類44」の条項つまり連邦公民権法に違反していないか調べる、という手がまだ残っていた。

ロイ・ヘイズルウッドとわたしがアトランタへ行ったときには、未解決の子供殺し事件が十六件あった。ＦＢＩの出動はほとんど宣伝されなかったが、局内では正式の事件名「ＡＴＫＩＤ」が付けられ、「重要事件30」とも指定された。アトランタ警察は手柄を横取りされたくないし、ＦＢＩのアトランタ地方支局としては、解決できないのではないかという予想をたてられたくなかった。

わたしといっしょにアトランタへ行くためにロイ・ヘイズルウッドが選ばれたのは、当然のなりゆきだった。行動科学課のインストラクターのうち、ロイは大部分のプロファイルをおこない、個人間の暴力についてナショナル・アカデミーのコースで教え、行動科学課に持ち込まれるレイプ事件を扱っていた。われわれの最初の目標は、それぞれの事件に関連があるのか、あるのなら陰謀なのか、を判断することだった。

われわれは山のようなファイルを——犯罪現場の写真、発見時に子供たちが何を着ていたか、現場を見た人びとの供述、解剖所見などを——吟味した。被害者に共通点がないか、家族の人びとに面接して、きいた。子供たちが行方不明になったあたりや、死体発見場所を、警察に案内してもらった。

ロイとわたしは、印象をたがいに話さないで、専門家による心理テストを受け、自分が殺人犯になったつもりで記入した。テストは、動機や背景、そして家庭生活をふくんでいた。テストをやってくれた司法心理学者は、われわれの結果がほとんど同じになったことにびっくりした。

われわれはこう考えた。これは、KKK団タイプの黒人を憎む組織の犯罪ではない。第二に、犯人は黒人にほぼ間違いない。そして第三に、殺しや行方不明の多くは関連しているが、すべてがそうとはかぎらない。

ジョージア州捜査局にはKKK団の関与をうかがわせる情報がいくつか入っていたが、われわれは度外視した。黒人憎悪を動機とする犯罪をさかのぼって調べればわかるように、それはきわめておおっぴらで、きわめて象徴的なかたちをとりがちである。リンチは公然たる主張を表明し、公然と見せびらかす意図をともなう。このような犯罪は一つのテロ行為であり、それが効果をあげるためにはなるべく人目につかねばならない。KKKの団員が白い服を着るのは、身を隠すためではない。もしも黒人を憎む組織がアトランタの黒人児童を標的にしたのなら、何ヵ月もの間隔をおいてはおこなわないだろう。そんなことをすれば、警察や公衆がなかなか気づいてくれない。やるのなら、町の目抜き通りに死体をぶら下げる。そうすれば、メッセージが派手に伝わるだろう。この連続事件にはそうしたタイプの行動がまったく認められない。

死体が捨てられた場所は、黒人だけか、黒人が大部分を占める地区だった。白人がひとりでそのあたりをうろついていれば、注意を集めずにはすまない。白人がグループで行動すれば、なおさらのことである。警察は広範囲にわたり徹底的に調べたが、死体遺棄地点の近くで白人を見たという報告はなかった。それらの場所は四六時中、人通りがあり、たとえ夜間でも、白人がまったく気づかれずに歩くことはできない。セックス殺人犯は自分と同じ人種を狙う傾向があるというわれわれの経験的知識とも、このことは一致する。性的虐待を示す明瞭な証拠はないものの、この一連の犯罪に性的傾向があることはたしかだった。

被害者の多くには明確な共通点があった。若年で外向的で、はしこい街の子だが、未熟であり、自分たちが住む地区の外の世界に関してはむしろ初心《うぶ》である。こういうタイプの子供は、狡猾な大人の口車や誘いに乗りやすい。子供たちは突然姿を消しているので、犯人は車に乗っていたにちがいない。それに、大人の権威を感じさせる雰囲気をそなえているはずだ、とわれわれは考えた。被害者の多くは、見た目にも明らかな貧困家庭で暮らしており、電気や水道のない家の子も幾人かいた。

そのせいと、子供たちが充分には世慣れていないせいで、たいした餌は要らなかっただろう。この点を調べるために、われわれはアトランタ警察の秘密捜査員たちに頼んで、それらの地区へ行ってもらった。彼らは、しばしば労働者のふりをして、五ドルやるからいっしょに来て、ちょっとした仕事をやってくれないか、と子供たちにもちかけた。黒人の捜査員と白人の捜査員とで試してみたが、差は出なかった。子供たちは必死に生きていて、五ドルのためなら何でもした。彼らを連れ出すには、さほど頭が切れる男でなくてもいい。この実験でもう一つわかったことがある。白人は、そうした地区ではやはり気づかれていたのだ。

ただし、明確な共通点はあるものの、すべての事件にはあてはまらないように思われた。被害者や状況を綿密に調べたのち、わたしはふたりの少女を殺した犯人はほかの殺しの犯人とはちがうし、それぞれがべつの人物による犯行だろうと考えた。ラトニヤ・ウィルソンを自宅の寝室から拉致した手口はあまりにも専門的だった。少年たちについてはほとんどの「ソフト・キル」――絞殺――に共通点があり、死因が不明の事件に関してはかならずしも共通点がない、とわたしは考えた。そのほかの証拠も合わせた結果、われわれは犯人がひとりではないと信じるに至った。このなかの二つの事件については、被害者の家族の一員が犯人だと示す強い証拠があった。しかし、ウィリアム・ウェブスターFBI長官がこのことを公表すると、マスコミから酷評された。このような発表にともなう政治的問題はべつにしても、被害者がこの一連の「行方不明および殺害」事件のリストからはずされると、その家族は、全国の団体や個人から寄せられはじめた寄付金を受け取る資格を失うことになるのである。

われわれは、犯人がひとりではないと感じたとはいえ、凶行をつづけているのは特定のひとりの男であって、彼はつかまるまで殺しをやめないだろうと思った。ロイとわたしは、それが黒人の男性で、独身、年齢は二十五から二十九、とプロファイルした。彼は警察マニアで、警察犬に似た犬、つまりジャーマン・シェパードかドーベルマンを飼っているだろう。ガールフレンドはいない。少年に性的魅力を感じるほうだろう。しかし、レイプとか、明白な性的虐待の徴《しるし》は認められない。これは彼が性的適応性に欠けることを物語る、とわたしは思った。彼は子供たちをだます策略か何かを使ったのではないか。それは音楽か、あるいは何かの芸当にちがいない、とわたしは確信した。いい線をいってるんだがうまくあらわせないんだよ、ともちかける。ところがそれぞれの場合、はじめの段階で子供に拒絶されるか、少なくとも彼は拒絶されたと思い、やむをえず殺す気になるのだ。

アトランタ警察は、判明しているすべての小児性愛者や性犯罪の前科のある者を調べ、結果的に容疑者リストは約千五百人に達した。警官やFBI捜査官が学校を訪れ、子供たちのなかに大人の男から近づかれたが学校にも警察にも話していない者はいないか、面接して調べた。捜査員はバスに乗り、行方不明の子供たちの写真の載っているパンフレットを配って、その子たちを見かけなかったか、とくに男といっしょのところを見なかったか、きいてまわった。秘密捜査員たちはゲイ・バーに入りびたり、会話に耳をそばだてて、手掛かりを得ようとした。

われわれの考えに全員が賛成したわけではない。われわれがアトランタへ来たことを全員が喜んだわけでもない。廃棄されたアパートの犯罪現場で、ひとりの黒人警官がわたしのところへ来て、いった。「あんたはダグラスだろ？」

「ああ、そうだよ」

「あんたのプロファイルを見たがね。あんなものはたわごとだね」。彼がわたしの仕事をきちんと評価しているのか、それとも黒人の連続殺人者はいないという新聞のひんぱんな主張を強調しているのか、わたしにはわからなかった。黒人に連続殺人者はいないという主張は正しくない。売春婦をつづけて殺した黒人も、自分自身の家族をつづけて殺した黒人もいる。ただし、見知らぬ者を殺した事件はあまりなく、今回のような手口の連続殺人者は皆無だった。

「いいかい、わたしはここへ来る必要はないんだ」とわたしはいった。「来させてくれと頼んだわけじゃない」。とにかく、フラストレーションがつのっていた。関係者全員が事件の解決を望んでいたが、誰もが自分の手でケリをつけたいと願っていた。よくあることだが、ことが悪化すればロイとわたしが非難され、責任を問われることはわかっている。

ＫＫＫ団陰謀説のほかにも、さまざまな説が流れた。子供たちが死体で見つかったとき、衣類のさまざまな部分がなくなっていたが、被害者間で重複することはなかった。その点から、以前エド・ゲインが女性の皮膚を集めようとしたように、この犯人は自宅のマネキンに着せる衣裳を集めているのかもしれない、という説もでた。また、死体を捨てる場所がしだいに人目につきやすいところへと変わっているところから、もとの犯人は自殺し、模倣犯《コピーキャット》が現われたのではないかという説も流れるありさまだった。

わたしがクワンティコへ帰っているとき、一つの動きがあった。アトランタから三十キロほど離れた小さな町、コニヤーズの警察署に電話がかかってきた。それを録音したテープを、わたしはパーク・ディーツ博士といっしょにラリー・モンローのオフィスで聴いた。モンローは行動科学課のメンバー、ディーツ博士はわが国でもっとも優れた司法精神科医であって、しばしばわれわれの課の相談にのってくれていた。

電話の主は自分がアトランタの子供殺しの犯人だと名乗り、いちばん新しい被害者の名前をあげた。明らかに白人の声で、無教養な労働者のようだった。彼は「黒いガキどもをもっと殺してやる」といって、ロックデール郡のシグモン・ロードに沿ったある特定の地点の名前をあげ、そこを捜せばまた死体が見つかると告げた。

そのとき室内に起きた興奮は忘れられない。しかしわたしは水を差した。「こいつは殺人犯じゃない。ただし、こいつをつかまえないと、何度も電話をかけてきて、神経を逆撫でするだろう。こいつがのさばっているかぎり、人手を割くことになる」

警察の興奮にもかかわらず、わたしはこの男については自信があった。その少し前にも似たようなことがあったのだ。それはボブ・レスラーとわたしがイギリスのブラムズヒルにあるポリス・アカデミーで教えるため、ロンドンから一時間ほどかかるその町を訪れていたときのことである。当時イギリスでは、ヨークシャー・リッパーによる殺人がつづいていた。犯人はヴィクトリア時代の切り裂きジャック《ジャック・ザ・リッパー》のまねをして、おもに売春婦を殴り、刺殺するという凶行を繰り返し、死者は八人に達していた。ほかに三人の女性が危うく逃れたが、犯人の人相特徴はわからず、年齢も十代から五十代までと、あやふやだった。アトランタと同様に、イギリス全土が恐怖におののき、同国では史上最大の捜査態勢が敷かれていた。結局、警察が面接した人びとは二十五万人近くになったほどである。

警察署や新聞社には「ジャック・ザ・リッパー」から犯行を告白する手紙が何通かとどいた。そんなとき、二分間にわたるカセットテープがジョージ・オールドフィールド警部のもとへ郵便で送られてきた。それは警察をあざけり、また殺すと予告していた。アトランタの場合と同様、これは突破口になりそうだと思われた。ダビングしたテープが全国に配られた。テレビやラジオ、フリーダイヤルの電話、サッカー試合の場内放送などから声が流され、聞きおぼえのある人がいないか、呼びかけた。

ボブ・レスラーとわたしがブラムズヒルに滞在中、このリッパー事件の捜査責任者と会う機会があった。わたしは犯行時のようすを話すように頼んだ。彼によると、犯人は女性たちが無防備な立場にいるときを狙って、不意にナイフかハンマーで襲い、殺したのちに死体を切断していた。ところがテープの声は、売春婦殺人犯にしてはかなり明晰で上品だった。それでわたしはいった。「いま聞いた犯行時の状況と、アメリカでわたしが聴いたテープからすれば、こいつは犯人ではないね。あなたたちは時間をむだにしている」

捜すべき犯人は警察と話したりしない、とわたしは説明した。犯人は目立たない孤独な男で、年齢は二十代の終わりから三十代のはじめ。病的なくらい女性を憎んでいる。学校は中退。あちこち移動しているようなので、トラック運転手の可能性がある。

その後、捜査陣は方向を変えた。そうして一九八一年一月二日――アトランタがおののいている真最中に――ピーター・サトクリフという三十五歳のトラック運転手が逮捕され、リッパーだと判明したとき、テープを送りつけた人物とはほとんど似ていなかった。テープの人物は、オールドフィールド警部に恨みをいだく引退した警官だと判明した。

ところで、ジョージア州のテープを聴いたあと、わたしはコニヤーズとアトランタの警察と話し、テープの犯人をおびき出す筋書を思いついた。リッパー事件の場合と同じく、この男の口調にもあざけりと居丈高《いたけだか》な響きがあった。「彼の口調と話の内容からすれば、彼はあなたたちのことをみんな馬鹿だと思っている」とわたしはいった。「だから、そこを利用しよう」

わたしは、相手の思うとおりに警察が間抜けな行動にでることをすすめた。シグモン・ロードへ行け、ただし、通りの反対側を捜索する。彼は見物しているだろう。運がよければ、その場で彼を捕えることができる。捕えられなくても、彼はあとで電話してきて、おまえらは馬鹿だ、間違った場所を捜してる、というにちがいない。パーク・ディーツ博士はこの案が気に入った。

警察は派手にショーをやって、死体を捜すふりをした。案の定、男はまた電話をかけてきて、間抜けぶりをけなした。警察はすでに罠を仕掛けていたので、その無教養な白人労働者を自宅でつかまえた。そして、シグモン・ロードのいわれた場所を念のために捜してみたが、やはり死体などなかった。

事件の副産物は、コニヤーズの出来事だけではなかった。大規模な捜査にはしばしば副産物をともなうものであり、アトランタも例外ではなかった。はじめの段階で白骨死体が発見された場所に近い林の中、道路のそばにヌード雑誌が捨ててあるのを刑事が見つけ、調べたところ精液が付着していた。さらに指紋も検出でき、その線から身元が割れた。男は白人で、ヴァンを乗りまわしている害虫駆除業者だった。心理学的特徴は犯人像にぴったり合っていた。

この男のことはFBI長官や司法長官、さらにはホワイトハウスにまで報告された。われわれがアトランタ・チャイルド・キラーをつかまえたという発表を、みんなが待ちのぞんでいた。新聞発表が準備された。しかしわたしには、二つほど気になることがあった。まず、その男は白人だった。ついで、彼はしあわせな結婚生活を送っていた。彼があそこにいたのにはべつの理由があるにちがいない。

警察が取り調べたが、彼はすべてを否定した。精液のついた雑誌を見せられ、指紋がついていたと指摘されると、彼は車で通りすがりに雑誌を投げ捨てたのだと答えた。片手でハンドルを握り、他方の手で彼の男性自身をもてあそんだあげく林の中まで投げるには、よほど長い腕が必要であり、そんな話は筋が通らない。

彼はのっぴきならない窮地に立たされたことに気づくと、ほんとうのことを話した。妻が妊娠していて、臨月に近く、何カ月もセックスしていなかった。しかし、愛する妻を裏切って浮気する気にならず、セブンイレブンへ行ってその雑誌を買い、たまったものを昼休みに林の中で放出したのだった。

コニヤーズの嘘つき男がつかまったとき、わたしはこれで一つ片付いた、少なくともひとりの人種差別主義者を取り除いたので、警察は本来の捜査に集中できる、と考えた。しかし、一つ重要なことを計算に入れなかった。つまり、マスコミの大きな役割である。

殺人犯は、子供殺しがマスコミに大々的に報道されると満足するのだ。わたしはそのことに気づいた。彼は、マスコミの報道に対し、それに応じた反応をするだろう。

マスコミは、捜査に進展はないか血眼になっていたので、シグモン・ロードでの警察の捜査を大きく報道した。かたちのうえでその捜査がむだに終わってからまもなく、シグモン・ロード沿いの開けた土地にまたしても死体が見つかった。テリー・ピューという十五歳の少年だった。

わたしにとって、それは途方もなく重要な展開であり、犯人逮捕の方策を立てるはじまりであった。彼はマスコミの報道を注意深く眺め、報道内容に対して反応している。彼はシグモン・ロードに死体を捨てたことはないので、警察が発見するはずはないと知っていた。しかし、いまや彼は、自分がどんなに勝っているか、どんなに警察やマスコミを操れるか、みせびらかしている。彼の傲慢と侮《あなど》りを示している。その気になれば、シグモン・ロードのそばに死体を捨てることだってできる！　彼はこのゲームをやるためにそれまでのパターンを崩し、四、五十キロをドライヴしたのだ。彼がわれわれの動きを見守っているとわかった以上、それを利用して彼の行動を操れないか試してみようではないか。

わたしはいくつかの案を考えた。フランク・シナトラとサミー・デイヴィス・ジュニアが、被害者の家族への援助金を集めるためオムニで慈善コンサートを催すことになっていた。このイベントはマスコミに大きく取りあげられた。わたしは、犯人がかならずそこに現われると確信した。難題は、ざっと二万人もの聴衆のなかからどうやって彼を見つけだすかということである。

ロイ・ヘイズルウッドとわたしは、犯人が警察マニアだと考えていた。その点が使えそうだった。「彼を出入り自由にさせてやろうじゃないか」とわたしは提案した。

例によって、警官やアトランタ地方支局の捜査官たちは、頭がどうかしたんじゃないかという顔でわたしを見た。それでわたしは説明した。オムニには大勢の人が来ると予想されるので警備員を追加する必要がある、という広告を出そう。賃金は最低額、応募者は自分の車を所有していること（犯人は車をもっているとわかっていた）、そして、かつて何かのかたちで警察に協力したことのある者が望ましい、という条件をつける。そうしてわれわれは、オムニで応募者に面接するとき、有線テレビで隠し撮りする。女性や年配者などは除外して、おもに若い黒人に的を絞る。そうして、これまでに救急車を運転した経験があるか、警官とか警備の職につこうとしたことがあるかというような、容疑者を限定するのに役立ちそうな事項を応募用紙に記入させる。そうすればたぶん十人か十二人に絞りこむことができるだろう。そのうえでほかの証拠に照らして調べることができる。

この案はずっと上の司法長官補までいって検討された。問題は、大組織で前例のないことをやろうとする場合にきまって起こるように、融通がきかない点だった。わたしの策略がようやく承認されたときには、コンサートは翌日に迫っていた。もう手遅れだった。

わたしにはほかにも方策があった。高さ三十センチほどの木の十字架をいくつも作って、一部は被害者の家族に渡し、残りは犯罪現場に立てて追悼する。ほかに大きい十字架を一つ作り、子供たち全員の追悼として、どこかの教会に立てる。このことが知れ渡ると、犯人はどこかの十字架を、とりわけ遠い場所に立てた十字架を訪れるだろう。一本を持ち去ろうとさえするかもしれない。われわれが要所を監視していれば、逮捕できるチャンスがかなり高い。

しかし、この計画にFBIのOKが出るまでに何週間もかかった。ついで、誰が十字架を作るか――ワシントンにあるFBIの展示課が担当するか、クワンティコの製作所で作るか、それともアトランタ地方支局が発注するか――縄張り争いが起きた。結局のところ十字架は作られたが、使えるようになったときには、事件のほうが先に動いていた。

二月には、アトランタは統制を失いかけていた。霊能者たちがしゃしゃり出て、それぞれ独自の「プロファイル」を発表したが、ひどく異なるものが多かった。マスコミは少しでも可能性のありそうな話に飛びつき、事件にはほとんど関係ない人の話までとりあげるありさまだった。そのうちに、シグモン・ロードで死体となって発見されたテリー・ピューーにつづいて、今度はデカルブ郡のビュフォード・ハイウェイのわきで十二歳のパトリック・バルタザーの死体が見つかった。テリー・ピューと同様、絞殺されていた。このパトリック・バルタザーの体に付着していた毛と繊維は、前の被害者たちのうち五人から発見されたものと合致するとわかった。このことはマスコミが大きく報道した。

わたしはピンときた。犯人は今後、死体を川に捨てるだろう。彼は毛と繊維が警察の手に渡ったことを知っている。それまでの例としては十二月に、パトリック・ロジャーズという少年の死体がチャタフーチー川のそばで発見されていた。頭を殴られて死んだこの被害者は十五歳、身長百七十五センチ、体重は六十六キロ、学校を中退し、警察につかまったこともあった。警察は、この件は連続殺人事件とは関係ないと考えていた。関係ないかどうかはともかく、わたしは犯人がこれからは川へ来るだろうと感じた。川なら水が証拠の痕跡を流してくれる。

われわれは川を監視しなくてはならない、アトランタ市の北西部とコッブ郡との境界をなすチャタフーチー川がとりわけ注意を要する、とわたしは主張した。しかしその川は、警察のいくつもの管轄区にまたがっていて、一つの警察が全体を監視する権限がなかった。FBIと警察の特別捜査班とによる合同の監視体制が組織されたときには、すでに四月になっていた。

そうするあいだにも、つぎの死体——十三歳のカーティス・ウォーカー——がサウス川で発見された。ついでふたり——ティミー・ヒル（十三歳）とエディ・ダンカン（最年長の二十一歳）——がチャタフーチー川にわずか一日おいて浮いた。前の被害者のほとんどは衣類をすべて身につけていたが、この三人は下着まで剝ぎとられていた。毛や繊維を残さないようにするためである。

監視チームがあちこちの橋や、死体を捨てそうな川沿いの場所に配置されて、何週間かたった。しかし何も起きなかった。当局が信頼を失いつつあること、徒労に終わりそうなことは明らかだった。明らかな進展がないので、監視作戦は五月二十二日の午前六時の交替時をもって打ち切ることになった。

まさにその最後の朝の二時半ごろ、ボブ・キャンベルというポリス・アカデミーの生徒がチャタフーチー川の堤、ジャクソン・パークウェイ・ブリッジの下で最後の監視にあたっていた。彼は、一台の車がやってきて、橋の中程でちょっと停まるのを見た。

「いま大きな水音が聞こえた！」と彼は緊張した声で携帯用無線機を通して報告した。懐中電灯で川面を照らすと、さざ波が立っていた。車はUターンして橋をもどった。張り込み中の警察が追い、その車を路肩に寄らせた。それは一九七〇年型シヴォレー・ステーションワゴンで、ドライヴァーはウェイン・バートラム・ウィリアムズ（二十三歳）といい、背が低く、縮れ毛の、色のごく薄い黒人だった。彼は誠実な感じで、協力的だった。音楽のプロモーターだと名乗り、両親と暮らしているといった。警官は彼に質問をして、車のなかをのぞいてから、去らせた。しかし目を離したわけではない。

二日後、下流でナサニエル・ケイター（二十七歳）の裸体が浮かんだ。一カ月前にジミー・レイ・ペイン（二十一歳）の死体が発見された場所からさほど離れていなかった。ウィリアムズを逮捕し捜索令状をとるだけの証拠はないが、警察は彼を厳しく監視した。まもなく彼は尾行に気づき、でたらめに町のなかを走りまわっては、追いかけさせたりした。裏庭で写真を燃やし、車も洗った。

ウェイン・ウィリアムズは、シェパードを飼っている点もふくめて、主要な点がすべてわれわれのプロファイルと一致していた。彼は警察マニアで、数年前には警官だと詐称して逮捕されたことがあった。その後、払い下げになった警察車を乗りまわし、警察のスキャナーを利用して聞いた犯罪現場へ行き、写真を撮ったりしていた。シグモン・ロードで警察がありもしない死体を捜したとき、彼をそこで見かけた者も数人現われた。オムニで開催されたシナトラたちの慈善コンサートに来ていたこともわかった。

FBIは、ウィリアムズを逮捕はせずに、オフィスへ来るように頼んだ。彼は協力的で、弁護士を呼んでくれとはいわなかった。ポリグラフにかかることも承知した。その結果は、白とも黒とも判断できなかった。あとで令状が出たとき、教職から引退した両親と暮らす彼の家を捜索すると、ポリグラフのごまかし方を教える本が何冊かでてきた。

令状は六月三日に出た。ウィリアムズが車を洗ったにもかかわらず、警察は約十二人の殺害と彼とを結びつけるもの、つまり毛と繊維をその車から発見した。

証拠は有力だった。入手した繊維は、死体とウィリアムズの部屋や家、そして車を結びつけただけではない。ジョージア州犯罪研究所は、被害者のうち幾人かについて、行方不明になったときに着ていた服の繊維と同じだということを突き止めた。

六月二十一日、ウェイン・B・ウィリアムズはナサニエル・ケイター殺しの容疑で逮捕された。ほかの殺人についての捜査は続行された。逮捕が発表されたとき、ボブ・レスラーとわたしはヴァージニア州ニューポート・ニューズに近いハンプトン・インで南部諸州矯正官協会の人びとを前に講演中だった。わたしはイギリスから帰国したばかりで、連続殺人事件に関するわたしの仕事について話していた。それより前の三月、《ピープル》誌がレスラーとわたしに関するストーリーを載せ、われわれがアトランタの犯人を追っていることに触れた。それは上層部からの指示によってわれわれが協力した記事だった。そのなかでわたしはプロファイルの基本について述べ、アトランタの連続事件の容疑者は黒人だというわれわれの意見を伝えた。記事は大きな注目を集めた。そんなわけで、わたしが五百人あまりの聴衆から質問を受けたとき、ある人からウィリアムズの逮捕について意見を求められた。わたしは事件とわれわれが関与したことの背景を少し説明し、どんなふうにプロファイルしたかを話した。ウィリアムズがプロファイルに適合すると述べたうえで、彼がこの件の犯人だと判明すれば、「ほかの殺人のかなりの割合もその可能性が高い」と慎重につけくわえた。

その質問者が記者だとは知らなかった。とはいえ、たとえ知っていたとしても、同じように答えただろう。翌日、ある新聞はわたしが「ほかの殺人のかなりの割合もその可能性が高い」といったと述べ、きわめて重要な前提を省いてあった。

これは大きなニュースになり、翌日はテレビのニュースや主要紙でこの言葉が引用された。アトランタ・コンスティテューション紙などは「FBI局員、ウィリアムズは多数を殺したかもしれないと語る」という見出しをつけるありさまだった。いたるところから電話がかかってきた。ホテルのロビーやわたしの部屋の前の廊下にはテレビ局のカメラが並んだ。レスラーとわたしは外出するのに非常階段を使わなければならなかった。

本部では大騒ぎになった。まるで、事件に深くかかわったFBI捜査官が、裁判もないうちにウィリアムズが有罪だと宣言した、とでもいうようだった。クワンティコへもどったわたしは、課の責任者に真相を説明しようとした。

しかし五カ月後、わたしはウェブスター長官から譴責《けんせき》の手紙を受けとった。わたしは反論するひまもなかった。いぜんとしていたるところの事件をかかえ、しかもウィリアムズの裁判が近づいていた。

裁判は一九八二年一月、陪審員が選ばれてから六日後に始まった。陪審員の構成は女性九人、男性三人で、だんぜん黒人が多かった。われわれはウィリアムズが少なくとも十二人の子供を殺した罪で有罪にできると思っていたにもかかわらず、彼はわずかふたり――ナサニエル・ケイターとジミー・レイ・ペイン――を殺害した容疑で裁かれることになった。ウィリアムズには三人の著名な弁護士――ミシシッピー州ジャクソンのジム・キッチンズとアル・ビンダー、そしてアトランタの女性メアリ・ウェルカム――がついた。検察側の主力メンバーにはフルトン郡の地方検事補ゴードン・ミラーとジャック・マラードがいた。事件の捜査段階でわたしが協力したために、地方検事局はわたしに、裁判の進行に応じて出向いてきて助言してほしいと依頼した。裁判の進行中、わたしはたいていのとき検察側のテーブルのすぐうしろに坐っていた。

その裁判が現在おこなわれていれば、わたしは犯人の手口や特徴、事件の関連について証言することができただろう。そして有罪の判決が下されるとすれば、刑期が決定される段階で、被告の将来の危険性について専門的な立場から意見を述べることができたはずである。しかし一九八二年当時には、われわれの成果はまだ法廷に認められていなかった。それでわたしは、戦術上の助言を提供することしかできなかった。

検察側が根拠とする証拠は、七百本ほどの毛と繊維に大きく依存し、これらはワシントンにあるFBIの研究所で綿密に分析されていた。被告のウィリアムズは二件の謀殺について起訴されていたにすぎないのに、ジョージア州の刑事訴訟法によると、検察側は関連事件も持ちだすことができた。ミシシッピー州ではこんなことはできず、弁護側はそれに対する準備をしていないようだった。検察側にとって厄介なことに、ウィリアムズは物腰が穏やかで、自制がきき、言葉づかいは上品だし、愛想がよかった。分厚い眼鏡をかけた柔和な顔、繊細な手、そんな彼は子供を連続的に殺した犯人には見えなかった。彼はマスコミに声明を出し、自分は無罪であり、逮捕は人種差別だと主張、FBIとアトランタ警察を無能だと批判していた。

ウィリアムズが証言台に立つとは、検察側の誰も予期していなかったが、わたしはありうることだと思っていた。犯行時の彼の行動やそうした声明のタイプからみて、ウィリアムズという男は傲慢かつ自信家であり、それまでに公衆やマスコミ、そして警察を操ってきたように、裁判も操れると思っているだろう。

判事の部屋で双方が会合したとき、弁護側のアル・ビンダーはフェニックスからマイケル・ブラッド・ベイレスという著名な司法心理学者を呼んで、ウィリアムズがプロファイルに適合せず、殺人などできるはずがないと証言してもらう予定だといった。ベイレス博士はすでに三回、ウィリアムズに面接して調べていた。

「けっこう」と地方検事補のゴードン・ミラーは応じた。「そちらが彼を出すのなら、こちらは反対証人を出そう。この事件ですべてを予測したFBI捜査官をね」

「まさか。そんな人に会ってみたいね」とビンダーはいった。ミラーは、この裁判中たいていわたしが検察側のテーブルのうしろに坐っていることを伝えた。

わたしは双方の人びとに会った。そのときは陪審員の部屋を使った。わたしは弁護側に、わたしの経歴を説明し、わたしがFBI捜査官であって学者ではないことが障害になるのなら、パーク・ディーツのような精神科医に代わってもらうこともできる、彼も同じように証言するだろう、と話した。

ビンダーとほかの弁護士たちは、わたしの話にすっかり感心した。彼らは誠意があり、丁重だった。ビンダーは、息子がFBIに入りたがっているとさえ話してくれた。

結局、ベイレスは証言しなかった。裁判が終わってから一週間後、彼はアトランタ・ジャーナル紙とアトランタ・コンスティテューション紙の記者たちにつぎのように語った。ウィリアムズは、感情に動かされて人を殺すこともありうる。彼のパーソナリティには欠陥がある。殺人の動機は「力《パワー》と、支配《コントロール》を異常なまでに必要としたこと」にある。ウィリアムズは「わたしに二つのうち一つのことをしてほしがった、それはわたしの報告を書き換えて、あることを述べないように、さもなければ証言しないように、という要求だった」とベイレスは話し、さらにこう主張した。弁護側にとって重要な障害の一つは、ウィリアムズが自分であらゆることをコントロールしようとしたことだった、と。

わたしにはこれが実に興味深かった。なにしろ、ロイ・ヘイズルウッドとわたしが作成したプロファイルとぴったり一致したのである。しかし、裁判中にもう一つ、同じように興味深いことがあった。

他所《よそ》から来て出廷する人びとはたいていそうだが、わたしも裁判所に近いダウンタウンのマリオット・ホテルに滞在していた。ある晩、わたしがダイニング・ルームで独り食事をしていると、四十代半ばの品のいい黒人がわたしのテーブルへやってきて、ブラッド・ベイレス博士だと自己紹介した。わたしは、彼が誰で、なぜここにいるか知っているといった。ベイレスは、坐ってもかまわないかとたずねた。

わたしは彼に、明日弁護側のために証言するのなら、われわれがいっしょにいるところを見られてはまずいでしょう、と答えた。しかしベイレスは、かまわないといって、腰をおろし、彼のことをわたしがどれだけ知っているかたずねた。彼はたいした経歴の持主だった。

わたしは、犯罪心理学についてちょっと話し、彼が弁護側の望むように証言すれば、彼自身と彼の職業に傷がつくだろうと、感じたことを口にした。テーブルを離れるとき、彼はわたしに手を差しのべ、ぜひクワンティコへ行って受講したいといった。わたしは片目をつぶってみせ、明日のあなたの証言がみものですなといった。

翌日、法廷へ出てみると、なんとベイレス博士は証言するのをやめて、アリゾナへ帰っていた。弁護側のビンダーは「検察側のパワー」のせいだ、検察側は弁護側の専門家証人をおどして去らせたのだ、と苦情を述べた。ほんとのところ、ベイレス博士はきわめて清廉なので、嘘をつけなかったか、あるいは双方それぞれの目的のために利用されたくなかったのだろう。

検察側の主張のなかで、毛と繊維を調べたハル・デドマンとラリー・ピーターソンはりっぱに役割をはたした。しかしそれはきわめて込み入った内容であり、事柄の性質からいって、あまり劇的な説明ではなく、このカーペットの繊維はこの方向によじれています、あのカーペットの繊維はあの方向へよじれています、といった調子のものだった。つまるところ、十二人の被害者の死体についていた繊維は、ウィリアムズの紫と緑のベッドカヴァーの繊維と同じものであり、繊維のほとんどは彼の寝室のカーペットと一致し、約半数はリビング・ルームのカーペットと、やはり約半数は彼の一九七〇年型シヴォレーと一致する、そして毛については、一本を除いてすべてが彼のシェパードの毛と一致する、ということを彼らは証言したのである。

弁護側の番になると、カンザス出身のケネディみたいな男がしきりに陪審員に微笑みかけながら、デドマンの証言をくつがえしにかかった。その日の裁判が終わり、検察側のチームが結果を評価するために集まったとき、みんなはカンザスのハンサム・ボーイにちっとも説得力がなかったといって笑った。

彼らはわたしにきいた。「どう思う、ジョン？」

わたしは陪審員の反応を観察していたので、こう答えた。「いいかい、きみたちは負けるぜ」。彼らはショックを受けた。思いもかけないことをいわれたからだ。

「あの男は説得力がなかった、ときみたちは思っているかもしれない」とわたしは説明した。「しかし陪審員は彼のいうことを信じている」。弁護側の証人は過度に単純化して話しているかもしれないが、そのほうがずっとわかりやすいのだ。

地方検事補たちは節度を心得ているので、こちらを馬鹿にするようなまねはしなかったが、わたしが必要とされていないことは感じとれた。当時わたしは仕事を山ほどかかえていたうえ、メアリ・フランシス・ストーナー殺しの裁判の準備もしていた。出張つづきの生活は負担になり、家族といっしょに過ごす時間がないため、結婚生活もうまくいかなくなった。必要な運動もできないありさまで、つねにストレスにさらされていた。そんなわけで、わたしは家へ帰ることにした。

ところが、ナショナル空港へ降りて車で家へ帰り着くなり、検事たちが考えなおしたという連絡がきた。わたしのいったようになるかもしれないと思いはじめ、わたしにアトランタへもどって、弁護側の証人を反対尋問するとき助力してほしくなったのである。

わたしは二日後にふたたびアトランタへ飛んだ。今度は彼らもずっと心を開き、助言を求めてきた。彼らがひどく驚いたことに、わたしが予測したとおり、ウェイン・ウィリアムズは証言台に立つことになった。彼はまず、アル・ビンダーから尋問された。質問しながら、襲いかかるように背を丸めるビンダーは、まるで鮫のようで、そのためジョーズというニックネームがついていた。

ビンダーはたえず同じ点を陪審員に強調した。「彼を見てください！　連続殺人者のようにみえますか？　ごらんなさい。立ちたまえ、ウェイン」。彼はウェインに両手を前へ出すようにいった。「彼の手が柔らかいことを見てください。この手で人を殺したり、絞めたりする力が彼にあると思いますか？」

ビンダーはある日の中頃にウィリアムズを証言台に立たせ、翌日はずっと立たせどおしにした。しかもウィリアムズはみごとにやってのけた。人種的偏見に満ちた体制にはめられた罪のない被害者だと、誰もが信じるくらいだった。

それで、検察側の反対尋問のとき、どんなふうに崩すかが問題だった。反対尋問にはジャック・マラード地方検事補があたることになった。彼がなんとかしなければならない。彼の話しぶりはゆったりして、声は低く、なめらかな南部訛りがあった。

わたしは裁判の手順とか証人尋問の訓練を受けていなかったが、「犯人の立場で考える」という発想を利用し、どうすればわたしは動揺するか？　と自問した。答えはこうだった。こちらが有罪だと知っている者から尋問されるのがいちばん困る。

そこでマラードにいった。「きみは『これがあなたの人生だ』という古いテレビ番組をおぼえているか？　あの手でやってくれ。できるだけ長くあの男を証言台に立たせて、精神的にまいらせるんだ。あの男は過剰に自制していて、剛直なところがある。やつは強迫性障害だ。あの剛直なところを崩すには、圧力をかけつづけ、彼の人生のあらゆる点をとらえて、緊張感をあたえてくれ。どこの学校へ行ったか、というような些細にみえることでもいい。とにかく長びかせるんだ。そうして、むこうがうんざりしたら、そのとき彼の体に触れる。すっと近づいて、むこうの占有空間を侵犯し、彼の油断につけ込む。弁護側が異議を申し立てないうちに、低い声できく。〝きみがあの子たちを殺したとき、気が動転したかね、ウェイン？〟とね」

反対尋問が始まると、マラードはそのとおりにやった。最初の数時間は、ウィリアムズの心を乱すことはできなかった。歴然とした矛盾をいくつかとらえて突っ込んでも、彼はあいかわらず「ぼくにどうしてそんなことができますか？」といった態度を崩さなかった。マラードは計算どおりにウィリアムズの全人生をとりあげたうえで、ちょうどいいタイミングで相手に近づき、彼の腕に手を置いて、低い、南ジョージアの長ったらしい発音で、うまくきいた。「どうだった、ウェイン？　きみが被害者の喉を両手で絞めたとき、どうだったんだ？　きみは取り乱したか？　取り乱したかね？」

するとウィリアムズは、弱々しい声でいった。「いいえ」

それからはっと気づいて、かっとなった。彼はわたしのほうを指さして、怒鳴った。「おまえは、FBIのあのプロファイルにおれを当てはめようと、しゃかりきだろうが、その手にはのらないぞ！」

弁護側は跳びあがった。ウィリアムズは逆上して「FBIの間抜け野郎」とわめきちらし、検察陣を「馬鹿」呼ばわりした。それが裁判の分岐点になった。あとで陪審員たちはそう話した。彼らはあんぐりと口を開けて、見つめた。はじめてウィリアムズのべつの側面を見たのだった。変身が目の当たりに起きていた。陪審員は、ウィリアムズが暴力的になりうることを理解できた。マラードはわたしに片目をつぶってみせてから、証言台のウィリアムズをふたたび追及しだした。

法廷のみんなの前で感情が爆発したうえは、もう同情を引く方法に訴えるしかない、とわたしにはわかった。それで、マラードの肩を軽くたたいて、こういった。「見ていろよ、ジャック。一週間後にウェインは病気になるぜ」。そのときなぜ一週間という期限が頭に浮かんだのか、わたしにはわからない。しかしきっかり一週間後、裁判は中断し、ウィリアムズは胃痛を訴えて病院へ運ばれた。医師は悪いところはないといって、彼をもどらせた。

べつの弁護士メアリ・ウェルカムは、陪審員にむかって指キャップを差し出し、こうたずねた。「みなさんは、これに入るくらいの証拠でこの人を有罪にするつもりですか？」。彼女は自分のオフィスの緑色のカーペットから取ってきた切れはしを出していった。ありふれたものです。彼が緑色のカーペットを敷いているからといって、有罪にできるんですか？

その日のうちに、ほかの捜査官たちとわたしは彼女の法律事務所へ行った。彼女がいないあいだにオフィスへ入り、カーペットの繊維を数本抜きとった。持ち帰って、専門家に顕微鏡で調べてもらい、証拠として検事補に渡した。検察側は、彼女のオフィスのカーペットの繊維とウィリアムズの家に敷いてあるカーペットの繊維とはまったく違うことを証明してみせた。

一九八二年二月二十七日、陪審員は十一時間にのぼる討議の後、二つの殺人について有罪の評決に達した。ウェイン・B・ウィリアムズはそれぞれの件について終身刑をいい渡され、いまはジョージア州南部のヴァルドスタ刑務所で服役中である。彼はまだ無罪を主張しつづけている。ウィリアムズをめぐる論議は消えないだろう。しかし、再審まで漕ぎつけることがあっても、結果は同じだろうとわたしは確信している。

ウィリアムズの支持者たちが何といおうが、証拠は彼が十一人の子供を殺害した犯人であることを示している。また、彼の誹謗者たちが何といおうが、一九七九年から一九八一年にかけてアトランタで子供が殺されたり行方不明になったりした事件のすべて、あるいはその大部分が彼の犯行だという強力な証拠もない。一部の人びとがどう信じようと、アトランタその他の都市では、不可解な死に方をする黒人や白人の子供たちがあとを絶たないのである。

ウェイン・ウィリアムズ事件で働いた結果として、わたしのところへ賞賛の手紙がたくさん届いた。フルトン郡地方検事局からの手紙は、反対尋問の効果的な戦術をわたしが考え出したことに触れていた。なかでもいちばん嬉しく、ありがたかったのは、首席弁護士アル・ビンダーからの手紙で、われわれの仕事に感銘を受けたと述べていた。

これらの手紙は、局からの譴責状と同じころにとどいた。長官補のジム・マッケンジーはこの事態にあわてて、ウィリアムズの事件ばかりでなくほかの五つの事件に対するわたしの貢献を賞賛して、褒賞を出すように取りはからった。

そんなわけでわたしは、一つの事件に関して譴責状と感謝状とをもらった。その感謝状の一部にはこんな言葉がある。「あなたは、才能と義務への献身、そしてプロ精神によって、局の評判を全国に高めた……」。感謝状には「かなりの額の」現金二百五十ドルがついていた。わたしはすぐさまそれを、国家への奉仕中に死んだ男女の遺族を援助するための海軍救済基金へ寄付した。

アトランタの子供殺しのような事件にいま直面すれば、犯人をもっと早く逮捕できると思う。作業はずっと効率がよくなっているし、誘い出す技法も上手になった。尋問の仕方を演出して最大の効果をあげる方法もわかっている。

しかし、われわれがどんな失敗をしたにせよ、アトランタのこの事件は行動科学課の大きな転機となったのである。

12　妻に狙われた特別捜査官

ジャドソン・レイはクワンティコの生ける伝説のひとりである。彼はもう少しで死せる伝説になるところだった。一九八一年の二月、ジャドがアトランタ地方支局の特別捜査官として児童連続殺人事件の捜査にあたっているとき、彼の妻に殺されかけたのである。

われわれがお互いのことを知ったのは、一九七八年のはじめに起きた「悪の軍勢」事件のときであり、まだ会ったわけではなかった。当時、ジョージア州コロンバスで「ストッキング絞殺魔」と呼ばれる連続殺人者が現われ、年配の女性六人を殺していた。彼女たちの家へ押し入り、被害者のナイロン・ストッキングで絞殺するという手口だった。被害者はすべて白人であり、幾人かの体から検屍官が発見した法医学的証拠は、犯人が黒人であることを示唆していた。

そんなとき、警察署長のところへ警告の手紙がとどいた。その手紙は陸軍で使われる便箋に書かれ、おれたちは七人からなるグループ「悪の軍勢」だと名乗って、ストッキング絞殺魔は黒人だ、やつが六月一日までにつかまらなければ、報復に黒人女をひとり殺す、おれたちはすでにゲイル・ジャクソンという女を捕えてあり、「絞殺魔」が九月一日までにつかまらなければ、犠牲者はもうひとり増える、この軍の便箋は盗品だ、おれたちの本拠はシカゴにある、と述べてあった。

つづいて手紙がとどき、一万ドルの身代金を要求してきた。警察が懸命に捜査しても、その七名の白人は浮かびあがらなかった。ゲイル・ジャクソンは、基地の近くのバーではよく知られた売春婦で、たしかに行方不明になっていた。

そのころジャド・レイはコロンバス警察の捜査責任者だった。陸軍のヴェトナム復員兵として、また実力で警察の階級を昇ってきた黒人警官として、「ストッキング絞殺魔」と「悪の軍勢」を無力化するまで町は正常にもどらないことを、彼は痛感していた。時間と努力をいくら傾注しても捜査が進展しないので、彼の警官としての勘は間違ったやり方で間違った人びとを捜しているのだと告げた。彼はクワンティコのプロファイリング・プログラムのことを聞いていたので、コロンバス警察から行動科学課に連絡して、頼んでみてはどうかと提案した。

三月三十一日、われわれはジョージア州捜査局を通して事件の分析を依頼された。この件はボブ・レスラーが責任者となり、三日とたたないうちに報告を送った。われわれは「悪の軍勢」が七人からなる証拠はないと考えた。メンバーに白人がいるどころか、黒人ひとりが注意をそらそうとしているにすぎず、彼はゲイル・ジャクソンをすでに殺しているはずだ、日付の表記の仕方や距離の単位にフィートやヤードでなくメートルを使用しているところから、彼が軍人であり、しかも将校ではない、彼自身が「ストッキング絞殺魔」かもしれない、といったことも述べておいた。

このプロファイルにもとづいて、コロンバス警察はウィリアム・H・ハンスという二十六歳の黒人下士官を逮捕した。ハンスはゲイル・ジャクソンのほかふたりの女性を殺害したことを自供し、「悪の軍勢」と名乗ったことも認めた。

「ストッキング絞殺魔」のほうは、ある写真から身元が割れ、カールトン・ゲーリーという二十七歳の黒人だとわかった。彼はつづけざまにレストランへ強盗に入ったことから逮捕されたが、そのときは逃亡し、一九八四年にふたたびつかまった。ハンスもゲーリーも死刑の判決を受けた。

町が平常にもどったのち、ジャド・レイは休暇をとり、少数民族と女性を法執行官にするためジョージア大学に設けられた計画の実施責任者になった。このプロジェクトが終了すると、彼は警察の仕事にもどる予定だった。しかし、彼には軍人および捜査員としてのりっぱな経歴があり、しかも当時FBIは黒人も平等に採《と》るという事実を確立する必要に迫られていたので、局が誘うと、彼は承諾した。その彼がクワンティコで新人捜査官の訓練を受けていたときはじめて、わたしはさりげなく彼に会った。当時の彼の任地はアトランタ地方支局だった。同市の地域や人びとについての彼の知識と経験が、非常に役立つと考えられたのだ。

われわれがつぎに会ったのは一九八一年も終わりに近いとき、つまり児童連続殺人事件の仕事でわたしがアトランタへ行ったときのことだった。支局のみんなと同様、ジャドもこの捜査に深くかかわり、過密なスケジュールをこなしていた。

彼はまた、べつの点でも大きな難題をかかえていた。結婚生活が破綻しかけていたのである。彼の妻は大酒を飲み、彼を口ぎたなくののしり、常軌を逸した振舞いをつづけていた。「あの女にはもうがまんできなくなった」とジャドはあとで語っている。とうとう、ある日曜日の夕方、彼は妻に最後通告を突きつけた。態度をちゃんと改めろ、さもないとわたしはふたりの娘——一歳半と八歳——を連れて、出ていく。

すっかり驚いたことに、ジャドにとっていい徴候があらわれた。妻はジャドと娘たちに前より思いやりをみせだした。「彼女の人柄が突然変わった。大酒を飲むのをやめたんだ」とジャドは回想する。「彼女はわたしを溺愛しはじめた。十三年間の結婚生活ではじめて、朝はちゃんと起きて朝食を作ってくれたよ。突然、彼女はわたしの望むすべてをそなえたんだ」

しかしジャドはこうつけくわえた。「話がうますぎると気づくべきだった。このことは重要だから、あとで警官たちに教えてやるつもりだ。配偶者の行動に急激な変化があらわれたら——それがいい方向であろうと悪い方向であろうと——すぐに疑うべきだ、とね」

ことの真相はこうだった。ジャドの妻はすでに誰かに夫を殺してもらう決心をして、その手配がととのうまで時間を稼いでいたのである。うまくいけば、見苦しい離婚の精神的打撃や世間的な恥を避け、ふたりの子供を自分のものにしたうえ、二十五万ドルの生命保険を受け取ることができる。離婚されて独りぼっちになった女よりも、殺された警官の悲しみにくれる裕福な未亡人になるほうがはるかにいい。

ジャドは知らなかったが、ふたりの男が数日間、彼の行動や習慣を監視していた。彼らは朝、ジャドのアパートの外で待ちうけ、毎日インターステート二十号線を走ってアトランタへ向かう彼を尾行した。彼らはジャドが無防備になったとき襲う機会を求めていた。殺しを効率よくやったうえで、人に見られないうちに逃走するためである。

しかし彼らはすぐに、問題があることに気づいた。ジャドは長いあいだ警官だったので、警官がまず覚えるべき鉄則が本能のように身につき、銃を使うほうの手はつねにあけてあった。殺しを企てるふたりの男がどんなにつけまわしても、ジャドの右手はいつでも銃を握れそうにみえた。

彼らはミセス・レイに問題を話した。ジャドがアパートの外の駐車場へ出たところをやるとしても、彼がくたばるまでにこちらが少なくともひとりはやられるだろう。彼のあいたまの右手を何とかしてもらいたい。

こんな些細なことに目的をはばまれたくないので、ジャドの妻は持ち運び用のコーヒーカップを買ってきて、毎朝もっていきなさいと彼にすすめた。「十三年間、彼女はわたしにも娘にも朝食をつくってくれなかったのに、今度はくだらないコーヒーカップをもっていかせようとするんだ」

しかし彼は逆らった。それまで何年もつづけてきた習慣を捨てて、左手でハンドルを握り、右手はコーヒーカップでふさがっている。そんなことは考えられなかった。乗用車にカップ・ホールダーが付くのは、もっと後のことである。付いていたら、この話はまったく違う結果になったかもしれない。

ガンマンたちはまたミセス・レイに連絡をとった。「駐車場ではやれない」とひとりが報告した。「家のなかでやるしかないな」

そうして、決行は二月はじめに予定された。ミセス・レイはその晩、娘たちを連れて外出し、家にはジャドひとりが残った。殺し屋はその建物へ入り、玄関ホールを通って、めざすアパートの戸口へ来ると、ベルを鳴らした。一つまずいことに、彼らはアパートの住居番号を間違えていた。白人が戸口へ出てきたとき、彼らはここに住んでいる黒人はどこだとたずねた。何も知らないその白人は、あんたたちはアパートを間違えたんだ、ミスター・レイはあそこに住んでいる、と答えた。

しかし、殺し屋たちは隣人に顔を見られてしまった。今夜襲ったら、あの白人は、警察にきかれたとき、ふたりの黒人が、ジャド・レイはどこに住んでるかきいた、と思い出すにきまっている。それで彼らは去った。

あとでミセス・レイは、仕事が終わったものと思って帰宅した。彼女はためらいながらあたりを見まわし、寝室へ這うように入った。九一一番へ電話をかけ、夫の身に恐ろしいことが起きたと知らせるのだ、と心の準備をしていた。

ところが、夫はベッドに寝ていた。彼女はいぜんとして足音を忍ばせていた。ジャドは寝返りをうって、きいた。「いったい何をしてるんだ?」。それを聞くなり、彼女はあわをくってバスルームへ駆け込んだ。

しかし翌日も、彼女の優しい態度はつづいた。お人好しのジャドは、妻がほんとうに心を入れ替えたのだと思った。

二週間後――一九八一年二月二十一日のこと。ジャドはパトリック・バルタザー殺しの捜査にあたっていた。この十二歳の少年の死体から発見された毛と繊維は、前に殺された子供たちから見つかったものと一致するので、捜査が大きく進展する可能性があった。

その晩、ジャドの妻はイタリア料理をつくった。ジャドは知らなかったが、彼女はスパゲティ・ソースに睡眠薬《フェノバルビタール》をたっぷり混ぜていた。そして計画どおりに、彼女は娘たちを連れて叔母のところへ出かけた。

しばらくたって、ひとりきりのジャドは寝室にいた。アパートの玄関から物音が聞こえたような気がした。廊下の明かりが変わり、薄暗くなった。年上の娘の寝室で、何者かが電球をはずしたのだ。つづいて、廊下のむこうでくぐもった声がした。じつは、殺し屋のひとりが緊張でまいり、ふたりはこれからどうするか話しあっているのだった。彼らがどうやって入ったのかジャドにはわからなかったが、いまそんなことはどうでもいい。怪しい者がいるのだ。

「誰だ?」とジャドはいった。

不意に銃声がした。が、弾はそれた。ジャドは床へ跳びおりた。しかし二発目が左腕にあたった。まだ暗かった。彼はキングサイズのベッドの陰に隠れようとした。

「誰だ？」と彼は叫んだ。「どういうつもりだ？」

三発目はベッドにあたったが、すぐ近くだった。ジャドは切り抜ける方法を考え、相手がどんな拳銃を使っているのか推測しようとした。スミス・アンド・ウェッソンなら、あと三発残っている。コルトなら二発しか残っていない。

「おい」と彼は怒鳴った。「どういうことだ？　なぜわたしを殺そうとする？　ほしい物を取って、出ていけ。わたしはおまえの顔を見ちゃいない。殺さないでくれ」

返事はなかった。そのとき、男のシルエットが月明かりに浮かびあがった。

わたしは今夜死ぬんだな、とジャドは心の中でいった。この場を切り抜けることはできない。しかし、明日の朝やってくる刑事たちに「だらしないな。この男は反撃していない。侵入されて、いいように殺されてるじゃないか」といわれたくはない。刑事が現場を見たとき、敢然と戦ったことをわからせてやろう、とジャドは決心した。

まず自分の銃を取らねばならない。銃はベッドの反対側の床にある。しかし、こちらを殺そうとする者の前では、キングサイズのベッドは広い敷地のように感じられる。

そのとき声が聞こえた。「動くな、この野郎！」

暗がりのなかで、ジャドはベッドに這いあがり、じりじりと縁のほうへ移りはじめた。

もどかしいくらいのろのろと縁へ近づいたが、最後の動きをうまくやるには、もっと固い支えが必要だった。

四本の指が縁をつかんだとき、床へ転がり下りた。が、右手が胸の下になった。左腕は負傷しているので、銃には手がとどかなかった。

そのとき、殺し屋はベッドに跳びのった。そして至近距離から発砲した。

ジャドは騾馬《らば》に蹴られたように感じた。体のなかの何かが壊れたような気がした。具体的なことはわからなかったが、弾は背中から入って右の肺を破り、肋骨と肋骨とのあいだ、第三肋間筋を通過して、胸から出たうえで、まだ敷かれたままの右手に食い込んだ。

殺し屋はベッドから跳びおり、ジャドにかぶさるようにして、脈搏を調べた。「ざまあみろ、この野郎！」といって、歩み去った。

ジャドはショック状態だった。床に横たわったまま激しくあえいでいた。自分がどこにいるのか、何が起きているのかわからなかった。

やがて、またヴェトナムの戦場へもどったのだと気がついた。煙のにおいがした。銃口の閃光が見える。だが、呼吸ができない。彼は考えた。「ここはヴェトナムじゃなさそうだ。夢を見ているだけかもしれん。しかし、これが夢なら、なぜ息がこう苦しいんだろう？」

彼は起きあがろうともがいた。よろよろとテレビのところへ行き、スイッチを入れた。夢かどうか、これでわかるかもしれない。ジョニー・カーソンの『トゥナイト・ショー』が画面にあらわれた。ジャドは手をのばして画面に触れ、ほんものかどうか調べた。ガラスに血が流れた。

水を飲みたかった。バスルームへ行き、蛇口をひねった。手に水をためようとした。そのとき、右手に弾が食い込み、胸から出血しているのが目に入った。これで何が起きたのかわかった。寝室へもどり、ベッドの下に寝て、死ぬのを待った。

しかし、警官暮らしがあまりにも長かった。このまま静かに死ぬわけにはいかない。あす刑事が来たとき、こちらが努力したところを見せてやらなくちゃ。ジャドはふたたび起きあがり、電話のところへ行って、ダイヤル0《オー》を回した。交換手が応答すると、彼はあえぎながら、わたしはFBI捜査官だ、撃たれた、と伝えた。交換手はすぐさまデカルブ郡警察へ電話をつないだ。

若い女性警官が応答した。ジャドは、彼がFBI捜査官であること、そして撃たれたことを告げた。しかし明瞭にしゃべれなかった。睡眠薬を飲まされたうえ、多量の血を失って、ろれつがまわらなくなっていた。

「あなたがFBIだとは、どういうことですか？」とその女性警官は問いただした。彼女が巡査部長に、どっかの酔っぱらいが電話をかけてきて、FBIだと名乗ってるわ、と大声で知らせるのが聞こえた。どうすればいい？　と彼女はきいた。そんな電話は切ってしまえと巡査部長はいった。

そこへ交換手が割り込んで、知らせた。この人はほんとのことをいってるんです、すぐに救急車をまわしてやってください。交換手は、警察が承知するまでくいさがった。

「あの交換手に命を救われたよ」とジャドはあとでわたしに語った。

交換手が割り込んだとき、彼は意識を失い、緊急医療チームが酸素マスクをあてるまで意識を回復しなかった。「彼にショックをあたえないようにな」というチーム・リーダーの声が聞こえた。「耐えられそうもない」

彼らはジャドをデカルブ総合病院へ運んだ。ジャドは、死に瀕したときの澄んだ頭で、こう自分にいっていた。「こいつは仕返しじゃない。わたしは刑務所に大勢ぶち込んだが、連中はここまではやらない。ここまでやれるのは、わたしが完全に信頼している者にかぎられる」

彼が手術室から出て、集中治療室へ入れられたとき、そこにはFBIアトランタ地方支局長のジョン・グローヴァーがいた。グローヴァーは何カ月も児童連続殺人事件の重荷をになってきたが、そこへこの事件である。殺された子供たちやジャドと同様にグローヴァーも黒人で、FBIの黒人のなかでは最高位を占めるひとりだった。

「妻を見つけてくれ」とジャドは彼にささやいた。「事のしだいを彼女に話させろ」

グローヴァーは、ジャドがまだうわごとをいうような状態だと思ったが、医師は否定した。ジャドの意識はしっかりしていた。

彼は二十一日間、入院していた。殺し屋が何者なのか、またもどってくるかわからないので、病室には武装した護衛がついていた。その間、捜査はまったくはかどらなかった。彼の妻は、事件に衝撃を受け、仰天したと述べ、夫が殺されなくてよかったと語った。

二カ月ほどたって、ジャドはふつうの生活にもどることができた。襲われてからたまりつづけた請求書も、ようやく片付けにかかった。すると、電話会社からの請求額が三百ドルに達しているのを見て、彼は呻《うめ》いた。しかし、それを調べていくうちに、事件との関連がわかりはじめた。

翌日、彼はオフィスへ来て、この電話料金の請求書が鍵だと思うと話した。彼は被害者なので、この事件の捜査にあたることはできなかったが、同僚は傾聴した。

請求書には、コロンバスへ幾度もかけたことが記載されていた。彼らは電話会社から、相手の氏名と住所を入手した。相手はジャドがぜんぜん知らない人物だった。それで、彼と同僚は車で百六十キロ走って、コロンバスへ行った。訪問先は、ある伝道者の家だった。この男はいんちき薬売りと呼ぶほうがいい、とジャドは見抜いた。

捜査官たちは男をきびしく問い質したが、彼は殺人未遂とは無関係だといいはった。捜査官は男を簡単には放免しなかった。被害者はわれわれの同僚だぞ、やったやつをかならずつかまえてやる。

やがて、いろいろわかってきた。その伝道者は、コロンバスでは「ケリをつけてくれる」男として知られていた。彼によると、前の十月、ミセス・レイが仕事をしてほしいと頼みにきたが、それはできないといって断った。

すると彼女は、それじゃ引き受けてくれる人を見つけるから電話を使わせて、長距離通話料金はあとで払う、といった。そうしてアトランタの古い隣人に電話をかけた。その相手はジャドと同じ時期に陸軍の兵士としてヴェトナムへ行き、銃の扱い方を心得ていた。彼女は電話口で強くいった。

「どうしても片付けてもらいたいのよ！」

この話のあと、伝道者はさらにつけくわえた。「ミセス・レイは通話料を踏み倒したよ」

捜査官たちは車に乗ってアトランタへもどり、その元隣人に会った。きびしい取り調べに屈して、彼はミセス・レイから殺しを請け負うように頼まれたが、彼女の狙いがジャドだとは知らなかった、と誓った。

いずれにせよ彼は、そんな仕事のできる者など知らないと答え、弟なら知っているかもしれないといって、紹介した。弟は彼女にべつの男を紹介し、その男は引き受けて、殺しをやる男をふたり雇った。

ミセス・レイと、元隣人の弟、仕事を引き受けた男、そしてふたりの殺し屋、その全員が起訴された。五人とも有罪となり、判事が下し得る最長の刑期つまり十年をいい渡された。

わたしはアトランタ児童連続殺人事件の関係で、ジャドによく会うようになった。わたしは同僚ではなかったが、彼の心の中が理解できたし、彼のほうも腹を割って話してくれた。ジャドの苦しみを理解した局は、彼にとって最善のことをしてやりたいと考え、アトランタから遠く離れた地方支局へ転勤させるつもりになった。しかし、ジャドといろいろ話したわたしは賛成できず、しばらくこのままで勤務するのがいいと思った。

わたしはアトランタ地方支局長ジョン・グローヴァーのところへ行って、いった。「ジャドを転勤させたら、彼がここで作りあげた支援体制を捨てることになる。彼はここへ置いておかなくちゃ。子供たちが彼の叔母さんに馴染むまで、一年はあたえてやってくれ」。さらにわたしは、どうしても他所《よそ》へ行かせるのなら、コロンバス駐在所がいい、彼はあそこの警官だったし、ほとんどの警官をまだ知っている、と訴えた。

局はジャドをアトランターコロンバス地区にとどめ、彼の生活は正常にもどりはじめた。その後ニューヨークへ移り、防諜を担当するかたわら、地元警察とクワンティコのわたしの課との連絡および調整役をつとめた。

課にもっと人が採れるようになったとき、わたしはジャドのほかに二名入れた。ジャドはインストラクターとして教えだすと、怯《ひる》むことなく彼自身の体験を語り、録音してあった緊急の電話のやりとりもクラスでときどき聞かせた。しかし、そんなとき彼は耐えられず、テープが終わるまで教室の外に出ていた。

「ジャド、こいつはすごいことなんだ」とわたしは説明した。あの現場には足跡やテレビ画面の血や、あまりにも多くの要素があって、判断を誤りやすい。ところがこれで、つじつまが合わないように見える点もきっちり説明できることがわかってきた。「きみがこの事件を整理したら、きわめて貴重な教材になるだろう」

ジャドはやった。彼の事件は非常に興味深く、かつ有益な例になったし、そのうえ彼のカタルシスにもなった。

ジャドがわたしの課へ入ったころ、わたしは犯行後の犯人の行動についてかなりの調査をおこなっていた。その結果、犯人がどんなに努力しても、犯行後の行動の多くは意識的に制御できないことが明らかになった。ジャドは当然ながら、犯行前の行動に興味をもった。彼のおかげで、犯罪が起きる前の行動や対人行為を調べることがどんなに重要か、課の視野に入ることになった。配偶者の行動が急激に変わったり、微妙だが重要な変化をみせる場合、彼または彼女は現状を変える計画をすでに立てはじめているのかもしれない。夫ないし妻が不意に穏やかになるとか、以前よりずっと愛想がよくなったら、彼ないし彼女の望む事態は確実にくるとか、それは近いと思っているのかもしれない。

ジャドの事件は、われわれが犯罪現場の行動をどんなに誤解しやすいかという客観的教訓になった。もしも彼が死んでいたら、われわれは間違った結論に達していたことだろう。

新米警官がまず教えられるのは、犯罪現場を荒らすなということである。しかしジャドは、警官の経歴が長く、ＦＢＩの特別捜査官であるにもかかわらず、ほとんど無自覚な行動によって、彼自身の犯罪現場をうっかり荒らしてしまった。われわれは、足跡その他の証拠から、夜盗がいなおって、特定の品物をどこに隠しているか吐かせようと、彼を部屋中歩かせたのだと解釈したことだろう。テレビの画面についた血については、ジャドがベッドでテレビを見ているとき、不意に襲われて撃たれたものだろう、と捜査員は思ったにちがいない。

ジャドとわたしは親友になった。彼はいま国際訓練課の責任者である。彼の技能と経験は、新しい世代の捜査官や男女の警官を育てるのに貢献している。

13　もっとも危険な獲物《ゲーム》

一九二四年、リチャード・コネルという作家が『もっとも危険な獲物《ゲーム》』という短篇小説を書いた。大きな獲物を撃ってきたハンター、ザロフ将軍がもっとやりがいのある利口な獲物すなわち人間を撃ちはじめる、というストーリーである。この本はいまでもよく読まれている。

われわれの知るかぎり、この物語は一九八〇年ごろまではフィクションの領域にとどまっていた。しかし、アラスカのアンカレジのパン屋、穏やかな物腰のロバート・ハンセンがそんな状況を変えてしまった。

われわれは、容疑者の特徴を見きわめて逮捕を容易にするという通常の手順に従ってハンセンのプロファイルを作成したわけではない。一九八三年の九月、わたしの課に依頼がきたときには、アラスカの警察はすでにハンセンを殺人の容疑者として特定していた。しかし、ハンセンの犯罪がどこまでおよんでいるのか、また、家庭を大切にし、地域社会の柱でもあり、犯罪者におよそ似つかわしくないこの人物に、身の毛もよだつような恐ろしいことができるものか、警察は確信がもてなかった。

　事件というのはこうである。

　その年の六月十三日、アンカレジで、若い女性が警官のところへ必死で逃げてきた。片方の手首から手錠がぶら下がっていた。女は驚くべき事情を語った。彼女は十七歳の売春婦だが、街であばたの多い赤毛の小男が寄ってきて、二百ドル出すから彼の車のなかでオーラル・セックスをしてほしい、ともちかけられた。車に乗って、彼女がいわれたとおりにしているとき、男は手錠をかけ、銃を出した。そうして高級住宅街マルドゥーンにある彼の家へ連れ込んだ。家にはほかに誰もいなかった。男は彼女に、いうとおりにしてくれたら痛いめにはあわせないと告げた。しかしそのあと、むりやり彼女を裸にしてレイプしたうえ、痛くてたまらないほど乳首を嚙み、ワギナに金槌を押し込んだ。地下室の柱に手錠で彼女をつないでおき、男は数時間眠った。目を覚ますとこう語った。彼女のことがすっかり気に入ったので、自家用機で彼の山小屋へ連れていってやる、そこでまたセックスしてから、アンカレジへ連れてもどり、あとは解放する。

　しかし彼女は、解放される可能性はほとんどないとわかっていた。男はレイプし、痛いめにあわせたのに、自分の身元をぜんぜん隠そうとしなかった。山小屋へ連れていかれたら、取り返しのつかないことになるだろう。空港で、男が飛行機に携行品を積み込んでいる隙に、彼女はどうにか逃走した。必死で走って、助けを求めているうちに、警官を見つけたのだった。

彼女が話した人相から、誘拐した男はロバート・ハンセンと思われた。ハンセンは四十代半ば。アイオワ州で育ち、十七年前にアンカレジへ移住、パン屋を始めて成功し、地域社会では有力者とされていた。結婚して、娘と息子がひとりずついる。警官が彼女をマルドゥーンのハンセンの家へ連れていくと、連れ込まれて痛めつけられたのはここだといった。空港へ行くと、彼女が指摘したパイパー・スーパー・カブはハンセンの自家用機だった。

そこで警察はハンセンに会い、女の話をもちだした。ハンセンは憤慨し、そんな女には会ったこともない、わたしが有名人なので金を強請《ゆす》り取ろうとしているのだ、と主張した。馬鹿げている、「売春婦をレイプするなんてことが、できるかね？」というのだった。

しかもハンセンにはアリバイがあった。彼の妻と子供たちは夏のバカンスにヨーロッパへ行っていたが、その晩は自宅でふたりの商売仲間と夕食をとっていた、という。彼が名前をあげたふたりは、そのことを裏づけた。警察としては、若い女性の言葉のほかに何の証拠もないので、ハンセンを逮捕しなかった。

しかし、証拠はないものの、アンカレジ警察とアラスカ州警察はくさいとにらんだ。それより前の一九八〇年、建設工事のためエクルトナ・ロードを掘っているとき、女性の死体の残骸が出てきた。死体の一部は熊に食べられていたが、刺し殺されて浅く埋められた痕跡が残っていた。彼女は「エクルトナ・アニー」と呼ばれ、身元はわからず、犯人もつかまらなかった。

その年の後半、シューアドに近い砂利採取場でジョアン・メシーナの死体が発見された。それから一九八二年九月、クニク川の近くでハンターたちが、浅く埋められたシェリー・モロウ（二十三歳）の死体を発見した。彼女はトップレス・ダンサーだったが、前の年の十一月から行方不明になっていた。体には三発撃たれた痕があり、そのあたりから見つかった薬《やっ》莢《きょう》は高性能の猟銃二二三口径ルガー・ミニ-14から出たものと判明した。あいにくこのタイプの猟銃は、アラスカではありふれた銃であり、所有者全員を調べることはできなかった。しかし、衣類には弾の穴がなく、撃たれたとき彼女が裸だったことを示していた。

一年後、クニク川の堤で、浅く埋められたべつの女性の死体が発見された。彼女はポーラ・ゴールディングという失業中の秘書で、生活のためにトップレス・バーの仕事をしていたが、四月から行方不明になっていた。やはりルガー・ミニ-14で撃たれていた。折りも折り、拉致されて脱出した十七歳の売春婦の事件もあって、アラスカの犯罪捜査局は、ミスター・ハンセンを追うことに決めたのである。

アラスカから依頼がきて、最初の電話会議をおこなったとき、わたしは「まず犯罪のことを話してほしい」と頼んだ。彼らのそれまでの捜査結果によって、こちらの判断を曇らされたくなかった。

彼らは、未解決の事件と、若い売春婦の話を伝え、そのあとで、ハンセンのことを、彼の職業や家族、地域社会での立場、際立つハンターとしての評判などを教えてくれた。それからわたしにきいた。こんな人物にそんな犯罪が犯せるものだろうか？

もちろんできる、とわたしは答えた。彼らにとっての問題は、起訴に持ち込むだけの物証がないことだった。ハンセンを起訴するには自供させるしかない。彼らはわたしに、現場を見て、助力してほしいと頼んだ。

容疑者が誰かわかっていて、彼の経歴やパーソナリティや行動がいくつかの犯罪に適合するかどうかを調べるのは、われわれが通常やる手順とは逆だった。

わたしは、課員になってまもないジム・ホーンといっしょにアンカレジへ飛んだ。われわれのプロファイルは捜索令状を取るのを助けるためであって、プロファイルがこのように利用されるのははじめてのことだった。

判明した被害者は売春婦かトップレス・ダンサーだった。アラスカには本土の西海岸から出稼ぎに来た人びとも多い。被害者は短期滞在者なので、彼女たちの身に何か起きても、なかなかわかりにくいのが実状である。したがって、犯人がそんな女性ばかりを選んだことから、多くのことがうかがえた。

ロバート・ハンセンは体の細い小男で、ひどいあばた面のうえ、強い言語障害がある。だからティーンエイジャーのころはたぶん仲間から——とりわけ女の子から——からかわれ、除け者にされたことだろう。アラスカへ移住したのは、新しい土地で新しい生活を始めるためだったのかもしれない。心理学的にみれば、売春婦虐待は女性全般に対する仕返しを意味するかなり一般的な方法である。

わたしはまた、ハンセンが熟達したハンターとして知られることも重視した。彼はカスコクウィム山で狩猟中に、ドールシープを十字弓で仕留め、土地の人びとのあいだで有名になった。ほとんどのハンターが社会的適応性に乏しいわけではないが、適応性の乏しい人はハンティングとか銃やナイフを使って遊ぶことによって埋め合わせようとする場合がある。ハンセンのはなはだしい言語障害は、サンフランシスコの「山道わきの殺人者《トレイルサイド・キラー》」デイヴィッド・カーペンターのことを思い出させた。ハンセンも、相手をすっかり威圧し支配下に置いたと感じたときには、言語障害が消えたことだろう。

これらすべてのことを考え合わせて、イメージがしだいにできあがってきた。遠い山中で死体となって発見された売春婦やヌード・ダンサーは猟銃で撃たれている。そのうち少なくともひとりは、裸体を撃たれた。脱出したという十七歳の女性の話によると、ハンセンは彼女を飛行機で山小屋へ連れていきたがったという。ハンセンは妻子をヨーロッパへ休暇に行かせ、独りで自宅にいた。

『もっとも危険な獲物《ゲーム》』のザロフ将軍のように、ロバート・ハンセンはヘラジカや熊、ドールシープに飽きて、もっとおもしろい獲物へ関心を向けたのだろう。ザロフ将軍は坐礁した船の船員たちを獲物にしたが、「わたしは地球の屑——行き先のない船の乗組員——を狩った。一頭のサラブレッドや猟犬のほうが、そんな連中二十人より値打がある」と説明している。

ハンセンは売春婦を同じようにみなしたのだろう、とわたしは推測した。売春婦は、彼より下等な、無価値な人間なのだ。それに、彼女たちをいっしょに来させるには、こちらの口が達者でなくてもかまわない。売春婦を連れてきて、虜にし、飛行機で荒野へ運び、着ているものを剝ぎ取って、逃がしてやり、銃かナイフをもって追う。

ハンセンの手口は、最初は違っていただろう。はじめの幾人かはただ殺しただけだった。それから飛行機で死体を遠くへ運ぶようになった。これは怒りの犯罪である。殺さないでくれと被害者に懇願されると、彼はぞくぞくする快感をおぼえたことだろう。そのうちに、生きたまま荒野へ飛行機で運び、スポーツとして、さらには性的満足を求めて、彼女たちを狩りたてはじめた。これこそ究極的支配だった。彼は病み付きになり、何度でもやりたくなった。

こういうふうに考えてくると、捜索令状をもらうための理由をこちらがどう書くかわかってきた。警察はジムとわたしに、プロファイリングがどういうものか、捜査によって何が見つかると予想できるか、その根拠は何か、ということを説明した宣誓供述書を書いてもらい、それを裁判所へ提出して、捜索令状を取りたいのだった。

ハンセンにとって猟銃はとりわけ重要だと思われた。それで、犯行に使われた銃は自宅のどこかにある。ただし、おおっぴらに見えるところにはあるまい、とわたしは予測した。床下、パネルとか見せかけの壁の裏、屋根裏部屋など、とにかく見つかりにくいところへ隠してあるだろう。

わたしはまた、ハンセンが「節約家」だろうと予想した。とはいっても、かならずしも通常の理由からではない。セックス殺人犯の多くは被害者から記念品を奪い、支配の徴《しるし》として、また経験を頭のなかで再現する手段として、身近な女性にあたえる。しかしハンセンは、仕留めた大型動物と同様に被害者の首を壁に飾るわけにはいかない。それで、ほかの種類の戦利品を取った可能性が高い。死体の一部を切り取った証拠がない点からみて、アクセサリーを奪い、適当な口実をつけて妻か娘にあたえたのだろう。ハンセンは被害者の下着とか小物とか、われわれが証拠として提出できそうなものは保管していそうもないが、ことによれば、写真とか、財布に入っていた物を取ってあるかもしれない。こういうタイプのパーソナリティをそなえた人物は、行為を記録した日記をつけているか、リストを作成していることもありうる。

つぎに必要なのは、ハンセンのアリバイを崩すことだった。問題の晩にいっしょにいたというふたりの商売仲間に対して、嘘をつけばまずいことになるという状況をわれわれがつくり出せれば、証言が変わるにちがいない。そこでアンカレジ警察は地方検事を動かし、若い売春婦に対する拉致《らち》および暴行事件に関して大陪審を開くようにした。警察はふたりの実業家に会い、もう一度話してほしい、しかし今度は、大陪審に対して虚偽の申し立てをしているとわかればためにならない、と伝えた。

われわれの予想どおり、それで突破口が開けた。ふたりとも、例の晩はハンセンといっしょにいなかったこと、彼から嘘をつくように頼まれたことを認めた。

それでハンセンは、誘拐およびレイプの容疑で逮捕された。ただちに捜索令状が執行された。警察はルガー・ミニ－14を見つけた。死体の近くに落ちていた薬莢はその銃から出たものと判明した。われわれの予想どおり、ハンセンは大きな部屋に獲物の首、セイウチの牙、角などを飾り、床には毛皮を敷いていた。屋根裏部屋の床下から、さらに多くの武器と、被害者たちの安っぽいアクセサリーが見つかった。彼は、奪ったほかの物を妻や娘にあたえていた。死んだ女性たちの運転免許証なども見つかった。日記はなかったが、それに相当するものがあった。航空用地図に死体を遺棄した場所を記入していたのである。

ロバート・ハンセンはアイオワ州ポカホンタスで育った。父親はパン屋だった。ロバートは万引の常習者で、成長して、ほしい物が買えるようになってからも、スリルを求めて盗みつづけた。ハイスクール時代から女の子とうまくいかなかった。言語障害のせいもあった。軍隊生活は何事もなく終わり、二十二歳のときに結婚した。以後、放火や押込みをつづけて幾度も有罪になり、離婚して、再婚した。ふたりめの妻とアラスカへ移住し、新しい生活を始めた。しかし、それからの数年間は女性への暴行をふくめて、法律違反がつづいた。興味深いことに、そのころは彼もフォルクスワーゲン・ビートルに乗っていた。

一九八四年二月、彼は謀殺、レイプ、誘拐、盗み、そして不法な武器所持などの罪で有罪となり、四百九十九年の刑を宣告された。

アラスカでハンセンの最初の被害者の死体が発見されたのとほぼ同じころ、わたしはニューヨーク州バファローの警察から、明らかに人種的偏見にもとづいた一連の残虐な殺人事件について評価するように依頼された。

一九八〇年九月二十二日、あるスーパーマーケットの駐車場でグレン・ダンという十四歳の少年が射殺された。目撃者によると、犯人は若い白人男性だった。翌日、郊外のチークトワガのファースト・フード・レストランでハロルド・グリーン（三十二歳）が撃たれた。同じ夜、エマニュエル・トマス（三十歳）が自宅の前で殺された。前日の殺人現場と同じ町でのことだった。そして翌日、ナイアガラの滝でジョゼフ・マッコイが殺された。

この無分別な殺人には共通点が二つしかなかった。被害者はすべて黒人であり、全員が二二口径の弾で殺されているということである。それでマスコミはすぐさま「二二口径キラー」と命名した。

バファローに人種間の緊張が高まった。しかも事態は悪化した。十月八日、郊外のアムハーストでパーラー・エドワーズ（七十一歳）という黒人のタクシー運転手が、彼のタクシーのトランクに押し込められ、心臓をえぐり出された姿で死んでいた。翌日、べつの黒人のタクシー運転手、四十歳のアーネスト・ジョーンズが、ナイアガラ川の土手で見つかった。彼も心臓を切り取られていた。血だらけの彼のタクシーは三キロほど離れたバファロー市内にあった。そのつぎの日、「二二口径キラー」に似た白人がある病院へ入りこみ、コリン・コール（三十七歳）という患者を絞殺しようとしたが、看護婦に見られて逃走した。

六人の被害者を調べてみると、二二口径による殺人は明らかに同一人物の犯行だった。使命感をもつ、暗殺者タイプの人物による殺しである。この人物は黒人を憎む集団に属していて、ことによると、その集団のためによいことをしているとさえ確信しているだろう。彼は軍に入ったが、心理学的理由からか、あるいは軍隊生活に不適という理由から、早々と除隊になっているはずだった。

ふたりのタクシー運転手の場合も人種的偏見にもとづく殺人だが、ほかの四人の場合と同じ犯人の仕業とは思えない。この犯人は無秩序型であり、ひどい統合失調症の公算が大きい。犯人は、心臓をえぐり取る空想を何年も前からはぐくんできたはずである。ほかの四人に対する犯行は、すばやく撃って逃走するという手口だが、タクシー運転手殺しの犯人は現場に長くいた。

「二二口径キラー」事件は、意外なかたちで解決した。ジョージア州フォート・ベニング基地で、ジョゼフ・クリストファー（二十五歳）という白人兵が黒人兵を傷つけて逮捕され、彼が休暇でバファローへ帰っているときにやったと認めたのだ。彼はタクシー運転手殺しについては否定も肯定もせず、この二件に関しては起訴されなかった。手口も特徴《シグナチャー》も、ほかの四件とは異なっていたからである（彼は六十年の刑をいい渡された）。

手口とシグナチャーは、犯罪の分析にはきわめて重要な概念である。手口は学習した行動であって、犯人が犯行を重ねるにつれて変わっていくこともある。つまり流動的である。これに対してシグナチャーは、犯人が自分自身の欲求を満たすためにかならずおこなうことであり、したがって変化しない。たとえば、少年が犯行を重ねる場合、回を追うごとに手口は巧妙になっていく。手口は流動的だという理由はここにある。その一方、この少年は犯行のたびに被害者を威圧するとか痛めつけるとか、あるいは懇願させるとしよう。これはシグナチャーであり、犯人のパーソナリティがここにあらわれている。彼にはそうする必要があるのだ。

手口とシグナチャーの相異が微妙な場合もある。テキサスで銀行へ強盗に入ったある男は、虜にした人びと全員を裸にさせ、性行為のときの体位をとらせたうえで、写真を撮った。これは犯人のシグナチャーである。こんなことは、銀行強盗を成功させるうえで必要でもないし、役にも立たない。それどころか、彼はいっそう長く銀行に留まることになり、捕えられる可能性がいっそう高くなる。それでも、彼はそうする必要を明らかに感じていたのだ。ついで、ミシガン州のグランド・ラピズで起きた銀行強盗をあげよう。その犯人も全員に服を脱がさせたが、写真は撮らなかった。彼がそうしたのは、目撃者が裸を気にし、恥ずかしく思うあまり、彼をよく見ず、あとで人相をはっきりいえないようにしておくためだった。これは手口である。

一九八九年、デラウェア州でスティーヴン・ペネルを裁いた法廷では、シグナチャーの分析が重要な役割をはたした。この事件では、わたしの課のスティーヴ・マーディジャンが、ニューキャッスル郡警察とデラウェア州警察との合同捜査に協力した。

インターステート四十号線と十三号線で、売春婦が頭蓋骨を割られ、首を絞められて死ぬ事件があいついで起きた。彼女たちは明らかに性的に虐待され、拷問されていた。スティーヴンのプロファイルはきわめて正確だった。犯人は白人の男性で二十代の終わりか三十代のはじめ、建設会社に雇われている。そうとう長い距離を走行したヴァンで、もっぱら餌食を求めて流す。逞《たくま》しい男に見せかけ、妻かガールフレンドがいるが、女性を威圧的に扱うのが好き。自分の好む武器を携行しているが、あとで証拠を消してしまう。土地勘があり、死体を捨てる場所を自由に選ぶ。犯行のさい感情を激発させることはない。彼はつかまるまで、何度でも殺すだろう。

犯人のスティーヴン・B・ペネルは三十一歳の白人で、電気技師として働き、長距離を走行したヴァンに乗り、もっぱら餌食を求めて流していた。逞しい男ぶりを誇示し、結婚していたが、女性に対して好んで威圧的態度をとった。ヴァンには入念にそろえた「レイプ道具」を積み、警察が彼に目をつけたことを知ると、証拠を消そうとした。土地勘があり、犯行のとき感情的にはならなかった。

マーディジャンは囮《おとり》捜査を提案した。女性警官が売春婦に扮装して、二カ月間、ハイウェイを歩きながら、ヴァンに乗る男を捜した。警察はヴァンのフロアの敷物にとくに興味をもっていた。自動車の敷物に使われるブルーの繊維が、ひとりの死体から見つかったのである。女性警官は隠しマイクをつけていたが、たとえヴァンが停まっても、ぜったいに乗ってはいけない、できるだけ証拠を見つければいい、と厳重な命令があたえられていた。プロファイルに合致する男がついにヴァンを停めたとき、彼女は助手席のドアを開けた男としゃべり、値段について押し問答をつづけた。ブルーの敷物に気づくなり、彼女はヴァンを褒めはじめ、話しているうちに、敷物の糸を抜き取った。あとでFBIの研究所は、それが死体についていたものと一致することを確認した。

スティーヴン・ペネルの裁判で、わたしは事件のシグナチャーについて証言した。弁護側は、事件によって手口がいろいろと異なるのだから、同じ人物の犯行ではない、と主張しようとした。それに対してわたしは、手口はどうであれ、どの事件でも肉体的、性的、そして精神的拷問が共通の特徴だということをはっきり示した。いくつかの事件では、殺人犯はやっとこを使って被害者の乳房をはさみ、乳首を切り取っていた。手首と足首を縛って脚を切ったり、臀部をむち打ったり、あるいは金槌で殴ったりしたものもあった。このように拷問の仕方――いいかえれば手口――はさまざまではあっても、被害者に苦痛をあたえ、苦悶の叫びを聞くことに快感をおぼえるのがシグナチャーになっている。殺すには、こんなことをする必要はない。しかし彼には、犯行から自分が求めるものを得ることが必要だったのである。

スティーヴン・ペネルは有罪となり、一九九二年三月十四日、致死量の薬物を注射されて死刑に処せられた。

一九九一年のジョージ・ラッセル・ジュニアを被告とする裁判は、シグナチャー分析《アナリシス》を利用した画期的な事件の一つだった。ラッセルは、その前の年にシアトルで三人の白人女性を棒で殴り、絞め殺した容疑で起訴されていた。この事件はわたしの課のスティーヴ・エッターがプロファイルを担当し、法廷ではわたしが証言した。

ラッセルは凶悪な殺人などできそうにないタイプだった。軽窃盗をつづけてきたとはいえ、三十代のハンサムな黒人で、言葉は品がよく、チャーミングだし、友人や知人が多かった。彼を幾度も逮捕した地元の警察さえ、ラッセルが人を殺すとは信じられないといっていた。一九九〇年頃まで、異人種間のセックス殺人はめったに起きなかったが、社会は寛容になり、われわれも人種をさほど重視しなくなりはじめた。ラッセルのようなクールで洗練されたタイプの場合はとくにそうで、彼は黒人、白人、両方の女性とよくデートし、友だちも両方におよんでいた。

裁判で弁護側は、三つの殺人事件の犯人は同一人物ではないという前提のもとに、三件をべつべつに裁くように主張した。検察側はそれらが同一人物によると主張し、その裏づけをわたしが説明した。

わたしは、いずれの事件でも犯人が被害者の不意を突いていること、つまり電撃攻撃的な手口を用いていることを述べた。三件の殺人は七週間のうちに起きた。そのどれかで障害が起きないかぎり、犯人は手口を変える必要を感じなかったのだ。しかし注目に値するのはシグナチャーである。

被害者は三人とも裸にされ、煽情的で下劣なポーズをとっていた。性的なポーズは回を重ねるにつれてエスカレートした。最初の女性の死体は両手を握りあわせ、足首を重ねたポーズをとって、ゴミ捨て場の近くに置かれていた。二番目の女性はベッドの上で両脚を開いて膝を曲げ、ワギナにライフルが挿入され、足には赤いハイヒールをはいていた。三番目はベッドの上で手足を広げ、口に張形をくわえ、『ジョイ・オブ・セックス』の第二版が左腕の下に置いてあった。

これらの女性を殺すには不意を突く必要があった。殺すのに下品なポーズは必要ない。わたしはポーズと演出との違いを説明した。演出は、犯人が警察の目をよそへ向けようとするとき——たとえば強姦魔が事件を押込み強盗の仕業だと思わせようとするときなど——におこなわれる。これは一つの手口である。ところがポーズはシグナチャーとみてよい。「ポーズをとらせる事件はあまり多くありません」とわたしは聴聞会で述べた。「被害者を道具扱いして特定のメッセージを残す……こういうのは怒りの犯罪、パワーを示そうとする犯罪です」。わたしは自信をもってこういった。「これらがひとりの人物による犯行だという公算はきわめて大きいのです」

その時点で、われわれはラッセルが犯人だといったのではない。誰がやったにせよ、ひとりの人物が三つの事件の犯人だと主張したにすぎない。

弁護側はわたしの主張を論破する専門家を召喚し、わたしのシグナチャー分析が間違っており、三件の犯罪が同一人物による犯行ではないと証言させるつもりだった。皮肉なことに、その専門家とは、わたしの長年の同僚であり、連続殺人研究者のパートナーだったロバート・レスラーだったのだ。彼はＦＢＩをすでに引退し、犯罪捜査のコンサルティングをしていた。

これは、わたしやボブのようにプロファイリングや犯罪現場分析の経験を積んできた者にとってきわめてしんどく、プレッシャーの大きな事件であり、ボブが反対側に立って分離裁判が妥当だという証言をするなんて、わたしはひどく驚いた。はっきりいって、彼は間違っているという気がした。しかし、われわれのやっていることは、精密科学からはほど遠いので、彼にも自分の意見を主張する権利はあった。これまでにもふたりの意見が分かれたことはたくさんあった。もっとも顕著なのは、ジェフリー・ダーマーが精神障害かどうかについて対立したときである。ボブは弁護側につき、精神障害を主張した。わたしは、ダーマーは正常であると証言したパーク・ディーツ博士と同意見だった。そんなわけだが、もっと驚いたことにボブは事実審理前審問には出席せずに代わりの者をよこし、結局のところ、三件とも一つの裁判で扱うことになった。

わたしは裁判で、もういちどシグナチャーについて証言し、弁護側がもちだした殺人者複数説に反対した。三件のうちの一つの殺人に関して、弁護側は被害者のボーイフレンドには機会も動機もあったとほのめかした。われわれは、セックス殺人の場合はつねに配偶者ないし恋人を調べる。この事件に関しては性的動機による見知らぬ人間の他殺だというのが、わたしのゆるがぬ考えであった。

しかし結局、陪審員は三つの事件についてラッセルが有罪だと評決し、彼は仮釈放のない終身刑を宣告された。

われわれはシグナチャー分析の方法を発展させ、連続殺人事件の裁判で証言することはごく普通になった。わたしだけではない。ほかのプロファイラーも証言台に立ちだしたのである。

従来は、殺人事件の裁判で検察側が勝つためには、決定的な法医学的証拠や目撃者の供述、被告人の自供、あるいは強力な状況証拠などが必要だった。そこへ犯罪現場にもとづくわれわれの行動科学的プロファイリングとシグナチャー分析が確立して、警察や検察の矢筒に新たな矢がくわわった。それだけでは有罪の決め手にはならないが、ほかの要素と組み合わせれば、いくつもの事件の関連性を見つけたり、有罪に漕ぎつけるうえで必要な役割をはたすことができる。

連続殺人者はもっとも危険な獲物《ゲーム》を狙う。われわれが彼らのやり方を理解すればするほど、彼らに対して有利になれるのだ。

14 あの明るい美人を誰が殺したのか？

あの明るい美人を誰が殺したのか？

それは、イリノイ州の小さな町ウッドリヴァーの人びとを四年間も悩ましつづけた疑問だった。このことをたえず気にする人びとのなかに、州警察のアルヴァ・ブッシュ警視正と、マディソン郡を担当する州検事ドン・ウェーバーがいた。

一九七八年六月二十日、火曜日の夕方、カーラ・ブラウンと婚約者のマーク・フェアはパーティを催し、そのアクトン・アヴェニュ九七九番地の新居へ引越すのを手伝ってくれた友人たちを招いて、ビールと音楽をたくさんふるまった。家は平屋、白く塗られ、側面は板張りで、並木通りに面し、玄関の扉の両わきにはほっそりした丸い柱が立っていた。彼らは二週間かけてこの典型的な新婚用の家を修理し、入居できるように手を入れた。二十三歳のカーラと二十七歳のマークにとって、胸の躍る人生の船出だった。ふたりの交際は五年前からつづき、マークはようやく結婚する決心をした。カーラは地元の大学を修了し、マークは電気技師見習いとして働いていた。将来はバラ色だった。

結婚の決断をのばしたとはいえ、マーク・フェアはカーラを妻にできてどんなに幸運かわかっていた。カーラ・ルー・ブラウンはいかにもアメリカ的な女性だった。身長は百五十三センチたらず、波打つブロンドの髪、すばらしい体、そして微笑は美人コンテストの女王のようだった。ロクサーナ・ハイスクール時代には男の子のアイドルで、女の子の羨望の的であり、きびきびとした、元気のいいチアリーダーとしてみんなが憶えていた。それに、繊細で内省的な面もあることは、親しい人びとの知るところだった。みんなは、カーラがマークに首ったけだと知っていた。マークのほうはがっしりした筋肉質の体格で、背はカーラより三十センチ以上高かった。ふたりはすばらしいカップルだった。

火曜日夜のパーティのあと、ふたりは残る荷物をまとめるためにイースト・アルトンのアパートへもどった。つぎの晩に引越しを完了し、新しい家で寝たいと思っていた。

水曜日の朝、マークが電気会社へ仕事に出たあと、カーラはアクトン・アヴェニュへ行った。マークが四時半ごろ仕事から帰ってくるまでに、片付けておく予定だった。

マークは仕事が終わると、両親と同じ街区に住む友だちのトム・フィーゲンボームのところへ行った。トムに手伝ってもらい、大きい犬小屋を両親の家の裏庭から運ぶためだった。

彼らは五時半ごろにアクトン・アヴェニュへ着いた。トムがトラックを後進させて車道へ入れているあいだに、マークはカーラを呼びに行った。彼女の姿はなかった。たぶん必要なものを買いに出たのだろう。しかし、裏口のドアに鍵がかかっていなかった。マークは気になった。これからは気をつけてもらわなくちゃ。

マークはトムに家のなかを見せた。おもな部屋を案内したのち、キッチンへ入り、ついで地下室への階段を下りた。いちばん下へ来たとき、いやなものが目に入った。数脚の小さいテーブルが倒れている。前の晩にカーラとふたりですっかり整理したのに、乱雑な状態にもどり、ソファと床に何かがこぼれていた。

「ここはどうなってるんだ?」と、思わず口に出た。上へもどろうとしたとき、ドアのむこうの洗濯室が見えた。

カーラがいた。膝をついて前かがみになり、セーターは着ているが、下半身は裸だった。電線で後ろ手に縛られ、水がいっぱい入った十ガロン入りの樽に頭を突っ込んでいた。ふたりが衣類を入れて運んだ樽の一つだった。また、カーラが着ているセーターは、樽の一つに入れておいたもので、彼女はそれを冬にしか着なかった。

「おお、マイ・ゴッド! カーラ!」とマークは叫び、彼とトムは駆けよった。マークはカーラの頭を水から出し、床に上向きに寝かせた。顔はふくれ、青白かった。額と顎に深い傷ができていた。目は開いていたが、カーラが死んでいることは明らかだった。

マークは悲しみに打ちひしがれた。彼はトムに、カーラの体を覆うものを見つけてきてくれと頼んだ。トムが赤い毛布を持ってきたあとで、彼らは警察へ電話で知らせた。

数分後にウッドリヴァー警察の警官が到着したとき、マークとトムは玄関の外で待っていた。彼らは警官を地下室へ案内し、現場を見せた。そうするあいだにも、マークはかろうじて耐えていたが「おお、ひどいな、カーラ」といいつづけた。

セントルイスから十五分ほどの静かな町ウッドリヴァーは、こんな恐ろしい事件の起きそうもないところだった。まもなく、警察の幹部たちもやってきた。三十九歳の警察署長ラルフ・スキナーもそのひとりだった。

カーラの頭は鈍器で強く殴られていた。テレビ・スタンドが使われたようだった。二つのソックスが首に巻かれており、解剖の結果、彼女は絞殺され、頭を水中に沈められたときにはすでに死んでいたと思われた。

捜査には最初から支障をともなった。イリノイ州警察のアルヴァ・ブッシュ警視正は、カメラを持っていったのに、フラッシュが故障していた。警察に呼ばれてきた男のカメラには白黒フィルムしか入っていなかった。それに、たくさんの人びとが引越しを手伝ったので、新しい指紋が多数あり、犯人のものらしい指紋を選び出すのは不可能に近かった。

警察は近所をしらみつぶしにあたり、目撃者がいないか聞いた。隣家のポール・メインという男は、事件の日の午後は表のポーチで友だちのジョン・プラントと長いあいだ過ごしたと話した。プラントのほうは、その日の朝、地元の製油所へ職探しに行ったあと、メインの家へちょっと寄ったが、まもなくほかのところへ職探しに出かけたと語った。事件の前の晩、メインとプラント、それにもうひとりの友だちは、カーラやマーク、そして仲間たちを眺め、パーティに招いてもらいたいと思ったが、呼んでもらえなかったという。

通りの向こう側に住む老婦人は、殺人の起きた日、赤いボディに白いルーフの車が九七九番地の前に停まっていたのを思い出した。パーティに出たひとりボブ・リュイスは、カーラが車道で髪の長い「粗野な感じの」男と話すところを見た。それは隣家にいた男で、カーラの名前を呼んだ。ポール・メインの友だちらしかった。

「あなたは記憶がいいのねえ。お久しぶり」とカーラが答えるのが聞こえた。ボブはそのことをマークに話したが、マークは気にするようすはなく、カーラとその男とはハイスクールのときから顔見知りだといった。

警察はカーラの女友だちとも会い、カーラを憎んでいる者がいないか調べた。しかし誰もが、カーラに敵なんかいなかったと異口同音にいった。

カーラのもとのルームメイトが、気になる話をした。カーラの父親は彼女が幼いとき死亡した。母親はジョー・シェパード・シニアと再婚し、いまは離婚している。カーラはシェパードとうまくいかず、よく殴られては、友だちのところへ逃げてきた。そのシェパードが怪しいのではないか、というのだった。殺人の起きた夜、シェパードは警察へ来て、質問攻めにしている。前に述べたように、犯人が警察へやってくるのは珍しいことではない。しかし、シェパードの犯行だと物語る証拠はなかった。

また、死体を最初に発見したのはマーク・フェアであり、配偶者とか恋人についても疑ってかかるのが当然だが、殺人がおこなわれたとき、マークは仕事をしていたので、疑問の余地はなかった。

警察は多数の人をポリグラフにかけた。そのなかで隣家のポール・メインが怪しいと出たが、決め手になる証拠はなかった。メインの友だちのジョン・プラントも、ポリグラフには疑わしい点があらわれなかった。

カーラ・ブラウン殺害事件は、ウッドリヴァーの人びとの心に深い傷跡を残し、癒えそうになかった。地元警察も州警察も、手掛かりになりそうなものをすべて追った。しかし苛立たしいことに、解決の兆しはみえなかった。何カ月も過ぎた。そして一年たった。二年になった。カーラの遺族にはことのほか辛かった。

マディソン郡を担当する州検事ドン・ウェーバーにとっても辛かった。事件当時、彼は検事補だった。ウェーバーは、カーラにくわえられたような非道は彼の担当地区では許さない、ということを社会的に示したかった。犯人を裁判にかけてやる。この決意に彼は憑《つ》かれていた。

どんなに長びいても迷宮入りにはさせない、と心に誓う者がほかにもいた。州警察のアルヴァ・ブッシュ警視正である。カーラが殺されてからまる二年後の一九八〇年六月、ブッシュはある殺人事件の裁判に証人として出廷するため、ニューメキシコ州のアルバカーキにいた。開廷前のある手続きが終わるのを待つあいだに、彼は保安官のオフィスへ行った。そこではコンピューターを利用して写真の画質を向上させる技術について、アリゾナ大学のホーマー・キャンベル博士が講義をおこなうのだった。

講義が終わったとき、ブッシュが頼むと、キャンベル博士はカーラの殺害現場や解剖の写真を詳しく調べることを承知した。ブッシュは、関連写真をすべてコピーして、キャンベルに送った。

写真は白黒だったが、キャンベル博士は精巧な装置を使って、入念に分析した。その結果、頭の深い傷は釘抜きハンマーによるもの、額と顎の傷は、ひっくり返ったテレビ用トレイの車輪によるものと断定された。しかし、つぎにキャンベル博士がブッシュにいったことこそ、捜査を新しい方向へ進めるきっかけになった。

「歯形はどうなんです？　彼女の首の歯形に合いそうな容疑者は浮かんでいるんですか？」

「歯形とは？」ブッシュは電話口でそれだけしかいえなかった。

キャンベル博士はこう話した。画像は最良ではないけれども、カーラの首には歯形がはっきり残っている。容疑者の歯形をとれた場合、比較することは充分に可能だろう。とくに一つの歯形は、皮膚の傷などと重なっていない。

歯形は、指紋と同様に証拠として使える。シアトルからコロラド、そしてフロリダにかけておそらく数十人の女性を殺したと思われるテッド・バンディの場合も、フロリダ州立大学での殺害に関しては、彼が被害者の臀部につけた歯形が証拠になった。そしてキャンベル博士は、バンディ裁判では検察側の証人になっている（バンディは一九八九年一月二十四日、電気椅子に送られたが、彼が正確に何人の若い命を奪ったかはわからない）。

イリノイ州の警察は、隣人であるポール・メインに狙いをつけた。しかし彼の歯形を手に入れたものの、キャンベル博士は死体の歯形と一致しないと判断した。警察は、メインの友だちジョン・プラントの歯形も入手しようとしたが、彼の居所がわからなかった。

捜査は進展しなかった。そうして一九八一年の七月、ドン・ウェーバーは四人の部下といっしょにニューヨークで開催された法医学セミナーに出席した。キャンベル博士はウェーバーに、セミナーで講演するローエル・レヴァイン博士にカーラ関係の写真を見せることをすすめた。レヴァイン博士はニューヨーク大学の司法歯科学の専門家である。彼はカーラ関係の写真を調べ、キャンベル博士の見解に賛成したが、それ以上のことはいえなかった。しかし博士は、カーラの死体を発掘してはどうかと提案した。

一九八二年の三月、ウェーバーとふたりの州警察官はセントルイスへ例年のトレーニングを受けに行った。わたしもそこに出て、大勢の聴衆を前にパーソナリティ・プロファイリングと犯罪現場分析について話した。講演のあと、ウェーバーとふたりの警官がわたしのところへ来て、問題の事件に利用できないだろうかとたずねた。わたしは、クワンティコへ帰ったときにまた連絡してほしいと告げた。

ウェーバーが帰ってみると、ウッドリヴァー警察のリック・ホワイトもわたしの講演を聞き、カーラ殺しの捜査に利用できそうだと考えていることを知った。ホワイトがわたしに連絡し、犯罪現場の写真その他を持参する話が決まった。ウェーバーは裁判の準備があって来られなかったが、部下の検事補キース・ジェンセンを代わりによこすことにした。リック・ホワイト、アルヴァ・ブッシュ、そしてもうひとり、州警察官のランディ・ラッシングもくわわった。こうして四人は、クワンティコまで千三百キロあまりの道を車でやってきた。フロリダで休暇を過ごしていたウッドリヴァー警察長ドン・グリーアも、わざわざ参加した。

われわれは会議室で会った。彼らは、わたしがほかの人の意見を聞く前に自分で結論を導き出す習慣であることを知るよしもなく、来る途中でいろいろ考えをまとめてあった。しかし、われわれは気が合った。なにしろ彼らは、あきらめるのを断固として拒否する人びとなのだ。

わたしは犯罪現場の写真を出してもらい、数分かけて詳細に調べた。整理するために二、三質問してから、いった。「用意はいいかね？　録音しておくのがいいかもしれんよ」

まずわたしはこう話した。経験からみれば、家のなかで死体が水に――浴槽とかシャワー、容器などに――つけられている場合、目的は証拠を洗い流すことではなく、べつの目的の犯行だったかのように「演出する」ことにある。あなたたちがすでに犯人を取り調べたことは間違いない。彼は近所か、すぐ近くに住んでいる。この種の犯罪は、ほとんどつねに近所の人か家庭内の人物による。犯人に血がついたら――血がついたことはたしかだが――どこか近くへ行って洗い落とすか、着替えなくてはならない。彼は、その状況で安心していられること、邪魔が入らないことを知っていた。カーラをよく知っていたか、彼女とマークの習慣がわかるまで観察したか、どちらかのせいだろう。彼はあなたたちに協力的だった。そうすることで、彼は状況を操作しつづけることができると思っている。

その午後、彼はカーラを殺すつもりで訪問したわけではない。殺しは、あとから思いついた。計画していたのなら、武器を携えていたはずだ。手で首を絞め、鈍器で殴ったのは、彼女に拒絶されたことに対して怒りないし自暴自棄が自然に生じたしるしである。彼はたぶん、カーラの新居へ行き、手伝おうと申し出た。カーラは愛想のいい女性として知られていた。彼女はその男と知り合いだったので、家に入れたのだろう。男がカーラに望んだのはセックスだった。カーラが抵抗したか、自分が取り返しのつかないことをしたと気づいたのか、男は自分を救うにはカーラを殺すしかないと思った。そのときでさえ、彼はたぶんパニック状態にあり、考えを変えた。床とソファには水がこぼれていた。彼はカーラの首を絞めたのち、蘇生させようとして、顔に水をかけたと思われる。それがだめだとわかると、濡れた顔をなんとかしなくてはならなくなった。それで彼女を引きずっていき、おぞましい、あるいは異様な儀式的行為にみせかけようと、樽のなかへ顔をつけた。いいかえれば、実際に起きたことから注意を逸《そ》らそうとした。顔を水につけたことには、もう一つの意味がある。カーラは彼をはねつけた。水につけることで、彼はカーラを貶《おとし》めることができた。

この男の年齢は二十代の半ばか終わりだろう、とわたしはいった。これは殺しの経験をもつ者の仕業ではない。彼の演出は稚拙で、前にやったことがない。しかしながら、かんしゃくもちの、攻撃的パーソナリティの持主なので、それまでにもっと軽い罪を犯した可能性がある。結婚したことがあるのなら、最近、別居したか離婚したか、あるいは結婚生活に不和が生じている。この種の男に多いが、犯人も自信のない負け犬である。見かけは自信がありそうでも、内実は社会的適応能力がきわめて低い。

彼の知能や知能指数は平均的で、ハイスクールより上の学校へは行かなかった。縛るのに電線を用いたことは、それにかかわる職業訓練を受けたことを示唆している。捜査が始まると、彼は住所か職場を、あるいはその両方を変えただろう。ほとぼりが冷め、彼に疑いが向けられずにすんだら、町を出たのではあるまいか。彼はまた、緊張をほぐすために麻薬かアルコール、あるいはタバコを大量に摂取するようになった。実際、この犯罪そのものはアルコールがある程度の役割をはたしたとも考えられる。犯行は、この種の男にとっては大胆な行動だった。事前に飲んでいたかもしれないが、酔っぱらってはいなかった。酔っぱらっていれば、犯行後にあれほどのことはできない。

彼は夜あまり眠れなくなり、性生活に障害が生じた。そしてしだいに夜行型になった。常勤の仕事についていたのなら、捜査が強化されると、仕事をよくしくじったことだろう。彼は自分の外見も変えた。殺人のとき髪が長く、ひげをはやしていたのなら、短くして、きれいに剃り落とした。ひげをはやしていなかったら、はやしただろう。とはいっても、あなたたちが捜すのは良家の青年風の男ではない。彼はもともと薄ぎたなく、髪はもじゃもじゃの男だ。

車は例のやつ、フォルクスワーゲン・ビートル。古くて、整備はよくない。色は赤かオレンジ。

この男は、マスコミに報道される警察の捜査状況を注意深く眺め、そこから手掛かりを得ようとするだろう。

毎年六月には、彼は神経質になるだろう。カーラの誕生日にもそうなるかもしれない。彼はたぶん、カルヴァリー・ヒル墓地のカーラの墓を訪れただろう。花を贈ったか、墓前で許しを乞うたかもしれない。

だから、つぎに打つべき手だてとして、新しい有力な手掛かりが見つかったので、事件は新たな注目を集めるだろう、と発表することだ。これを継続的に公表し、広める。犯人をできるだけ怖がらせつづける。FBIのプロファイラーに依頼したら、彼の話は新しい証拠とぴったり符合した、と知らせる。

わたしがここまで話したとき、遺体を掘り返してはどうかとレヴァイン博士からすすめられたことについてどう思うかと、彼らはわたしの意見を求めた。わたしは、すばらしいアイデアだ、発掘することを宣伝すればするほどいい、と答えた。事前にウェーバーがテレビに出て、遺体の保存状態がよければ、検査によって期待どおりの証拠が得られ、事件はまもなく解決するだろう、と発表するべきだ。これはある意味で、犯人に対してカーラを「復活」させ、彼女自身の殺害事件について証言させることになる。

遺体を掘り返すことは、犯人にとって強烈なストレッサーになるだろう。ウェーバーから、たとえあと二十年かかろうがこの事件を解決してみせる、と発表してほしい。犯人は不安になり、詮索しはじめる。あちこちの人に質問し、じかに警察へ電話をかけてくるかもしれない！　墓地にやってくる人びと全員をかならずヴィデオか写真に撮ること。遺体がどんな状態にあるか、犯人はひどく気をもむだろう。状態は非常によいと警察が発表すれば、犯人はいっそう落着かなくなる。それと同時に、彼は友だちから離れ、ますます独りぼっちになっていく。この段階へきて、捜査員はバーなどで聞き耳を立て、常連のなかに態度の急変した者がいないか調べるといい。犯人は不安に対処する方法として教会にかようとか、宗教に凝りだしたかもしれない。警察は、彼に心理的圧力をくわえる反面、犯人にはカーラを殺すつもりなどなかったことを知っている、この四年間彼はたいへんな重荷を背負ってきたのだ、と人びとに伝える。

わたしは、サウス・カロライナ州のメアリ・フランシス・ストーナーの事件のときのように、尋問のための戦術についても五人の客に話した。容疑者を特定できても、すぐには逮捕せず、一週間かそこら泳がせておき、彼に自供させてから逮捕することが重要だ。たとえば「おまえが彼女をここからここまで運んだことを、われわれは知ってるんだ」とか「われわれは水のことを知ってるぜ」というように尋問をすすめるほうがいい。取り調べ室に、ストーナーのとき石を置いたように、凶器を置くと効果的だろう。

イリノイ州から来た五人は、わたしの話から有力な容疑者として思いあたる者がふたりいる、ポール・メインと彼の友だちジョン・プラントだといった。事件の日、ふたりとも隣家にいて、少なくともひとり、つまりプラントはビールを飲んでいた。ふたりの話には一致しない点があり、両方か片方が嘘をついている可能性がある。ポリグラフで調べたところでは、メインよりプラントのほうがすんなり終わったが、ふたりともプロファイルにあてはまる。いくつかの点ではプラントのほうがぴったり合う。彼のほうが警察にいっそう協力的だったし、ほとぼりが冷めてから町を出て、しばらくたってからもどっている。

作戦が始まって一週間か十日たてば、メインとプラントのどちらがわたしの予測どおりに行動するかわかるだろう。ひとりがそういう動きを見せたら、つぎは友だちでも仕事仲間でもいい、密告者を利用して、彼から告白を引き出すのだ。

一九八二年六月一日、遺体発掘はわたしの望んだとおりにおこなわれた。レヴァイン博士が立ち会い、テレビ局や新聞社から多数の取材班が来た。そしてウェーバー州検事は厳粛に、楽観的な見解を発表した。小さな町ではマスコミの協力が得られやすい。こういう場合にはこちらもマスコミに協力的になるものである。

さいわいカーラの遺体の保存状態は驚くほどよかった。新たに解剖がおこなわれた。最初の検屍解剖の結果とは違い、死因は溺死とされた。もっとも重要なことに、証拠の歯形も入手できた。

組織的な広報活動が強力につづけられた。州警察のトム・オコナーと公費詐取事件を担当するウェイン・ワトソンとが、メインの自宅を訪れて面談した。メインは公的支援を受けていたが、その資格がないのではないか調べにきたという口実を設けていた。彼らはカーラ殺しのことに話題を誘導し、そのなかでワトソンはメインがアクトン・アヴェニュから姿を消していたことに言及した。するとメインは、近所で女性が殺された事件に関連してサツにいびられたので、いやな記憶を忘れようとしたのだと説明した。

ワトソンはいった。「彼女は撃たれて首を絞められ、五十ガロン入りの樽のなかで溺死させられた女だろ？」

「いや、いや！　撃たれたんじゃない。撃たれたんじゃないぜ！」とメインは強くいった。

遺体発掘がおこなわれたのと同じころ、ひとりの男が警察へ来て、同じ職場の女性から聞いた話を知らせた。事件からさほどたっていないときに催されたパーティで、ひとりの男が彼女に、カーラが殺された日に彼女の家へ行ったと話したというのだった。

オコナーともうひとりの警官がその女性に会った。彼女はそのとおりだと裏づけた。男はカーラが発見された場所のことや、カーラが肩を嚙まれていたことを話し、まっ先に疑われそうだから町を出るといった、という。

男の名前はジョン・プラントだった。

警察が二年後まで気づかなかった嚙み傷のことを、彼はどうしてそんなに早く知ったのか? オコナーたちはパーティを主催したスペンサー・ボンドに会った。ボンドも同じようなことを記憶していたが、さらにポール・メインについても話した。カーラの死体がどうやって見つかったか、メインが詳細に語って聞かせたという。そんな話をメインはプラントから聞いたのだろうか、それとも逆だろうか? メインには殺しをやるほどの度胸はない、と警察は考えた。

プラントが古びた赤いフォルクスワーゲンに乗っていることもわかった。事件のあと、彼がひげをのばしたことを聞いても、わたしは驚かなかった。彼は溶接工になる訓練を受けていた。離婚歴があり、女性とはうまくやれないほうだった。警察の捜査に異常に強い興味をいだいていた。

六月三日の木曜日、州検事局はプラントに歯形を取らせる裁判所の命令を取った。

火曜日、ウェーバーたちはプラントの三つの歯形をもってロングアイランドのレヴァイン博士のところへ飛んだ。歯形の一つがカーラの死体についていたものと完全に一致した。ジョン・プラントはレイプの意図をともなう殺人および押込みの容疑で起訴された。そして一九八三年七月に、プラントは七十五年の刑を宣告された。

四年という歳月はかかったが、献身的な人びとの努力が組み合わさって、殺人犯はついに裁かれた。

全員が最善の努力をはらっても、カーラ・ブラウン殺しのように解決するまで何年もかかる事件もある。反対に、たとえ錯綜していても、万事うまくいけば、数日か数週間で解決できることもある。

南西部にあるFBI地方支局の一つで速記者として働くドナ・リン・ヴェッターが、ある晩、一階のアパートの自室でレイプされたうえ殺害されたとき、ふたりのFBI捜査官ロイ・ヘイズルウッドとジム・ライトは長官室から断固とした命令を受けた。現地に急行して、解決せよ。当時われわれは、分担地域を決めてあった。この事件はジムの分担地区で起きたのだ。

メッセージは明々白々でなければならなかった。FBIの職員を殺したやつは逃がさない、われわれは必要なあらゆる手を尽くす。翌日の午後、FBI人質救出チームのヘリコプターがふたりの捜査官と急いで詰めた旅行鞄を乗せて、クワンティコからメリーランド州のアンドルーズ空軍基地へ飛んだ。彼らはそこから局の専用ジェット機に乗った。着陸するなり、犯罪現場へ急行した。現場は、地元警察によって彼らのためにそのまま保存されていた。

ドナ・ヴェッターは二十二歳、農家育ちの白人女性だった。二年以上FBIで働いていたとはいえ、都市へ引越してきたのは八カ月前にすぎない。都市生活の危険については無知で、おもに黒人やラテンアメリカ人が住む地区にアパートを借りた。管理人は用心深い人で、独身女性の住むアパートの前には通常の黄色い電球でなく白い電球を取り付け、彼女のスタッフや警備員がとくに気をつけることにしていた。この方式は公表されなかったが、すぐさまのぞきの常習犯にまで知られてしまった。

警察に通報があったのは午後十一時を少しまわったときだった。ヴェッターのアパートのウィンドー・スクリーンが裂けていることにほかの住人が気づき、警備員を呼んだのである。被害者は裸で、顔を殴られ、何カ所も刺されて、血だらけだった。解剖によって、レイプされたことがわかった。

犯人は前の窓から押し入り、そのとき大きな鉢植えを倒していた。電話線は壁のソケットから抜いてあった。食堂のカーペットとキッチンの床におびただしい血が流れ、そこでまず襲われたものと思われた。死体の横たわる血溜まりに、不思議な形ができていた。天使が翼を広げて飛んでいる姿があったのだ。血痕のつき方を見れば、被害者は食堂からリビング・ルームへ引きずられていったことがわかる。体の傷から、彼女はキッチン・ナイフを取りに行ったが、犯人が奪い取り、彼女を刺したものと思われた。

ヴェッターの血染めの衣服は、キッチンの床の隅、キャビネットの近くにあるのを救急隊員が発見した。彼女のショートパンツとパンティは丸められ、床に横たわっているあいだに犯人が脱がしたことを物語っていた。警察が現場へ到着したとき、電灯は消えていた。犯人は、発見を遅らせるために、そうしたのだろうと思われた。

ヴェッターの同僚や家族、隣人たちから聞いたところでは、彼女は内気で、誠実で、信心深かった。厳格な、宗教的な環境で育ち、はでなところはなく、男性や同僚とのつきあいもほとんどなかった。部屋には麻薬やアルコール、タバコ、避妊薬など見当らず、両親は彼女が処女だったはずだと語った。

現場を調べたロイとジムは、そこらじゅう血だらけだが、とりわけ一ヵ所の血に注目した。それはトイレの戸のすぐ外についた血だった。トイレのなかには尿があったのに、紙はなく、水を流していなかった。

このことから、侵入者と被害者とのあいだに何が起きたのか、すぐに見当がついた。彼女がトイレにいたとき、侵入の音が聞こえたにちがいない。彼女は水を流さず、何が起きたのか見に行った。トイレのドアを出るなり、侵入者に顔を強く殴られた。男は彼女を無力化しようとしたのだ。ジムとロイは凶器のキッチン・ナイフを発見した。それはリビング・ルームのシート・クッションの下に隠してあった。

凶器そのものが重要なことを物語っていた。つまり、犯人は殺す意図をもって侵入したのではない。そして、金目の物が奪われていない点から、男は盗み以外の意図をもって来たのだとうかがえた。証拠は、彼がレイプの目的で入って来たことを示唆している。殺すために押し入ったのなら、電話のコードを抜く理由がない。部屋に侵入しやすく、被害者は地味なタイプであること、犯人が話しかけずにいきなり襲ったこと、これらすべては知能の低い、人づきあいの下手な、言葉によって人を動かす自信のない、内心に怒りをいだくタフガイ・タイプの男を指し示している。彼は、最初から被害者を支配しなければ、目的を達成できないと知っていた。

ところが犯人は、内気でもの静かなその女性がどんなに激しく抵抗するか、計算に入れていなかった。彼女が名誉を守るために当然そうするだろうということは、生い立ちを知ればわかる。しかし犯人にそこまでわかるはずはなかった。彼女が抵抗すればするほど、犯人は支配を失う危険が増し、彼の怒りは高まった。この殺害の場合、怒りは一時的でなく継続的だった。血の跡が告げているように、犯人はキッチンで彼女を襲ったあと、べつの部屋へ引きずっていき、血を流して死にかけている被害者をレイプした。

ロイとジムは、到着したその日の夕方のうちにプロファイルの作成にかかった。捜すべき男は二十歳から二十七歳のあいだ。通常、セックス殺人の場合、被害者が白人なら、犯人は白人である。しかし、そのあたりのアパート群にはもっぱら黒人とラテンアメリカ人が住み、白人女性が黒人男性にレイプされる事件が多発しているので、犯人が黒人である可能性が高い。

犯人は結婚していないだろう。ほかの人に依存するか、搾取するかたちで暮らしている。これまでに彼が関係した女性は年下で、経験に乏しく、影響を受けやすい者ばかりだった。彼の知能は低く、学校の成績もぱっとしないが、街ではけんかが強く、すばしっこい。周りの人びとにはタフガイと思われたがっている。なるべく上等のものを着ていて、体は筋肉質である。

犯人は、犯罪現場から歩いていけるくらいのところに住んでいる。低所得層むけの賃貸アパートだろう。はんぱな仕事についているが、同僚や上役ともめごとをよく起こす。すぐかっとなる性質なので、軍隊に入ったことはないか、入隊しても除隊処分になったにちがいない。殺人の前科はないだろうが、押込みや暴行はやっている。レイプと女性に対する犯罪に詳しいロイは、犯人にレイプか性的暴行の前科があるはずだと確信した。

彼らは、犯人の犯行後の行動についても予測した。カーラ・ブラウン殺しの犯人と同様に、この事件の犯人にも欠勤、飲酒量の増加、体重減、そして外見の変化などが見られるだろう。もっとも重要なことに、このタイプの犯人は家族とか親友に罪を告白する。彼をつかまえる手だての鍵はここにある。

犯人がニュースを注意して見ることは明らかなので、ロイとジムはプロファイルを公表し、地元新聞のインタヴューに応じることにした。人種的要素だけは伏せておいた。

作戦は成功した。二週間半たらずのうちに、犯人と組んで武装強盗をやったことのある男が、警察に通報してきた。犯人は二十二歳の黒人で、犯罪現場から四ブロック離れたところに住み、独り者で、姉に食べさせてもらっていた。レイプの罪で服役したが、犯行のときには保護観察中だった。彼は死刑の判決を受け、最近になって刑が執行された。

15　愛する者を傷つける

ある日、グレッグ・マクラリーがクワンティコの窓のないオフィスで事件簿に目を通していたとき、彼の担当地区の警察署から電話がかかってきた。それはあまりにもひんぱんに聞く痛ましい事件の一つだった。

若いシングル・マザーが庭園つきのアパートから二歳の息子を連れて、買物に出かけようとした。車に乗る直前、急に腹痛がきて、彼女は急いで駐車場から引き返し、アパート・ビルの裏口のすぐそばにあるトイレへ入った。その地域は誰もが顔見知りで、愛想がよく、安全なところだった。彼女は息子にきびしく命じた。建物のなかにいるのよ、あたしがもどってくるまで静かに遊んでいなさいね。

つぎに何が起きたか、読者はもう予想がついたにちがいない。母親がトイレで用をたし終わるのに四十分ほどかかった。そして出てきたとき、子供の姿はなかった。まだ心配はせずに、彼女は外へ捜しに行った。天気は爽やかで寒かったが、あの子はちょっと出たのだろう、と思っていた。

ところが、あるものが目に留まった。息子のニットのミトンの片方が、駐車場の舗装の上に落ちていたのだ。ところが、彼の姿はどこにもない。ここで彼女は恐慌をきたした。

自分のアパートへ駆けもどり、すぐさま九一一番へ電話をかけた。子供が誘拐された、と交換手に狂乱状態で告げた。警察が急行し、手掛かりを求めてあたりを捜した。そのころには、若い母親は病的に興奮していた。

マスコミが取りあげた。母親はたくさんのマイクの前に出て、息子を連れ去った人に、あの子を返してと訴えた。警察は同情的ではあったが、捜査の基本的手順は踏んで、彼女をポリグラフにかけた。結果はシロと出た。警察は、子供の誘拐事件では時間がきわめて重要だと承知していた。それゆえ、グレッグに電話をかけてきたのだった。

グレッグはいきさつを聞き、九一一番へかかってきたときの録音を聴いた。彼にはどうもひっかかるところがあった。やがて、新たな展開があった。苦悩する母親が小さな郵便小包を受け取った。差出人の住所氏名はなく、メモも通信文も入っていなかった――彼女が駐車場で見つけた息子のミトンの残る片方だけが入っていた。彼女はすっかり打ちひしがれた。

しかしこの時点でグレッグにはわかった。彼は警察に、少年は死んでいる、殺したのは母親だ、と知らせた。

どうしてわかる？　と警察はわけをぜひともききたがった。しょっちゅう子供が変質者にさらわれているではないか。この件がそうでないと、どうしてわかるんだ？

そこでグレッグは説明した。まず、いきさつがおかしい。わが子が変質者にさらわれるのをいちばん恐れているのは、母親である。息子をみてくれる人がいないのにそんなに長く放っておくのは、妥当なことだろうか？　トイレに長くいることになりそうなら、中へ連れていくとか、なにかほかの方法を講じるのがふつうではあるまいか？　彼女のいったようなことは、たしかに起こりうる。しかし、いろいろな点を考え合わせてみよう。

九一一番の録音を聞くと、母親は何者かが彼女の子を「誘拐した」とはっきりいっている。グレッグの経験では、親はこういう恐ろしい状況を心の中で懸命に否定しようとするものである。異常な興奮状態の最中《さなか》なら、母親は息子がいなくなったとか、どこかへ行ったとか、見当らないとか、そんなようないい方で知らせようとする。この段階で誘拐という言葉を使うのは、それ以降に起こる事態をすでに予想しているからだろう。

それにくわえてグレッグに不審をいだかせたのは、ミトンがもどってきたことだった。元来、小児誘拐は三つの理由からおこなわれる。まず、金儲《もう》けを狙う誘拐犯による場合、ついで小児から性的満足を得ようとする幼児わいせつ犯による場合、そして自分の子供をどうしても持ちたい孤独で不安定な、病的な人による場合である。金儲けを狙う犯人なら、電話か連絡文で要求を家族に知らせてくる。ほかの二つのタイプは、家族とは何のかかわりも持ちたがらない。そして、子供の所持品だけをわざわざ家族のところへ送りとどけて、子供を誘拐したことを知らせるような犯人は、三つのタイプのどれにもいない。家族はすでにそのことを知っている。犯人が本気だということを示すのなら、要求も付けてよこす。そうでなければ、ミトンだけ送りつけても意味がない。

母親は本物の誘拐事件はこんなだろうという自分なりのイメージに従って演出したにちがいない、とグレッグは判断した。彼女にとってまずいことに、この種の犯罪の実際の流れを知らず、ボロを出したのだ。

こんなことをやってのける理由があったことは明らかで、したがって彼女は、悪いことなどしていないと自分にいいきかせていたと思われる。ポリグラフにかけてもシロと出たのはそのせいだろう。グレッグはFBIのポリグラフの専門家に頼んで、彼女を再検査してもらった。すると、まったくちがう結果が出た。いくつか的をついた質問を受けると、彼女は息子を殺したことを認め、死体のあるところへ警察を案内した。

動機はありふれたものだった。若いシングル・マザーである彼女は、息子をかかえているため、十代の末から二十代はじめにかけての女性の楽しみとは縁がなかった。彼女はひとりの男性と出会い、彼はふたりの間を深めて、新しい家庭をつくりたがった。しかし、彼らの生活にその子を入れる余地はない、ときっぱりいった。

この事件では、母親からの知らせがない状態で警察が子供の死体を発見したとしても、グレッグは同じ結論に達したことだろう。死体は防寒着を着て毛布にくるまれ、そのうえ厚いビニール袋ですっかり覆われた状態で、林のなかに埋められていた。金目当ての誘拐犯やわいせつ犯なら、子供を温かく「気持よく」してやろうと、これほどの心遣いはしない。多くの殺人現場には、長くつづいた明らかな怒りの徴《しるし》が認められるし、死体遺棄場所には侮蔑や敵意がしばしば示されている。ところがその子供の埋め方は、愛と罪の意識とが大きな特徴となっていた。

人類は、愛する者または愛すべき者を傷つける長い歴史をもっている。十九世紀のイギリスでは、家庭内殺人と思われる事件が大きな話題になった。一八六〇年、スコットランド・ヤードのジョナサン・ウィッチャー警部補は、フランシス・ケントという赤ん坊が殺された事件を調べに、サマーセットのフロムという町へ行った。ケント家は土地の名家だった。地元の警察はその子がジプシーに殺されたものと確信していたが、ウィッチャーは捜査の結果、真犯人は十六歳の姉コンスタンスだと確信した。旧家の名声と、ティーンエイジャーの姉が赤ん坊である弟を殺すはずがないという通念のせいで、ウィッチャーが提出した証拠は法廷で却下され、コンスタンスは無罪となった。

ウィッチャーを非難する世間の圧力はあまりにも強く、彼はスコットランド・ヤードを辞職せざるをえなかった。以後何年ものあいだ、自分が正しかったこと、その若い女性が殺人犯であることを証明しようと、彼は独力で調べつづけた。そのあげく破産し、健康を損ねて、真実追求の努力を放棄せざるをえなくなり――それから一年後に、コンスタンス・ケントは弟殺しを告白した。彼女はふたたび裁判にかけられ、終身刑をいい渡された。三年後、ウィルキー・コリンズはこのケント事件をもとに、画期的な探偵小説『月長石』を書いた。

家族殺しの犯人発見には、演出が鍵となる場合が多い。被害者に近い犯人は、自分自身から疑いを逸《そ》らす方法を講じないではいられない。わたしが手がけた同族殺人の初期の例に、一九八〇年のクリスマスの翌日、ジョージア州カーターズヴィルで起きたリンダ・ヘイニー・ドーヴァー殺害事件がある。

リンダと夫のラリーは別居したとはいえ、ほどほどに良好な関係をつづけていた。身長百五十八センチ、体重五十四キロ、二十七歳の彼女は、ラリーと暮らしていた家へ定期的にやってきては、彼のために掃除をしていた。十二月二十六日にも、彼女はそうした。ラリーは彼らの息子を連れて公園へ出かけた。

午後、ラリーと息子が帰ってきたとき、リンダはもういなかった。しかし家のなかは、掃除されて片付いた状態にはなっていなかった。寝室は乱雑だった。シーツや枕はベッドから剝ぎとられ、化粧だんすの引出しは開いて、衣類があちこちに散らかっていた。カーペットに血痕らしい赤い汚れがついていた。ラリーはただちに警察へ知らせた。警察は急行して、家の内外を捜した。

リンダの死体は、家の外側の狭い床下に押し込まれた状態で発見された。寝室にあった掛け布団にくるまれ、頭だけ出ていた。掛け布団を解くと、シャツとブラジャーは乳房の上へ押しあげられ、ジーンズは膝まで、パンティは陰部のすぐ下まで引き下ろされていた。頭部と顔に鈍器で殴られた傷があり、あちこちをめった刺しにされていた。警官たちには、ブラジャーを押しあげたあとで刺したものと思われた。凶器は、キッチンの開いたままの引出しから持ちだしたナイフにちがいないが、どうしても見つからなかった。犯罪現場が物語るのは、リンダはまず寝室で襲われてから、外へ運ばれて、床下へ入れられたということだった。リンダ・ドーヴァーの経歴には、彼女がとりわけハイ・リスクの被害者になりそうな点などまったくなかった。ラリーと別れたとはいえ、ほかの男性との関係はない。

　カーターズヴィル警察が送ってくれた犯罪現場の写真や情報にもとづいて、わたしは犯人が二つのタイプのうちどちらかだろうと彼らに伝えた。一つは若くて未熟な、適応能力のない孤独な男であり、近くに住んでいて、たまたまこんな犯行におよんだと思われる。わたしがこういうと、警察はその界隈には凶悪な男が出没しており、多くの人びとが怖がっていると教えてくれた。

　しかし、犯行には演出的要素があまりにも多く、わたしは犯人は第二のタイプだろうと思った。すなわち、被害者をよく知っているので、彼自身から注意を逸らしたい人物である。殺人犯が死体を屋敷内に隠す必要を感じた理由は、われわれが当事者間の「私的原因による他殺」と呼ぶものしか考えられない。死体の顔と首の外傷もそれをうかがわせる。

　犯人は、頭はいいが、ハイスクール程度の教育しか受けていない。体力が必要な仕事についている。攻撃的な行動の前歴があるだろう。むら気で、敗北を受け入れることができない。殺害のとき、何かの理由でたぶん落ち込んでいた。金銭上の問題をかかえていた可能性が高い。

　演出にはそれなりの論理と根拠があった。リンダに残忍な仕打ちをした人物は、ほかの家族——とりわけ彼女の息子——に見つかりそうな開けた場所には死体を置きたくなかった。

それでこの人物は時間をかけて死体を掛け布団にくるみ、床下へ入れた。彼はこれを性犯罪にみせようとした——ブラジャーを押しあげ、陰部を露出させたのはそのためである——が、レイプとか性的攻撃の証拠はなかった。彼はそうしなくてはならなかった。それでも、剝きだしの陰部や乳房を警察に見られるのは、いやな気持だった。それで、掛け布団で覆った。

犯人は最初、警察には過度に協力的で、気を遣っていたが、アリバイのことをきかれると、傲慢になり、敵意をみせた。犯行後には酒量が増えるとか麻薬に頼るとか、ことによると宗教に向かうといった行動があらわれたかもしれない。また、外見を変えようとしただろう。仕事さえ変え、他所《よそ》へ引越したかもしれない。

「彼のいまの行動は、殺しの前とはすっかり違っているだろう」とわたしはいった。

わたしは知らなかったが、カーターズヴィル警察は、わたしにプロファイルを依頼した当時、すでにラリー・ブルース・ドーヴァーを妻殺しの容疑で告発し、それが正しいという裏づけを求めていたのだった。さいわいわたしのプロファイルは完全に合致していた。

しかし少なくとも、この事件では正義がおこなわれた。一九八一年九月三日、ラリー・ブルース・ドーヴァーはリンダ・ヘイニー・ドーヴァーを殺した罪で終身刑となった。

一九八六年、ベティと呼ばれるエリザベス・ジェイン・ウォルシーファーが殺害されたときにも、変形的な演出がおこなわれた。

八月三十日、土曜日の午前七時過ぎ、ペンシルヴェニア州ウィルクスーバーの警察はバーチ・ストリート七五の、評判のいい歯科医とその家族の住む家へ急行した。約五分後、ふたりの警官が入ってみると、三十三歳のエドワード・グレン・ウォルシーファー医師が床に倒れていた。絞殺されかけ、頭を殴られたということだった。その場には弟のニールもいた。ニールの話では、彼は通りの向こう側に住んでいるが、兄に呼ばれて急いで来たという。グレンは頭がぼーっとして、わけがわからず、ニールの電話番号しか思い出せなかった。ニールが来るなり、ニールに警察へ電話をかけてもらった。

グレンとニールは、妻のベティ（三十二歳）と娘のダニエル（五歳）が二階にいると警官にいった。ニールが調べに行こうとするたびに、グレンが意識を失いかけて、呻《うめ》き声をあげるので、まだ上を調べていなかった。グレンはニールに、侵入者がまだいるかもしれないといったという。

ふたりの警官は家のなかを調べた。侵入者はいなかったが、主寝室でベティが死んでいるのを見つけた。ベッドのそばの床に脇腹を下にして横たわり、頭はベッドのすそのほうに向いていた。首についた傷、口のまわりに乾いた泡、そして殴られた顔の青く変色した皮膚からみて、手で絞め殺されたようだった。

隣りの寝室ではダニエルが眠っており、無事だった。目を覚ましたとき、押し入る物音とか争う音、あるいは騒ぎなどは何も聞こえなかった、と彼女は警官に話した。

警官は階下へもどり、二階のようすを話さずに、ウォルシーファー医師に何があったかたずねた。彼はこう語った。外が明るくなりはじめたころ、物音がして、目が覚めた。何者かが家のなかへ押し入ろうとする音のようだった。彼はナイト・テーブルから拳銃を取り、ベティを起こさず、調べに行った。

寝室のドアに近づいたとき、階段の上に大きな男の姿が見えた。男は彼に気づかないようだった。彼は男を追って階段を下りたが、見失い、一階を捜しはじめた。

不意に、うしろから襲われ、コードか紐が首に巻きついた。が、絞まらないうちに銃を放して、手を差し込むことができた。そして相手の股間を蹴りあげると、締めつけがゆるんだ。しかし、相手のほうへ向かないうちに、うしろから頭を殴られ、意識を失った。しばらくして意識がもどり、弟を呼んだ。

警官や、現場に呼ばれた救急隊員の目には、ウォルシーファー医師の外傷はたいしたことはなかった――後頭部に打撲傷、項《うなじ》にピンクの変色、左の脇腹に小さな引っ掻き傷ができていたにすぎない。しかし、もしものことがあるかもしれないので、彼らは歯科医を救命救急室へ運んだ。そこの医師もたいしたことはないと思ったが、失神していたという歯科医の話は認めた。

最初から、警察はウォルシーファーの話を疑っていた。明るいときに侵入者が二階から入ったというのがおかしい。外側へまわると、奥の寝室の窓が開いたままで、そこへ古い梯子がかかっていた。侵入者はそこから入ったという。しかし、その梯子はぐらぐらして、並みの人の体重さえ支えられそうになかった。梯子の横木の向きが反対になっていた。軟らかい地面には梯子に重量がかかったことを示す窪《くぼ》みができていないし、梯子がもたれかかるアルミの樋《とい》にも重みがくわわった形跡がない。

家のなかにもつじつまの合わないことがあった。金目の物はなにひとつ取られていないようで、寝室には当然あるはずの宝石類さえ残っていた。侵入者が殺すつもりで入ったのなら、階下に失神した男と銃を残して二階へもどり、男の妻に性的暴行をくわえることなく殺したのはなぜか？

とくにおかしな点が二つあった。歯科医が窒息しそうになるまで絞められたのなら、首の前の部分になぜ痕がないのか？　そして、いちばん不可解なのは、歯科医も弟もベティとダニエルのようすを調べに二階へ行っていないことである。

さらに厄介なことに、時がたつにつれてウォルシーファー医師の申し立てが変わった。侵入者についての説明はしだいに明確になっていった。男は黒っぽいスウェットシャツを着て、ストッキングをかぶり、口ひげをはやしていた、といいだした。彼自身のいうことがいくつかの点で矛盾した。彼は金曜日の夜遅くまで出かけていたが、眠る前に妻と話をした、と家族には語った。ところが警察には、妻を起こさなかったと語っている。最初、机の引出しから千三百ドルほどなくなったと警察に報告したが、あとで警察は同額の預入伝票を見つけ、彼の損失はないことがわかった。また、通報を受けて警察が到着したとき、彼は意識がもうろうとしているようだったのに、警察が検屍官を呼ぶのが聞こえたとあとで話している。

捜査がつづくにつれて、グレン・ウォルシーファーの説明には新しい内容がくわわり、話が込み入ってきた。結局、侵入者はふたりに増えた。もとの歯科助手と浮気していたことは認めたが、一年前に別れたと警察に話した。ところがあとで、妻が殺される数日前にその女性と会った——セックスした——ことを認めた。さらに、同時にある人妻との関係をつづけていたのに、警察にはいわなかった。

ベティ・ウォルシーファーの友人たちによると、ベティは夫を愛し、仲良くやろうと努めてきたが、夫の行動には、とりわけ金曜日の夜きまって外出することには、我慢ならなくなった。そして殺される数日前、夫がつぎの金曜日にも遅くまで帰ってこないのなら、断固とした態度でのぞむ、とある友だちに話していた。

自宅と病院で取り調べを受けた後、グレン・ウォルシーファーは弁護士の助言に従い、警察に話すことを拒否した。そこで警察は、弟のニールに焦点をしぼった。事件の朝について のニールの話も、グレンの話と同じくらい奇妙だった。彼はポリグラフにかかることを拒否した。ポリグラフは不正確なことが多い、不利な結果が出るのは困る、というのだった。警察やベティの遺族による度重なる頼みと、マスコミの圧力に負けて、ニールは十月に裁判所で警察の取り調べを受けることを承知した。

午前十時十五分、取り調べに予定された時刻を十五分過ぎたとき、ニールの乗るホンダの小型車は大型トラックと正面衝突し、彼は死んだ。裁判所の前を通り過ぎて走っているときのことだった。検屍官が調べ、自殺と判断した。しかし、カーヴを曲がりそこねたのかもしれないという説もあとで出た。どちらが正しいか、永久にわからないだろう。

事件から一年以上たって、ウィルクスーバーー警察はグレン・ウォルシーファーが妻殺しの犯人であることを示す多数の状況証拠を集めたが、確実な証拠はなく、彼を起訴に持ち込むだけの根拠が得られなかった。犯罪現場からグレンの指紋や毛が見つかったが、そこは彼自身の寝室だから、決め手にはならない。彼を逮捕して有罪に持ち込むには、被害者をよく知っている人物が殺して犯罪現場を演出したのだ、という専門家の意見が必要だった。

一九八八年一月、ウィルクスーバー警察はわたしに分析を依頼してきた。わたしは資料を見て、比較的早く結論に達した。

夜が明けてしまった時刻、それも週末に、車が二台も駐車している家へ押し入るのは、ロー・リスクの被害者に対するきわめてハイ・リスクの犯罪である。泥棒の仕業だという可能性はほとんどない。

侵入者が二階の窓から入り、二階のあちこちの部屋を調べずにすぐさま階下へ行く。われわれが何年もかけて研究し、また諸外国での事件捜査の相談にのってきたすべての事例に照らしてみて、こんなことはありえない。

侵入者が武器を携行した証拠はなく、したがって殺すつもりで入った可能性はきわめて低い。ウォルシーファー夫人は性的暴行を受けていなかった。したがって、レイプするつもりで侵入したのに予定が狂ったという可能性も、同じように低い。そして、何かを盗もうとしたことを示す証拠もない。こうみてくると、犯人の動機が絞られてくる。

殺し方——手による絞殺——は知り合いによる犯罪であることを示す。見知らぬ人が選ぶ方法ではない。とりわけ、充分に計画してから侵入した者は、こんな方法を選ばない。

警察の立件への努力がつづくうちに、グレン・ウォルシーファーはヴァージニア州フォールズ・チャーチへ引越し、そこで歯科医院を開業した。一九八九年の後半になって、ようやく逮捕状が用意された。そして十一月三日、事件から三十八カ月たって、州、郡、そして地元の各警察からなるチームがヴァージニアへ行って、ウォルシーファーを逮捕した。「あっという間のことだった。すべてはおぼろだよ」というのが、逮捕に来た警官への彼の言葉だった。

捜査員は、つじつまの合わない点につねに目を光らせていなければならない。一九八九年にボストンでキャロル・スチュアートが殺され、夫のチャールズが重傷を負った事件を例にあげよう。この事件は有名になり、人種対立を激化させそうになった。

ある晩この夫婦は、自然分娩を教えるクラスから車でロクスベリーを通って帰る途中、赤信号で停止したとき、大きな黒人に襲われた。男はまずキャロル（三十歳）を撃ってから、チャールズ（二十九歳）を撃った。チャールズは腹部に重傷を負い、十六時間におよぶ手術を受けた。キャロルを救おうとする医師団の懸命の努力にもかかわらず、彼女は死んだ。赤ん坊は帝王切開によって取り出されたが、数週間後にこの男の子も死んだ。キャロルの葬儀が盛大にとりおこなわれたとき、チャールズはまだ入院中だった。

ボストンの警察はただちに捜査を開始し、チャールズが述べた人相にあてはまる黒人を片っぱしから取り調べた。とうとう、容疑者がひとりに絞られた。

しかし、それからまもなく、真相が明らかになりだした。チャールズの弟マシューが、強盗にやられたという話に疑問をもった。彼はチャールズが鞄を捨てるのを手伝ったが、そのなかには奪われたという物品が入っていたのだった。地方検事がチャールズを妻殺しの犯人として告発すると発表したつぎの日、チャールズはある橋から飛び下りて自殺した。

彼のように自分の腹を撃つほどの演出をする者はめったにいない。しかし、より脅威の少ない者――たいていの場合は女性――を犯人が最初に襲ったという話には、それなりの理由がなければならない。強盗はつねにいちばん手強《ごわ》い敵を最初に無力化しようとする。「サムの息子」ディヴィッド・バーコウィッツは最初に女性を撃ったが、それは彼の目標が女性だったからである。そばにいた男性は、悪いとき悪い場所にいたのだった。

われわれ法の執行に従事する者は被害者や生存者に同情をおぼえがちであり、演出された犯罪の捜査にはこの点が障害となる。打ちひしがれた者を、われわれは信用したくなる。彼に演技力が少しあり、犯罪におかしな点がなさそうなら、それ以上は詮索しない傾向がある。しかし、われわれが客観性を失えば、いい結果は得られない。

こんなことができるのはどんな人間だろう?

この疑問に対する答えは、ときには苦痛をともなうかもしれないが、真相の究明こそわれわれの務めなのだ。

16 神はおまえの命もご所望だ

活発で美しいハイスクール最上級生のシャリ・フェイ・スミスは、サウス・カロライナ州コロンビアに近い自宅の前の郵便受けで車を停めたとき、拉致された。彼女は近くのショッピング・センターでボーイフレンドのリチャードに会ってから、帰ってきたところだった。一九八五年五月三十一日、暖かい晴れた日の午後三時三十八分のことである。シャリは、二日後にレキシントン・ハイスクールの卒業式で国歌を歌う予定だった。

わずか数分後、父親のロバート・スミスは長い車道の入口に停まっているシャリの車に気がついた。ドアは開き、エンジンはかかったまま。シートに彼女のバッグがあった。父親は気が動転し、すぐさまレキシントン郡保安官事務所へ知らせた。

家庭を重視するこの平和なコロンビアで、こんなことは起こるはずがなかった。社交的な美しいブロンドの娘が自分の家の前で消えてしまうとは。どんな人間がこんなことをしでかしたのだろう？　保安官のジム・メッツにはわからなかった。しかし、危機に直面していることは感じとっていた。彼が最初に打った手は、サウス・カロライナ史上最大の捜索隊を組織することだった。州や近隣の郡から法執行官が支援に来たうえ、千人以上の民間人がボランティアとして協力した。ついでメッツ保安官は、シャリの父親ロバート・スミスを容疑者のリストからはずした。シャリのようなロー・リスクの人物が行方不明になったり、犯罪の被害者になったと思われる場合にはつねに、配偶者や親、そして身近な家族を考慮に入れなければならない。そういう手順を踏んだ結果である。

煩悶《はんもん》するスミス家は、何か連絡が来ないか、身代金の要求でもいい、何かいってきてほしい、と待った。そこへ電話がかかった。男が不自然に変えた声で、シャリをつかまえているといった。

「いたずらじゃないことを教えてやる。シャリはシャツとショートパンツの下に黒と黄の水着を着ていたぜ」

母親のヒルダは、シャリが糖尿病なので、栄養と水分、そして薬を規則的に摂る必要があることを、相手にしっかり伝えた。電話の主は身代金を要求せず、こういったにすぎない。

「きょうの午後、そっちへ手紙がとどく」。家族や保安官たちの懸念はいっそうつのった。

メッツとリュイス・マッカーティ保安官補は、ふたりともFBIナショナル・アカデミーの修了者で、FBIとの関係はきわめてよかった。メッツは躊躇せずにコロンビア地方支局長のロバート・アイヴィとクワンティコのわたしのオフィスへ連絡してきた。わたしは手があいていなかったが、ジム・ライトおよびロン・ウォーカーの両捜査官がすぐに対応した。

誘拐の状況、現場の写真、そして電話に関する報告を分析した結果、犯人が巧妙できわめて危険な男であり、シャリの命が風前の灯《ともしび》だと、ふたりの捜査官の意見は一致した。彼女はもう死んでいるかもしれず、犯人はまもなく衝動に駆られてまた同じ行動にでる恐れがある、と両捜査官は考えた。誘拐犯人は、ショッピング・センターでシャリがボーイフレンドのリチャードとキスするところを見て、あとで彼女の家まで尾行したのだろう。運悪くシャリは郵便受けのところで停まった。彼女が車を停めなければ、あるいは道路をほかの車が走っていれば、誘拐事件は起きなかっただろう。保安官事務所は、スミス家の電話に録音装置をつけた。

やがて、きわめて痛ましい証拠がとどいた。わたしは長年、法の執行にあたり、ありとあらゆる恐ろしい、信じられないようなものを見てきたが、これほど胸を締めつけられたことはなかった。それはシャリから家族にあてた二枚の手書きの手紙だった。左の下には大文字でこう書かれていた。「神は愛なり」

その手紙を読むのはいまでも辛いが、この若い女性の性格と勇気を示す稀な文書なので、全文を紹介したい。

一九八五年六月一日　午前三時十分　みんなを愛しています

遺　言

わたしはあなたたちを、母さん、父さん、ロバート、ドーン、それにリチャード、そしてほかのみんな、ほかの友だちや親戚みんなを、愛しています。わたしはこれから天の父のもとへ行くでしょう。だから、どうか、どうか心配しないで！　わたしのユーモア好きの性格と、みんなでいっしょに楽しんだすばらしい時のことを思い出してね。どうかこのことがみんなの暮らしを壊さないように。イエスのためにその日その日を大切に生きてください。そうすれば善意が生じるでしょう。わたしの思いはいつもあなたたちとともに、そしてあなたたちのなかにあるわ！　みんなをとっても愛してる。父さん、ごめんなさい。わたし、前に悪態をついたりして！　イエスよ、お許しください。愛しいリチャード――いままでもほんとに、これからもずっとあなたを愛してる。そして、あたしたちの特別な時間を心に留めておくわ。でも、一つお願いがあるの。イエスをあなた自身の救い主として受け入れてちょうだい。家族は、わたしの人生に大きな影響をあたえてくれました。遊覧航海の代金のこと、ごめんなさい。いつかわたしの代わりに行ってね。

もしも何かのかたちであなたたちを失望させたことがあったら、ごめんなさい。わたしはただ、わたしのことを誇りに思ってほしかっただけなの。だって、わたしはいつも家族を誇りに思ってきたんだもの。母さん、父さん、ロバート、そしてドーン、前にいっておくべきだったのに、いまいいたいことがたくさんあるの。あなたたちを愛してるわ！

みんながわたしを愛してること、わたしをとっても惜しんでくれることは知っている。でも、いつもやってきたように、みんなが助け合えば――だいじょうぶよ！

どうか辛い思いや動揺をしないでね。主を愛する人びとには、すべてがいい結果になるものよ。

わたしの愛は絶えることなく――

みんなを愛してる

心から！

シャロン（シャリ）・スミス

追伸　お祖母《ばあ》ちゃん――あなたのこと、大好きよ。わたしはいつも、あなたのお気に入りだと思ってるわ。あなたはわたしのものだった！

みんなをとっても愛してる。

メッツ保安官はこの手紙をサウス・カロライナ法執行部の犯罪研究所へ送り、用紙と指紋を調べてもらった。クワンティコで手紙のコピーを読んで、当然われわれは誘拐が殺人に変わったことを確信した。しかし、絆の強いスミス家の人びとは希望を捨てなかった。この家族は信仰が厚く、シャリの手紙にもそれは反映されていた。そして六月三日の午後、手紙がとどいたかたずねる短い電話を、母親のヒルダが受けた。

「これでおれのいうことを信じるか？」

「ほんとに信じるわけにはいきません。だって、シャリの声が聞けないじゃありませんか。シャリが無事でいることがわからなくちゃ」

「二、三日のうちにわかるさ」と電話の主は不気味な口調でいった。

ところがその夕方、彼はまた電話をかけてきて、シャリは生きているといい、まもなく解放するとにおわせた。しかしわれわれからみれば、違うことを告げていた。

「べつのことを知らせておきたい。シャリはもうおれの一部だ。体も心も、気持も精神もな。おれたちの魂はもう一つになった」

母親がシャリが無事でいる証拠をほしがると、彼はいった。「シャリは保護されていて……いまはおれの一部で、神がおれたちすべてを見てくださる」

結局のところ、かけてきた電話はすべてその地域の公衆電話からだとわかったが、当時「逆探知」するには十五分ほど通話をつづけてもらう必要があったので、突き止めるのは無理な話だった。しかし録音はしたので、ダビングしたテープがわれわれのところへ急送されてきた。ジム・ライトとロン・ウォーカー、それにわたしはすべてのテープを聴いて、この極悪人と話すときのスミス夫人の強さと自制力に感銘を受けた。明らかにシャリはそれを受け継いでいたのだった。

さらに電話がくるものと予想されたので、家族はどう対応したらよいか、メッツ保安官はわれわれにきいてきた。ジム・ライトはこう話した。人質を取った犯人と警察が交渉するときのように対応するのがいい。つまり、相手の話を注意深く聴き、重要そうな言葉はすべてこちらが繰り返していって、相手のいいたいことを理解したとわからせる。なるべく相手に反応を起こさせ、彼自身と今後の予定のことをもっと漏らすように仕向ける。こうすれば、会話が長引いて逆探知できるかもしれないし、また、相手は理解者に聴いてもらえると思って、いっそう接触してくるかもしれない。

いうまでもなく、悲しみに打ちひしがれる家族にとって、こんなに自制を要する行為は重荷である。しかしスミス家の人びとは驚くべき能力を発揮して、われわれに重要な情報をもたらしてくれた。

翌晩、誘拐犯人は電話をかけてきた。今度はシャリの二十一歳の姉ドーンが話した。シャリが拉致されてから四日たっていた。男は拉致したときの詳細をドーンに伝え、郵便受けのところで彼女を見かけ、親切そうだったので車を停め、二枚ほど彼女の写真を撮ってから、銃で脅して車へ乗せた、と話した。それやこれやを話しているとき、彼は表面的な親しみを示すかと思えば、冷酷なまでに無味乾燥になり、ついで、すべてが「手に負えなくなった」

ことをなんとなく後悔するといったぐあいに、行きつもどりつした。

電話での話はつづいた。「そう、午前四時五十八分――いや、すまん。ちょっと待ってくれ。六月一日、土曜の午前三時十分に、えーと、あんたたちが受け取った手紙を彼女は書いた。六月一日、土曜日の四時五十八分には、おれたちは一つの魂になった」

「一つの魂になったのね」とドーンは繰り返した。

「それはどういうこと？」と母親のヒルダがうしろからきいた。

「いまは何もきくな」と男はきっぱりいった。

彼は「祝福は近い」、シャリは翌晩にはそちらへもどると請け合った。救急車を待機させろとまでドーンに指示した。それにもかかわらず、われわれには真相がわかった。

「おれたちとどこで会うか、指示をとどけるぜ」

クワンティコのわれわれにとって、録音された会話のもっとも重要な部分は、彼が時刻を四時五十八分といってから三時十分といいなおしたことだった。これは翌日の正午に母親が受けた電話の結果、裏づけられた。

「よーく聴け。ハイウェイ三七八を西の環状交差路のほうへ行け。プロスペリティから出て、二・五キロ進み、ムース・ロッジ・ナンバー一〇三という看板のあるところを左へ曲がれ。そして四百メートル進んでから、縁が白いビルのところで左折し、裏庭へ入ると、二メートル先におれたちが待っている。神がおれたちを選んだ」。それから彼は電話を切った。

メッツ保安官がこの指示を録音で聞きながら進んでいくと、シャリ・スミスの死体に行きあたった。隣接するサルーダ郡に三十キロほど入ったところだった。最後に目撃されたシャッとショートパンツを身につけていたが、腐敗がひどく、死後数日たっていることがわかった——われわれは六月一日午前四時五十八分に殺されたものと確信していた。死体の状態が悪く、どんな方法で殺されたか、また、性的暴行を受けたのか、不明だった。

しかしジム・ライトとロン・ウォーカー、そしてわたしは、死体から法医学的証拠が消えてしまうまで犯人が時間を稼いだのちに、家族に返したのだと確信した。これは計画的な、秩序型の犯罪であることを示している。そうなると、犯人は頭脳的で、少し年長の人物だろう。彼は死体を捨てた場所へ何らかの性的満足を求めてときどきもどってきたが、死体の腐敗がすすみ、「関係」がもう不可能になったとき、ようやくそこへもどるのをやめたのだ。

田舎の、人家のある場所で、午後半ばに拉致するには、ある程度の巧妙さを必要とする。われわれは犯人の年齢を二十代後半から三十代前半と考えた。わたしは三十代半ばに近いと確信した。シャリの家族に対して残酷な心理的遊びを楽々とやるところからみて、彼はたぶん早く結婚したことがある——短期間で失敗しただろう、とわれわれの意見は一致した。現在は独りで暮らしているか、親といっしょに住んでいる。何らかの犯罪歴——女性に対する暴行とか、少なくともわいせつ電話——があると思われる。彼がいちばん殺したいと思っている人間がいるとすれば、子供か若い女性だろう。多くの連続殺人者とはちがって、この男は売春婦などは狙わない。

彼が電話で伝えた正確な指示と、時刻をいいなおしたことから、ほかの重要なことがうかがえた。指示は、慎重に考えたあげく、書かれていた。犯罪現場へ数回もどり、距離を正確に測った。そして家族に話すときには、原稿を読みあげたのだ！　メッセージを正確に伝え、できるだけ早く電話を切らねばならない、と彼にはわかっていた。通話中にさえぎられ、どこまでしゃべったかわからなくなって、いいなおしたことが何度かある。この男はきちょうめんで、小さなことにこだわり、異常にきれい好きだろう。車はきれいにし、整備もゆきとどいている。買ってから三年か、それ以下のはずだ。この男の内部では、馬鹿な世間に対する憤懣《ふんまん》と、適応性がないという思い、深くひそむ不安がたえず衝突している。

犯人の行動範囲からみて、地元の人間、たぶん生まれてから大部分をこの土地で過ごした男と思われた。犯行には邪魔の入らない、人里離れた場所にしばらくいる必要があった。土地の人間でなければ、そういう場所は知らない。

ＦＢＩエンジニアリング部のシグナル分析課からの知らせによって、電話の声のゆがみは可変速度制御装置というものを使ったせいだとわかった。犯人はエレクトロニクスにかかわりのある経歴の持主であって、住宅の建設か改修関係の仕事についているかもしれない。

翌日、父親のロバート・スミスがシャリの埋葬について最終的な打ち合わせをしていると き、犯人はふたたび電話をかけてきた。今度はコレクト・コールで、姉のドーンと話したいと要求した。彼は、翌朝には自首するつもりだ、郵便受けのそばで撮ったシャリの写真は家族へ送る、とドーンに告げた。哀れっぽく、家族の許しと祈りを求めた。また、自首する代わりに自殺を考えていることもにおわせ、こういった。「あのときは、手に負えなくなった。

おれはただドーンを愛してやりたかっただけなんだ。おれは彼女をずっと見守っていて――」

「誰をですって?」とドーンはさえぎった。

「その――すまん。シャリをだ」と彼は訂正した。「彼女を二週間ほど見守っていて、えー
と、手に負えなくなったんだ」

彼は姉妹を数回混同したが、これがその最初だった。無理もない。ふたりはそっくりだっ
た。そのときわたしは気がついた――冷血で計算ずくだと思えるかもしれないが――犯人を
つかまえるためにドーンを餌として利用できる。

同じ日に、彼は地元のテレビ局のニュースキャスター、チャーリー・キーズに電話をかけ、
自首したいので仲介役をつとめてほしい、そうすれば独占インタヴューに応じる、ともちか
けた。キーズは賢明にも、相手に何の約束もしなかった。

わたしは電話でマッカーティ保安官補に伝えた。まず第一に、犯人は自首する気などない。
自殺するつもりもない。彼はドーンに自分は「家族の友だち」だといったが、それはシャリ
と親しく、彼女に愛されているという空想の一部にすぎない。彼はまた殺すだろう。望みど
おりの女性が見つかれば、シャリに似た女性を、見つからなければ、なりゆきでつかまえら
れる被害者を。彼のやることすべての根底にはパワー、操作、威圧、そして支配への願望が
ある。

シャリの葬儀がとりおこなわれた日の夕方、犯人はまた電話をかけて、ドーンと話した。

そのさい、とくに倒錯的な行動に出て、これはシャリからドーンへのコレクト・コールですと交換手にいわせている。ふたたび彼は、自首するつもりだと話してから、シャリの死について戦慄的なまでに平凡な表現でこう語った。

「それで、朝の二時から――彼女は時刻を知ってたが――四時五十八分に死ぬまで、おれたちはいろんなことを話した。それから、彼女が時刻を選んだ。出発する用意ができた、神が彼女を天使として受け入れる用意ができた、といったんだ」

彼はシャリとのセックスについて話して聞かせ、それから、死に方をシャリに選ばせたことを教えた。銃か致死量の麻薬か、それとも窒息か――シャリは最後の方法を選んだ。それで彼は、シャリの鼻と口にダクトテープを貼って、窒息させた。

「なぜあの子を殺さなくちゃならなかったの？」ドーンは涙ながらにきいた。

「手に負えなくなったんだ。おれは怖かった。だって、えーと、神のみぞ知るだよ、ドーン。なぜなのか、おれにはわからない。神は許してくれるさ。なんとか、ちゃんとしておかないと、おれは地獄へ送られて、一生そこで過ごすことになるだろう。だが、おれは刑務所にも、電気椅子にも世話になるつもりはないね」

ドーンも母親も、自殺なんかしないで、身を神の御手に委ねるように懇願した。われわれは、彼がその両方ともやる気がないと確信していた。

シャリ・スミスが誘拐されてから二週間後、リッチランド郡に住むデブラ・メイ・ヘルミックが、両親のトレーラーハウスの前の庭にいるところを拉致された。そのとき父親は家のなかにいた。六メートルしか離れていなかった。隣人が目撃していた。何者かが車で近づき、降りて、デブラと話しているうちに、突然、彼女をつかまえて、車のなかへさっと引き込み、走り去ったという。シャリと同じに、デブラはきれいで、目はブルー、髪はブロンドだった。シャリとちがうのは、わずか九歳という点だった。

ふたりの年齢は異なるものの、タイミングや状況、そして手口は、同一犯人であることを示していた。これで犯人は連続殺人者だという公算が強まり、マッカーティ保安官補はすべての資料を持ってクワンティコへ飛んできた。ウォーカーとライトは資料を検討し、それまでの評価を変える必要がないことを知った。

声を変えていたにもかかわらず、犯人が白人であることはほぼ確実だった。二つの事件は、性的欲望にもとづく犯罪であり、精神的に不安定な、適応力のない成人男子の仕業である。被害者はふたりとも白人であり、この種の犯罪が異人種間で生じることはめったにない。犯人は、外見上は内気で礼儀正しい。自分についてのイメージは悪く、たぶん大柄で太りすぎ、女性から見て魅力がないだろう。われわれはマッカーティにつぎのように話した。いまや犯人は、いっそう衝動的な行動に走るようになっているだろう。親しい人びとは、彼の体重が減ったことに気づいている。彼は深酒をし、規則的にはひげを剃っていないかもしれない。事件についてしきりに話したはずだ。こういう小心者はテレビの報道を熱心に観て、新聞の切り抜きを作ってあるだろう。ポルノも集めていて、縛られた女性の写真やサド・マゾ的なものがとりわけ多い。いまごろは、自分が有名になったことが嬉しく、被害者や地域社会に対する自分の力や、悲しむスミス家の人びとを意のままに操れるという能力を楽しんでいるにちがいない。わたしが恐れたとおり、彼は自分の空想と欲望に合致する相手が見つからないと、いちばん弱い犠牲者をなりゆきでさらった。しかし、シャリとちがってデブラ・ヘルミックにはあまり満足できず、したがって家族には接触してこないだろう。

マッカーティはコロンビアへ帰ると、メッツ保安官にこういった。「どんな男かわかっています。あとは名前さえ突き止めればいいんです」

われわれへの信頼はありがたかったが、物事はそう簡単にはいかない。州の法執行機関やFBIのコロンビア地方支局はその地域をしらみつぶしに捜索したが、デブラの痕跡は発見できず、犯人からの連絡もなかった。クワンティコのわれわれは、ひたすら待った。家族のことを思うと、耐えられなかった。地方支局長と保安官から要請がきて、わたしはコロンビアへ飛んだ。ロン・ウォーカーも同行した。

空港にはマッカーティが迎えにきていた。われわれはさっそく犯罪現場を見てまわった。暑くて、湿度が高かった。あちこち調べた結果、犯人はその土地を熟知しているというわたしの確信がいっそう強まった。

われわれは保安官事務所で主要な関係者と会った。

「彼はスミス家へ電話をかけてこなくなったよ」とメッツ保安官は嘆いた。

「またかけさせてみせるよ」とわたしはいった。

わたしは、協力してくれそうな地元新聞の記者がいないだろうかとたずねた。その記者に何をどう書けと命令するつもりはない、われわれがやろうとしていることに共感してくれる人物であればいいのだ。

メッツはコロンビア・ステート紙のマーガレット・オシェイ記者の名をあげた。彼女は事務所に来てくれた。ロンとわたしは犯罪者のパーソナリティについて説明し、この犯人がどう反応するか、われわれの予想を話した。

犯人は新聞を、とくにドーンに関する記事を、注意深く読んでいるだろう。われわれの研究からわかったが、こういうタイプの男は犯罪現場や被害者の墓をしばしば訪れる。適切な記事が載れば、彼を白日の下へ誘い出し、罠にかけることができるかもしれない。少なくともまた電話をかけさせることはできると思う。

オシェイ記者は、われわれの望む記事を書こうと同意してくれた。ついでわたしはマッカーティに連れられてスミス家を訪れ、やってもらいたいことを説明した。要するに、それはドーンを罠の餌に利用するというものだった。そう聞くと、父親はひどく神経質になり、残る娘を危険にさらしたがらなかった。わたしも気はすすまないが、これが最良の策だと思ったので、犯人はドーンを狙わないだろうと話して、説得した。通話の録音を聞いてみて、ドーンには充分な才知と勇気があり、こちらの望みどおりにやってくれるだろうと、わたしは思っていた。

ドーンはわたしをシャリの部屋へ案内してくれた。そこはシャリが最後にいたときのままにしてあった。子供を突然、悲劇的に失った家族にはこういうことが珍しくない。シャリの部屋で最初にわたしの目にとまったのは、コアラの縫いぐるみのコレクションだった。形、大きさ、色、さまざまな縫いぐるみがそろっていた。シャリはこのコレクションを大切にしていた、友だちはみんな知っている、とドーンは話してくれた。

その部屋でわたしは長い時間を過ごした。シャリ殺しの犯人はぜったいに逮捕できる。われわれが正しい選択さえすればいい。わたしは小さなコアラの縫いぐるみを取った。家族にはこう説明した。数日後に——新聞記事が間に合うように時間をとって——レキシントン霊園のシャリの墓前で追悼会を催し、そのときドーンがこの縫いぐるみを花束に付けます。犯人を追悼会に引き寄せる可能性はかなり高いし、追悼会のあと彼がコアラを取りにくる可能性はもっと高いと思います。

マーガレット・オシェイはわれわれに必要な紙面を作ったうえ、追悼会に新聞社のカメラマンをよこすように手配してくれた。まだ墓石ができていないので、われわれは白木の小さいテーブルを用意して、前面にシャリの写真を飾った。家族は順番に墓の前に立ち、シャリとデブラのために祈った。それからドーンがシャリの縫いぐるみを花束に付けた。追悼会は非常に感動的だった。その間、メッツ保安官の部下たちは、通り過ぎる車のナンバーをすべてひそかに控えていた。一つわたしが気になったのは、墓地が道路のすぐそばにあることだった。これでは犯人は近くへ来られないだろう。

翌日、新聞には追悼会の写真が載った。その晩、シャリを殺した男はコアラを取りに墓地へ来なかった。墓地が道路に近いせいだったろう。しかし、ふたたび電話をかけてきた。真夜中すぎ、ドーンはまた「シャリ・フェイ・スミスから」のコレクト・コールに応答した。

男はぞっとするようなことをいった。

「よーし、わかってるな。神はおまえがシャリ・フェイに加わることをお望みだ。あとは時間の問題だぜ。今月か来月か、今年か来年か。おまえはいつまでも護られているわけじゃない」。それから彼は、デブラ・メイ・ヘルミックのことを聞いているかとたずねた。

「えっ、いいえ」

「十歳の子だよ。H―E―L―M―I―C―K」

「ああ、リッチランド郡の？」

「うん」

「そうだったの」

「よーし。よく聴くんだ。一号線を北へ……いや、一号線を西へ進み、ピーチ・フェスティヴァル・ロードかビルズ・グリルで左折する。ギルバートを抜けて五キロ半進んでから、右へ曲がり、最後の泥道を行くと、ツー・ノッチ・ロードで停止の看板がある。そこの鎖と侵入禁止の看板を通過し、四十五メートルほど進んで左折し、十メートル進む。デブラ・メイが待ってるぜ。神はわれわれみんなを許してくれる」

彼はしだいに大胆かつ生意気になって、もう声を変える装置を使っていなかった。ドーンは自分の命が明らかに脅かされているにもかかわらず、できるだけ長く相手に話させようと全力を尽くし、みごとに冷静を保ちながら、彼が送ると約束した妹の写真がまだとどいていないといって、催促した。

「どうせFBIが持ってるにちがいないんだ」と彼はいいわけした。

「そんなことないわ」とドーンは反論した。「だって、FBIが何かを手に入れるのなら、あたしたちにも入るはずよ。写真を送ってくれるの？」

「ああ、そうするよ」

こんなやりとりがつづいたが、ドーンを危険にさらす責任は、わたしに重くのしかかっていた。

そのあいだにも、コロンビアの犯罪研究所はたった一つのたしかな証拠――シャリの遺言――をあらゆる角度から調べていた。遺言はリーガル・パッドに書いてあり、ひとりの分析員があることを思いついた。

重なった紙に文字を書くと、何枚か下の紙にもごくわずかに文字の跡が付く。それを検出するエスタ・マシンと呼ばれる装置を利用して、その分析員は一連の番号を発見し、結局、十個の数字のうち九個まで突き止めた。それは二〇五－八三七－一三□八だった。

アラバマ州の番号は二〇五。そして八三七はハンツヴィルの局番である。研究所は電話会社の協力を得て、空白の部分を埋めそうな番号をすべて調べた。その一つに、スミス家とは二十四キロほど離れたある家から幾度も電話を受けているものがあった。それも、シャリが誘拐される数週間前の電話である。その家の持主はエリス・シェパードとシャロン・シェパードという中年の夫婦だった。

この情報を得て、マッカーティ保安官補は数名の部下を連れ、シェパード家へ急行した。しかし、夫のエリスが電気工だという点を除けば、われわれのプロファイルに合致するものはなかった。シェパード夫妻は長年しあわせに暮らしていて、経歴にも犯人らしい点がまったくない。夫妻はハンツヴィルへ電話をかけたことは認めたが、息子が陸軍の兵士としてそこに駐屯しているからだった。そして、恐ろしい二つの事件が起きたときには、町にはいなかったという。

しかしマッカーティはわれわれと長い時間を過ごし、プロファイルが正確だと信じていたので、夫妻に犯人の人物像を説明したうえで、それに合致する者を知らないかとたずねた。シェパード夫妻は、すぐに思いあたったようすで顔を見合わせた。ラリー・ジーン・ベルだ、と彼らの意見は一致した。

マッカーティの慎重な質問に答えて、彼らはベルのことを話した。ベルは三十代のはじめで、離婚歴がある。内気で大柄。エリス・シェパードの下で、住居の配線の仕事などをやってきた。夫妻が留守にしたとき、彼は六週間この家に住んでくれた。いまは両親の家へもどっている。エリスの妻シャロンは、リーガル・パッドに息子の電話番号を書いて、ジーンに渡したことを憶えていた。留守中に何かあったら、ベルから息子に連絡してもらうためだった。夫妻は思いあたった。ベルが空港へ彼らを迎えにきたとき、スミス家の娘のことばかり話したがった。それに、外見が一変していたことにも夫妻は驚いた。体重が減り、ひげは剃らず、ひどく気分が昂《たかぶ》っているようすだった。

マッカーティはエリスに、銃を置いてあるかたずねた。用心のため三八口径の拳銃につね に弾丸を込めてある、とエリスは答えた。マッカーティが見たいというと、エリスは拳銃の置き場所へ案内した。しかし、なくなっていた。家のなかを捜すと、見つかった。ベルが寝ていたベッドのマットレスの下にあった。発射され、最近故障したことがはっきりしていた。そのうえマットレスの下には、ブロンドの美人が縛られて責め苦にあっている写真などの載った雑誌も隠されていた。マッカーティが電話の録音テープを聞かせると、エリスはそれがラリー・ジーン・ベルの声に「間違いない」と断言した。

午前二時頃、ロン・ウォーカーがわたしの部屋のドアをノックした。彼はマッカーティから連絡を受けたばかりで、マッカーティがすぐにオフィスへ来てほしいといっているという。われわれは、証拠とプロファイルを照らし合わせてみた。じつにみごとに合っていた。保安官たちが墓地の前で撮った写真には、ベルの車が写っていた。

メッツ保安官は、ベルが朝、仕事に出かけるところを逮捕する計画を立て、どんなふうに尋問すればいいか、わたしに助言を求めた。オフィスのうしろには、トレーラーハウスがあって、補助的なオフィスとして使われていた。わたしの提案で、そこが取り調べ室に変わった。犯罪現場の写真や地図が壁に貼られ、机には関係資料が山と積まれた。

自供させることは難しいだろう、とわれわれは警告した。サウス・カロライナ州には死刑がある。死刑にならないとしても、子供を性的に虐待して殺した男は長い刑務所生活を送らねばならず、辛いめに遭わされるのだ。いちばんよい方法は容疑者の顔を立てるやり方だろう――被害者が悪いといった調子でやることだ、とわたしは思った。逃げ場のない容疑者はしばしばこれに飛びつくものである。

その朝、保安官の部下がラリー・ジーン・ベルを逮捕した。その日彼を保安官たちが取り調べるあいだ、ロンとわたしはメッツ保安官のオフィスでメモを受け取っては、つぎの手を指示していた。一方、ベル家の家宅捜索もおこなわれた。われわれの予測どおりに、ラリー・ジーン・ベルは靴をきちんと並べ、机をきれいに整理し、購入して三年目になる車のトランクのなかさえ整然としていた。やはり予想どおりに、ボンデージやSMポルノも見つかった。彼のベッドから採取した毛はシャリのものと一致した。デブラ・ヘルミック拉致の現場を目撃した人物は、ベルの写真から彼が犯人だと語った。

経歴もわかってきた。彼は子供のときからさまざまな性的事件を起こしていた。そして二十六歳のとき、十九歳の人妻をナイフで脅して彼の車に乗せようとした。服役を免れるため精神科医の治療を受けることに同意したが、二回受けただけでやめた。五ヵ月後には、女子学生に銃を突きつけて彼の車へ連れ込もうとした。そのため五年の刑を宣告され、一年九ヵ月後に仮釈放になった。仮釈放中に、十歳の少女にわいせつ電話を八十回以上もかけた。これで有罪になったが、またもや仮釈放になっている。

トレーラーで取り調べを受けるラリー・ジーン・ベルは、口を割らなかった。二つの殺人には関係ない、と否定した。録音テープを聞かせても、反応しなかった。

午後遅く、保安官のオフィスに待機するロンとわたしのところへ、メッツ保安官とドン・

メイヤーズ地方検事がベルを連れてきた。ロンとわたしはびっくりした。メイヤーズ地方検事はベルにいった。

「この人たちを知ってるかね？　FBIの人たちだ。プロファイルを作成してくれたが、きみとすっかり合致する。この人たちがきみとちょっと話したいそうだ」。彼らはベルを壁際のソファへ坐らせて、出ていき、室内には彼とわたしたちだけになった。

わたしはベルの真正面、コーヒー・テーブルの縁に腰掛け、ロンはわたしのうしろに立っていた。まずわれわれの連続殺人者研究のことを話して、こちらがそうした犯罪の動機などをすっかり理解していることをわからせたうえで、わたしはこんなふうに話した。

「刑務所へ行ってあの連中に面接してみてわかったが、その人間のバックグラウンドに関する真実はほとんど現われないものだ。だいたいのところ、こういう犯罪が起きるときには、本人にとっては悪夢のように思われる。みんな、いろいろと辛いめに遭ってきてるんだよな――金の問題、夫婦間の問題、あるいはガールフレンドとの問題」。わたしがいうにつれて、彼はそのすべての問題をかかえていたかのようにうなずきだした。

そこでわたしはいった。「問題はだな、ラリー、きみが法廷に出たとき、弁護士はきみを証言台に立たせないということだ。つまりきみは、自分のことを説明する機会をあたえてもらえないんだよ。みんなには、きみの悪い面しかわからない。いいところは一つもない男、冷血な殺人者というわけだ。いまもいったように、人びとがこんなことをするときには、悪夢のように思えることが多い。翌朝、目が覚めたときには、ほんとにそんな罪を犯したとは信じられないんだな」

ベルはうなずきつづけた。やがてわたしは彼のほうへ身を乗り出して、きいた。「悪いことをしたと思いはじめたのはいつなんだ、ラリー？」

すると彼は答えた。「写真を見て、家族が墓地で祈ったという記事を新聞で読んだときだよ」

ついでわたしはいった。「ラリー、きみはいまこうやって坐っているが、あんなことをやったのかい？　あんなことができたんだろうか？」。こういう場合、われわれは「殺す、犯罪、殺害」などの言葉は使わない。

彼は目に涙を浮かべてわたしを見上げ、こう答えた。「ここに坐ってるラリー・ジーン・ベルにそんなことはできっこないが、悪いラリー・ジーン・ベルならできる。おれにはそういうことしかわからないよ」

自供はここまでが限度だろう、とわたしにはわかった。しかしメイヤーズ地方検事にはもう一つやってみたいことがあり、わたしも同意した。ラリーとシャリの家族とを対決させれば、即時的な反応を示すかもしれなかった。

シャリの母親ヒルダと姉のドーンが同意したので、わたしは彼女たちが何をいい、どう振舞ってほしいか教えた。ヒルダとドーンが入ってきても、ラリーは頭を垂れたままだった。

ドーンは彼をまっすぐ見ていった。「あなたよ！　あなただとわかる。あなたの声もわかるわ」

彼は否定も、肯定もしなかった。ただ、ここにいるラリー・ジーン・ベルはあんなことなどできっこない、という馬鹿げた話を繰り返すだけだった。母親が質問攻めにしても、反応しなかった。

翌年の一月の後半、ラリー・ジーン・ベルはシャリ・フェイ・スミス殺しの罪で裁かれた。ほぼ一カ月後、陪審員はわずか四十七分間の話し合いの後、誘拐と第一級謀殺に関して有罪の評決をした。それから四日後、彼には死刑の判決が下った。デブラ・メイ・ヘルミック殺しについては、べつに裁判がおこなわれ、陪審員は同じように短時間で有罪と判断した。

本書を執筆しているいま、ラリー・ジーン・ベルはサウス・カロライナ中央刑務所で死刑を待っている。彼は獄房をひどく清潔に使っているという。警察は、彼がノース・カロライナとサウス・カロライナの両州でほかに幾人もの少女か若い女性を殺したはずだと信じている。それはともかく、わたしの研究と経験からみて、こういうタイプの犯罪者の更生は不可能である。もしも彼が出獄すれば、ふたたび殺すだろう。

17 誰だって被害者になりかねない

一九八九年六月一日、フロリダのタンパ湾で、ある漁民が三人の浮流死体を見つけた。彼は沿岸警備隊とセント・ピーターズバーグの警察に知らせ、腐乱した死体を警察が水から引き揚げた。三人とも女性だった。手足を黄色いビニール紐とふつうのロープとで縛られていた。三人の首には錘《おもり》として二十キロのブロックが結びつけてあった。ブロックの穴の数は二つで、穴が三つあるふつうのタイプとはちがっていた。銀色のダクトテープが口を塞ぎ、目にも貼った痕跡が認められた。三人ともTシャツを着て、その下には水着のトップをつけていた。ボトムはつけていないところから、犯罪の性的性質がうかがえた。しかし死体が水につかっていたため、性的暴行があったという確証を法医学的に証明することは不可能だった。海岸近くで見つかった車から、三人はジョーン・ロジャーズ（三十八歳）と彼女のふたりの娘、十七歳のミシェルと十五歳のクリスティと判明した。彼女たちはオハイオ州に住み、これがはじめての本格的なヴァケーションだった。ここへ来る前にディズニーワールドへ寄り、ここではセント・ピーターズバーグのホテル、デイズ・インに滞在中で、そのあとはオハイオへ帰ることにしていた。ミスター・ロジャーズは農場の仕事が忙しく、妻と娘に同行できなかった。

胃のなかの残留物を調べ、デイズ・インのレストランの従業員たちの話を聞いた結果、死亡時刻は四十八時間前と思われた。唯一の有形の証拠は車のなかにあった紙片で、そこにはデイズ・インから車が見つかった場所へ行く道順が書かれていた。裏には、セント・ピーターズバーグの繁華街デール・マブリからホテルへの地図と指示が書いてあった。

事件はすぐに大きく報道され、セント・ピーターズバーグとタンパの警察、そしてヒルズボロー郡保安官事務所も捜査にのりだした。人びとの恐怖は大きかった。オハイオから来た罪のない三人の観光客がこんなふうに殺されるのなら、誰だって被害者になりかねないのだ。

警察は、紙片の筆跡を手掛かりにホテルの従業員やデール・マブリの商店の店員などをあたったが、収穫はなかった。ヒルズボローの保安官は「これは連続殺人事件かもしれない」と、FBIタンパ地方支局へ連絡した。

当時タンパ地方支局にはジェイナ・モンロー捜査官がいて、われわれとの調整役もつとめていた。セント・ピーターズバーグ警察の代表がクワンティコへ来て、ジェイナやラリー・アンクロムその他に事件の説明をした。彼らが作成したプロファイルによると、犯人は三十代半ばから四十代半ばの白人男性。ブルーカラーの、ホーム・メンテナンスのような仕事に従事し、学歴は低い。性的および肉体的攻撃の前歴があり、殺人事件を起こす直前に急激なストレッサーがはたらいた。

捜査官たちはこのプロファイルに自信をもっていたが、犯人逮捕にはつながらなかった。捜査がほとんど進展しないので、ジェイナは『未解決の謎』というテレビ番組に出演することにした。反響は大きかったが、やはり道は開けなかった。そこでジェイナは、企業の広告板を利用することを思いついた。紙片に殴り書きされた指示の筆跡に、見覚えのある人がいるかもしれない——この狙いがあたった。数人の実業家が広告板のスペースを提供してくれ、誰の筆跡か気づく人びとが現われた。二日後には、オバ・チャンドラーという白人の書いた字だと判明した。チャンドラーはプロファイルにぴったり合うばかりか、彼に誘われてボートに乗った女性がレイプされそうになり、抵抗すると、「口にダクトテープを貼り、ブロックを付けて海に沈めるぞ」と脅されたこともわかった。ほかにも余罪があった。

こうしてオバ・チャンドラーは逮捕され、死刑を宣告された。

一九八二年末、シカゴで不可解な突然死が起こりはじめた。まもなくシカゴ警察はこれらの死に共通性があることを突き止めた。いずれも青酸カリの混入した鎮痛解熱剤タイレノールを飲んでいた。カプセルが胃のなかで溶けると、たちまち死が訪れるのである。

わたしはシカゴ地方支局から依頼されて、捜査に協力することになった。製品へ毒物を混入させる事件を手がけたことはまだなかったが、囚人への面接調査その他を通していろいろ学んではいた。毒物混入事件の捜査が直面する第一の障害は、犯人が特定の市民に目標を絞っていないこと、そして犯行時に現場に犯人がいないことである。

　こういう殺人には愛とか嫉妬とか金銭欲など、明瞭な動機が見えない。犯人の狙いはメーカーにあるのか、その製品を売る店にあるのか、あるいは社会全体なのか、いろいろ考えられる。わたしは、この事件は無差別爆弾事件と似たタイプだろうと思った。犯人は怒りを特定のタイプの被害者に向けず、拡散的に発散させている。また、世間を騒がすことを目的にせず無差別に殺す犯人は、主として怒りが動機であることが多い。いろいろなデータをもとにわたしはこう推測した。犯人は深刻な抑鬱の期間を経験している。適応性がなく、希望もない。学校も仕事も、人間関係も失敗した。統計的にみて、たぶん暗殺者のタイプに入る。二十代後半から三十代はじめの白人男性。孤独な夜行型。被害者の家か墓地を訪れたことがあるだろう。陸軍か海軍にいたと思われる。精神科医の治療を受けたことがある。彼の車は、買ってから少なくとも五年はたつ。整備はよくないが、警察が使うフォードのようなパワーと強さを象徴するタイプだろう。事件が騒がれだすと、彼はバーやドラッグストアの客や警官など、話を聞いてくれる人たちに対して積極的にそのことを話題にするだろう。

　しかし、連続的に犯行を重ねる爆弾魔や放火魔と同様に、シカゴのような大都市では、こんなプロファイルに該当する者はたくさんいる。したがって、この場合は犯人を誘い出す方法を考案することに重点を置くべきだろう。

　重要なのは、被害者たちの人間像を新聞に書いてもらうことである。この種の犯罪では、犯人の心の中で被害者は非人間化されている。だから、犠牲になった十二歳の女の子がどんな人間だったか目のあたりにすれば、犯人に罪の意識が生じるかもしれない。

わたしは、犯人に特定の店を訪れさせる方法も考えた。たとえば、警察はある店の客を護る態勢を敷いているという情報をわざと漏らす。そうすれば犯人は、自分の行動がもたらした影響をじかに確かめたいという衝動に駆られるかもしれない。この方法を変形して、ある店の傲慢な責任者が警備態勢は万全だと自慢している、という記事を新聞に載せてもらうのも、効果があるかもしれない。また、心の温かい精神科医が犯人は社会の犠牲者だといって、犯人の肩をもつインタヴューを載せるのもよいだろう。犯人からその精神科医に電話をしてくる可能性がある。

さまざまな経緯があって、シカゴ・トリビューン紙のコラムニスト、ボブ・グリーンが警察やFBIと会って話を聞き、十二歳のメアリ・ケラーマンについて感動的な記事を書いたことがある。メアリは毒物混入事件のいちばん若い被害者であり、もう子供のできない夫婦の一粒種であった。記事が掲載されると、警察とFBIはメアリの家と墓地を監視する用意をした。罪の意識をいだいているか、あるいは結果をほくそ笑んでいるかわからないが、とにかく犯人が墓地を訪れるわけがない、と関係者のほとんどは思ったことだろう。しかしわたしは、一週間の余裕をあたえるように頼んだ。

張り込みは退屈で、辛いものである。最初の夜は何事もなく終わった。しかし二日目の夜、監視チームの人びとの耳に物音が聞こえた。彼らは墓に近づいた。プロファイルに合致する男がいて、話していた。

涙声で、すすり泣かんばかりだった。「悪かったよ」と彼はいった。「そんな気はなかったんだ。あれは事故なんだよ！」。彼は死んだ女の子に許しを乞うた。

すごい、ダグラスの予測どおりじゃないか、と彼らは思ったという。そして男にとびかかった。

　が、いけない！　男が口にした名前はメアリではなかった。

　男は震えあがった。警官がよく見ると、男が立っているのはメアリの隣りの墓ではないか！

　あとでわかったが、メアリ・ケラーマンの隣りには未解決の轢き逃げ事故の被害者が葬られていて、犯人が罪を告白しに来たのだった。

　それから四、五年後に、シカゴ警察はこの手法を利用して、墓地へ来た犯人を逮捕している。しかし、タイレノールに青酸カリを混入した犯人は、とうとうつかまらなかった。ひとり有力な容疑者が逮捕され、プロファイルに合致していた。彼はべつの恐喝容疑で起訴されて有罪になった。そして彼が服役してからは、毒物混入事件は起きていない。

　活動中の殺人犯が突然、殺しをやめたときには、犯人が引退することに決めた場合はべつとして、三つの理由が考えられる。第一は彼が自殺した場合で、これはある種のパーソナリティの犯罪者にはよくみられる。第二は、犯人が活動の場所を移した場合。そして第三は、犯人がべつの犯罪の容疑でつかまり、服役中の場合である。

　シカゴのタイレノール事件は、恐喝目的の犯行ではなかったらしい。恐喝が目的なら、犯人は毒物をいろいろな容器や製品に入れて、彼の能力を相手に示したうえで、相手に連絡するのが典型的なやり方である。ところがタイレノール事件の犯人は、脅迫から開始せずにいきなり殺しはじめた。恐喝犯の基準からすれば、彼の手口は巧妙でないということになる。

恐喝犯は概して「われわれ」と名乗るものだが、爆弾魔にも同じ傾向がみられる。つまり、大勢の人間から成るグループがひそかに監視しているぞ、とにおわすためにそうするのだ。しかし実際には、こういう犯罪者のほとんどは他人を信用しない一匹狼である。

爆弾魔は三つのカテゴリーに分類できる。破壊の魅力にとらわれた、パワーが動機の爆弾魔。爆弾を設計、製作し、仕掛けるスリルに魅せられた、使命志向型の爆弾魔。そして自分の手で設計・製作した装置のみごとな出来映えに満足をおぼえる職人タイプである。動機については、恐喝から復讐まで多岐にわたる。

われわれの研究では、爆弾魔はだいたい白人の男性であって、被害者ないし目標によって年齢が異なる。知能は少なくとも平均的、あるいは平均よりかなり高いのに社会的に成功していない者もしばしばいる。彼らはきれい好きで、小さなことにこだわり、慎重に計画を立てて、人と衝突したがらず、体は逞《たくま》しくない。臆病で、適応能力に欠ける。

多くの場合、爆弾の予告は恐喝の手段である。一九七〇年代の半ば、テキサスのある銀行の頭取が電話で爆弾を仕掛けたと脅された事件を例にとろう。

電話の主はこう伝えた。数日前に電話会社が銀行へ技術者たちを派遣したが、じつはあれは彼の仲間だった。彼らは爆弾を仕掛けた。そいつは遠隔操作によって爆発させることができるが、頭取がこちらの要求に応じてくれるなら、爆発させない。

ついで、ぞっとする話に入った。頭取の妻ルイーズを預かっている。彼女はキャデラックを運転し、朝はどこそこへ行き、それからあそこ、そのつぎにあそこへ行ったろう。動転した頭取は、秘書に自宅へ電話をかけさせた。いまは自宅にいるはずだった。が、応答はない。頭取は相手の言葉を信じた。

電話の主は現金を要求した。使い古した紙幣――十ドル札から百ドル札までそろえろ。警察には知らせるな。われわれは警察の車がすぐわかる。秘書に、四十五分間ほど出かけてくるといえ。誰とも接触するなよ。出る直前、おまえのオフィスの電灯を三回明滅させろ。おれのグループの者がその合図を見張っている。金は車のなかへ置き去りにしろ。車は、交通量の多いしかじかの場所の道路わきへ停めろ。エンジンは停めず、ライトはつけたままにしておくんだ。

じつは、この事件は爆弾も誘拐もなく、頭のいい詐欺師が、いちばんはまりやすい犠牲者を狙ったものだった。犯人は、電話会社の技術者が銀行内で仕事をしたあとを選んだ。誰も彼らの仕事ぶりには注意を払わないので、爆弾を仕掛けたといわれると、信じてしまう。

頭取が自宅の妻へ電話をかけることを予想して、恐喝犯はその日の午前中に彼女に電話をかけて、こういった。こちらは電話局です、わいせつ電話がよくかかってくるという苦情がお宅の地区からありまして、その電話魔を逆探知するつもりです、それで正午から十二時四十五分のあいだは、電話のベルが鳴っても応答しないでください、わたしどもが罠を仕掛けて、突き止めますから。

エンジンをかけたまま、ライトもつけっぱなしにした車に現金を置き去りにせよ、という指示は計画のいちばん巧妙な部分である。頭取はこれが合図だと思っただろうが、じつは犯人が言い逃れの余地を残すためだった。彼は、どうせ頭取が警察へ知らせるだろうと予想していた。こういう犯罪でいちばん危険な局面は現金を受け取るときである。しかしこうしておけば、現金を取ろうと車に乗り込んだところを警察につかまっても、「通りかかると車のライトはつき、エンジンもかかったままなので、エンジンを停めてやろうと思ったのだ」と言い逃れできる。さらに、現金を所持しているところをつかまっても、警察へとどけるつもりだったと主張すればいいのである。

警察は最後には犯人のトリックを見破って逮捕したが、彼はもとディスク・ジョッキーだった。

こういうタイプの犯人とちがい、実際に誘拐する犯人には協力者のいることが多い。誘拐犯は社会病質者であり、殺す意図はないが、目的達成のためなら殺人を犯す。

刑務所でわれわれが面接した囚人のなかには、ストーカーもいた。アーサー・ブレマーはアラバマ州知事ジョージ・ウォレスをつけまわしたあげく、暗殺しようとした。しかし彼は、ウォレスを憎んでいたわけではない。ジョン・レノンを暗殺したマーク・デイヴィッド・チャプマンはレノンの歌をすべて集めるほどのファンだったが、彼自身とあこがれの英雄との隔たりの大きさに耐えられず、ついに殺さざるをえなくなった。また、レーガン大統領を殺そうとしたジョン・ヒンクリーの場合は、女優のジョディ・フォスターを「愛し」、彼女を感心させ、彼女と対等の、ひとかどの男になりたくて、大統領暗殺を企てたのだった。ストーキングは愛か賛美から始まることがきわめて多い。そして、暗殺へとエスカレートするストーキングは増加しつつある。政治家が狙われる場合、殺す「大義」をともなうものだが、じつはほとんどの場合、適応力のない男がひとかどの人物として認められたいための口実にすぎない。被害者が映画スターや有名人の場合は、そんな口実は成り立たない。映画スターといえば、一九八九年にロサンゼルスの自分のアパートの前でレベッカ・シェーファー（二十一歳）が殺された事件は、きわめて痛ましかった。テレビの連続ドラマ『マイ・シスター・サム』に出演して人気の出たこの美しい、才能のある女優は、玄関のベルに応えて出たところを、ツーソンから来た失業中の若者ロバート・ジョン・バード（十九歳）に撃たれた。バードもチャプマンと同様に、熱狂的ファンとして始まった。賛美は強迫観念となり、彼女と「正常な」関係がもてないのなら、べつのかたちで彼女を「所有」しなくてはいられなかったのである。

みんなが知っているように、ストーキングの標的は有名人に限られない。もちろん、もとの配偶者とか恋人につきまとわれる例はよくある。危険な段階は、ストーカーがついに「彼女を（あるいは彼を）ものにできないのなら、ほかの人には渡さない」と思いつめたときである。そしてつけ狙われるのは、そこらへんのレストランで働くウェイトレスかもしれないし、銀行の出納係かもしれない。

モンタナ州ミズーラの家具会社に勤める若い女性、クリス・ウェルズの身にそれが起きた。クリスは有能で、尊敬されていて、実力で販売部長にのしあがり、一九八五年には総務部長になった。

クリスがオフィスで働いていたのと同じとき、ウェイン・ナンスという男が倉庫で仕事をしていた。彼は人づきあいが悪かったが、クリスに好意をいだいているようだった。彼女のほうもウェインにはいつも温かい、親しい態度で接していた。しかしウェインは激しやすく、奥にひそむ気性が、彼女には怖かった。ウェインの仕事ぶりに文句をつける者はいなかった。来る日も来る日も、彼はいちばん辛い仕事を引き受けた。

クリスも夫のダグも知らなかったが、ウェインは異常なまでに彼女のことを想っていた。たえず彼女を見張り、段ボール箱にいっぱいの記念品――クリスのスナップ写真や、クリスがオフィスで書いたメモなど――を集めていた。

ウェルズ夫妻もミズーラ警察も知らないことがほかにもあった。ウェイン・ナンスは殺人犯だった。一九七四年、彼は五歳の少女を性的に虐待して刺し殺すという事件を起こしていた。あとでわかったことだが、親友の母親をはじめ数人の女性を縛って、さるぐつわをかませ、撃ち殺している。これらは周辺の郡で起きており、ほかの郡での犯罪については連絡し合わないので、わからなかったのだ。

クリス・ウェルズがこんな事実を少しも知らないでいるうちに、ナンスは彼女と夫が住む郊外の家へ押し入った。彼らはゴールデン・レトリーバーを飼っていたが、阻止する役には立たなかった。ナンスは夫のダグを拳銃で撃ち、地下室へ運んで縛った。それからクリスを二階の寝室へ力ずくで連れ込み、レイプできるようにベッドへ縛りつけた。彼は顔を隠していなかった。

一方、地下室のダグは、なんとか縛めを解《いまし》いた。痛みと出血のせいで失神しそうになりながら、ライフルを取り、どうにか一発だけ装塡して、余力を振りしぼり、のろのろと、歯をくいしばって地下室の階段を登った。そしてなるべく静かに二階へ上がり、廊下から、かすむ目を凝らして、ナンスに狙いをつけた。

ナンスがこちらに気づいて、拳銃を手にしないうちに、やっつけなければならない。ナンスを無力化できなければ、彼は拳銃を何発も撃てるのだ。こちらは太刀打ちできない。

ダグは引き金を絞った。弾はあたり、ナンスはうしろへ倒れた。が、ふたたび起きあがり、こちらへ近づいてきた。致命傷にはならなかったのだ。ナンスは階段のそばのダグのほうへ向かってくる。逃げ場はないし、クリスをここへ残しておくこともできない。そこでダグは、彼にできる唯一のことをした。ナンスに向かって進み、ライフルを棍棒がわりに使った。力に勝るナンスを殴りつづけているうちに、クリスが紐をほどき、彼に協力した。

ウェルズ夫妻のこの働きは、連続殺人の被害者になりかけた者が反撃して、正当防衛で犯人を殺した稀にみる例である。まるで奇跡のような話なので、クワンティコのクラスで体験談を語ってもらうために、夫妻には幾度か来てもらった。おかげでわれわれは、被害者の観点から一部始終を眺めるという、めったにない機会を得ることができた。

18　精神科医の戦い

連続殺人者研究の一環として、ボブ・レスラーとわたしがイリノイ州ジョリエットでリチャード・スペックに面接したときのことである。その晩わたしがホテルの部屋へもどり、テレビのニュース番組を見ていると、たまたまジョリエット刑務所で服役中のトマス・ヴァンダという殺人犯とのインタヴューが放映された。ヴァンダは、ある女性をめった刺しにして殺した罪で投獄されていた。それまで精神病院を出たり入ったりして過ごし、「治って」退院するたびに犯罪を繰り返してきた。服役するはめになった殺人の前にも、ひとりを殺している。

わたしはレスラーに電話をかけ、われわれがジョリエットに滞在中、ヴァンダに会おうと提案した。そうして翌日、ふたたび刑務所へ行くと、ヴァンダは会うことを承諾した。面接の前に、われわれは彼のファイルを調べた。

ヴァンダは白人で、身長は百七十五センチ、年齢は二十代の半ばだった。よく微笑したが、目は油断がなく、顔の筋肉は神経質にひくひく動き、手をひんぱんにこすり合わせた。ヴァンダは最初に、テレビの彼をどう思ったかとたずねてきた。よかったよとわたしが答えると、彼は笑い、うちとけた。それからいろいろ語ってくれたが、刑務所の聖書研究会に参加していて、これがずいぶん役に立つという話もあった。そのとおりかもしれない。しかし、仮釈放審査委員会に出る順番が近づくと、釈放への道を順調に歩んでいることを示そうと宗教グループに参加する囚人が多いという事実を、わたしは見てきた。ヴァンダに面接したあと、彼の治療にあたる精神科医に会いに行った。ヴァンダはどんなようすか、わたしは質問した。

五十歳くらいのその精神科医は「薬物療法と心理療法がとてもよく効いている」と答えた。一例として聖書研究会のことをあげ、この調子でいけば仮釈放になるだろうといった。わたしはヴァンダがどんなことをやってきたか詳細を知っていますかときいた。「いや」と彼は答えた。「ここの大勢の囚人を診なくちゃならないので、時間がないんだよ」。それに、患者との関係に片寄った影響を受けたくないのでね、とつけくわえた。

「先生、トマス・ヴァンダがどんなことをやったか、話してあげますよ」とわたしはいい、彼が断らないうちにつづけた。この反社会的で単独行動型の男は、ある教会の信者たちの集いに参加し、会合が終わってみんなが帰ったあと、その集いを主催した若い女性に誘いをかけた。彼女は拒絶した。ヴァンダは頭にきた。彼女を殴り倒し、キッチンへ行って包丁を取ってもどると、彼女をめった刺しにした。それから、彼女が床で死にかけているのに、腹部に口をあけた傷にペニスを挿入して、射精した。

驚くべきことだ、といわざるをえない。彼女は、そのときボロ人形のようになって横たわっていた。体は温かく、出血していた。ヴァンダ自身も血まみれになることは明らかだった。それにもかかわらず、ヴァンダは勃起して射精することができたのだ。したがって、これはセックス犯罪ではなく怒りの犯罪である、とわたしが主張する理由はわかっていただけるだろう。ヴァンダの頭のなかを占めているのはセックスではない——憤怒である。

わたしがヴァンダの話を終えると、刑務所の精神科医はいった。「きみは胸糞の悪いやつだな。わたしのオフィスから出ていってくれ!」

「胸糞が悪い?」わたしはやり返した。「あんたは、トマス・ヴァンダは心理療法の効果がでてきたので仮釈放にしてもいい、とすすめることができる。だが、囚人たちを治療するとき、相手がどんな人間かぜんぜんわかっちゃいない。犯罪現場の写真とか報告書を見たり、解剖所見に目を通すこともしないで、どうして彼らを理解したといえるんだ? 犯行の実態を見たことがあるのか? それが計画的におこなわれたかどうか、知っているのか? そいつが危険じゃないかどうか、どうしてわかるんだ?」

一つの問題は、心理療法の多くが自己申告にもとづくことにある。早く釈放されたい囚人は、療法士《セラピスト》の聞きたがることをしゃべる。そしてセラピストは、実際の行動に照らして確認する作業を怠り、言葉どおりに受け取りがちである。連続殺人者のエド・ケンパーやモンテティ・リセルは、心理療法を受けるかたわらで、犯行を重ねていた。しかもその間、ふたりともセラピストからは回復しつつあるとみられていたのである。

しばしばわれわれといっしょに仕事をするパーク・ディーツ博士は、こう述べている。

「わたしが研究あるいは診断する機会のあった連続殺人者のなかに、法律的な意味で精神障害者はひとりもいなかったが、正常な者も皆無であった」

一九九〇年、ニューヨーク州ロチェスターで連続殺人者のアーサー・ショークロスが裁かれたとき、被告人の精神状態をめぐって精神科医の意見が対立した。ジェネシー川の峡谷やその周辺の森林で、地元の売春婦や住所不定の人びとの死体がつづけさまに発見され、ショークロスは彼女たちを殺した犯人として起訴された。殺人は一年近くにわたってつづき、やがて死体切断までやるようになった。

犯人に関するプロファイルは、わたしの課のグレッグ・マクラリーがおこなったが、きわめて正確だったことがあとでわかった。切断された死体を警察が発見したとき、グレッグは犯人が死体を捨てた場所へもどって時を過ごすことに気づいた。そこで彼は、まだ行方不明になったままの女性の死体を発見するように、警察をせきたてた。もし見つかれば、張り込みをつづけているうちに、犯人がやってきたところを逮捕できる。グレッグはそう確信した。

上空から調べだして数日目、ニューヨーク州警察はサーモン・クリークで死体を発見した。そのとき、低い橋の上に一台の乗用車がいた。州と市の警察はこの車を尾行し、運転していた男をつかまえた。それがアーサー・ショークロスだった。

州警察と市警察との合同の取り調べを受けて、ショークロスは数件の殺人を自供した。裁判の争点は、殺したときに彼が心神喪失の状態にあったかどうかということに絞られた。

　弁護側は、ニューヨークのベルヴュ病院に勤務する有名な精神科医ドロシー・リュイスを立てた。彼女は、子供に対する暴力の影響について重要な研究をおこなってきた。彼女によれば、ほとんどの暴力犯罪行動は子供のときに受けた虐待ないし心的外傷と、損傷あるいは何らかの病変や腫瘍のような肉体的・器質的な状態と、これら二つの組み合わせから生じる。たとえば一九六六年、オースティンのテキサス大学で、エンジニアリングを専攻する二十五歳の学生チャールズ・ホイットマンが起こした事件がある。彼は大学の時計台の上へ登り、通りかかる人びとめがけて発砲した。警察が時計台を包囲してホイットマンを殺すまでの九十分間に、十六人の男女が死に、三十人が負傷した。この事件を起こす前、彼は人を殺したいほどの怒りに周期的に襲われるとこぼしていた。彼の死体を解剖した医師たちは、脳の側頭葉に腫瘍ができているのを見つけた。

　その腫瘍がホイットマンの恐ろしい行動をひき起こしたのだろうか？　いまとなっては解明する術《すべ》がない。しかしリュイス博士は、ショークロスの側頭葉に小さい良性の嚢腫があること、ヴェトナム戦争による心的外傷後ストレスのこと、そして子供のころ母親から受けたひどい肉体的・性的虐待などについて陪審員に話し、彼の極端な暴力はそれらの結果生じたものであり、彼に責任はない、と主張した。ショークロスは、それぞれの女性を殺すとき、ある種の遁走《フユーグ》状態にあり、それぞれの記憶は損なわれているか、まったくない、とリュイス博士は述べた。

ところが、ショークロスの場合はちがう。彼は殺人から何週間も何ヵ月もたってから、殺したときの詳細を警官に語っているし、警察が発見できなかった死体の捨て場所へ彼自身が案内したことも幾度かある。さらに、逮捕されたあとでガールフレンドに送った手紙のなかで（彼には妻もいた）、刑務所で服役するよりも精神病院で過ごすほうがずっと楽だから、心神喪失ということで弁護してもらいたい、と述べている。

明らかにショークロスには状況がわかっていた。彼の犯罪歴は一九六九年にシラキューズの北、ウォータータウンで始まった。このときは押込みと放火の罪で有罪になっている。それから一年たらずのうちにふたたび逮捕され、少年ひとりと少女ひとりを絞め殺したことを認めた。この二つの罪に対する刑は二十五年だったが、十五年後に仮釈放になった。

殺人を繰り返す頻度は殺人者によって異なる。刑務所から出るたびに犯罪を重ねた殺人者たちの話は枚挙にいとまがない。わたしが面接したことのあるリチャード・マーケットは、レイプ未遂や暴行その他を繰り返したあげく、ポートランドのバーでひっかけた女性とのセックスが不成功に終わると、彼女をめった切りにして殺した。彼は逃亡し、ＦＢＩの最重要手配リストに載ってから、カリフォルニアで逮捕された。そして第一級謀殺で有罪となり、終身刑を宣告された。ところが十二年後に仮釈放になると、ふたりの女性を殺して死体をばらばらにし、ふたたび逮捕された。こんな男がもう危険ではないと、どうして仮釈放審査委員会は考えたのだろう？

刑務所内での行動がよくなったからといって、外の社会でも良好な行動をつづけるとはかぎらない。アーサー・ショークロスは模範囚だった。もの静かで、自制的で、いいつけに従い、ほかの者に迷惑をかけなかった。しかし危険は、状況しだいで生じる。前に悪事をはたらいた環境にもどれば、行動がたちまち変わりかねない。

『野獣の腹のなかで《イン・ザ・ベリー・オブ・ザ・ビースト》』を著した殺人犯ジャック・ヘンリー・アボットの場合もそうだ。この本は、刑務所生活をえぐり出した感動的な回想録である。作家としての稀にみる才能と、感受性と洞察力をそなえた人物は、社会復帰させなければならない。ノーマン・メイラーなどはそう主張して、アボットを仮釈放させる運動を起こした。彼はニューヨークの有名人になった。しかし仮釈放になってほんの数カ月後、グリニッチヴィレッジであるウェイターと口論し、殺した。

　アボットと同じようにショークロスも、自由にしてやっても大丈夫だと仮釈放審査委員会に思い込ませることができた。釈放後、彼はまずビンガムトンに住んだが、近所の人びとが怒って追い出し運動を繰りひろげ、彼は二カ月後に去った。そうして、もっと町が大きくて人目を集めにくいロチェスターへ移り、食料品製造販売会社のサラダ調理係になったが、一年後にふたたび殺人をはじめた。

　ショークロスの精神鑑定にあたるとき、リュイス博士は彼を数回催眠術にかけ、子供時代へ「退行《リグレス》」させたところ、母親によって箒の柄を直腸へ挿入されるなどの虐待を受けたことを、行動で示した。こういうとき、ショークロスは母親のパーソナリティをはじめべつのパーソナリティを帯びることが認められ、映画『サイコ』の不気味なシーンを思い出させるものがあった（しかし、母親は彼を虐待したことを否定し、嘘つき呼ばわりした）。ベルヴュ病院でリュイス博士は、虐待された子供たちの多重人格に関する注目すべき事例を記録している。その子供たちの年齢はごく低いので、彼らがだましたとは思えない。リュイス博士によると、解離性同一性障害という稀な事例は、ごく幼いころ、しばしば言語能力習得以前に始まる。ところが大人の場合、問題の人物が殺人事件の裁判にかけられてからしか、多重人格障害のことは表面化しない。一九七〇年代にロサンゼルスで連続殺人を犯し、「山腹の絞殺魔《ヒルサイド・ストラングラー》」と呼ばれたふたり組のひとりケニス・ビアンキは、逮捕されたあとで自分は多重人格だと主張した。同様の三十三人の若者を殺したジョン・ウェイン・ゲイシーも同様のことを試みた（わたしはよくこんなジョークを口にした。もし、多重人格の犯罪者がいたなら、そいつの有罪人格を刑務所に閉じこめておいて、その間、無実の人格のほうは自由にさせてやりたいね）。

ショークロスの裁判で、検察側はパーク・ディーツを起用した。ディーツもショークロスを入念に診察し、つぎのように考えた。ショークロスにブラックアウトや記憶喪失が起きたという証拠はない、彼の行動と器質性神経学的発見とのあいだに相互関係は認められない、そして、アーサー・ショークロスにどんな精神的ないし情動的障害があるにせよ、善悪の違いを理解し、殺すか殺さないかの選択はできた。

現実との接触を失った実際の精神障害者は、そうひんぱんには重罪を犯さない。そして犯すときには、たいてい無秩序的であって、目をつけられるのを避けるための細工をほとんどしないものである。自分が生きていくには人間の血が必要だと信じて女性たちを殺したリチャード・トレントン・チェイスがそうだった。チェイスは、血が手に入らないときには、手近なもので我慢した。精神病院に入れられると、兎をつかまえて血を取り、腕に注射する、という行為をつづけた。小鳥をつかまえ、頭を食いちぎって血を飲む、ということもよくやった。しかし、殺人犯が捜査の矛先をかわしたり、十人も殺しておいて軽い罰で済ませようとするのなら、よほど巧妙でなくては成功しない。誤ってサイコパスと精神障害者とを混同してはいけない。

裁判中、ショークロスは陪審員のほうを向いて不動の姿勢をつづけ、まるでトランス状態にはいっていて、周囲で起きていることが理解できないかのようだった。ところが、彼に付き添う警官たちによると、陪審員の目も耳もとどかないところへ来るやいなや、リラックスして、おしゃべりになり、ときどきジョークをとばしたという。

わたしが面接した犯罪者のなかでいちばん利口で悪知恵がはたらき、人を魅きつけたのはゲーリー・トラプネルだった。トラプネルは、成人してからは刑務所を出たり入ったりしていた。あるときなどは若い女性を説得し、ヘリコプターで刑務所の庭に着陸して彼を連れ去る、という離れわざをやらせかけている。また、彼の有名な犯行の一つである一九七〇年代はじめの旅客機ハイジャック事件のときには、逃走するための条件について地上の機内から交渉しているとき、カメラの列に向かって拳を空へ突き上げてみせ、こう叫んだ。「アンジェラ・デイヴィスを釈放せよ！」

アンジェラ・デイヴィスは哲学を教える若い黒人の助教授だったが、あまりにも過激な主張と行動ゆえに有罪となって服役中だった。トラプネルの経歴には、どんなかたちにせよその彼女に共感するような点はまったくない。なのに、要求の一つとして、アンジェラ・デイヴィスを刑務所から出せというのだ。あの男は頭がおかしいにちがいない。納得できる説明はそれしかなかった。

その後、イリノイ州マリオンの連邦刑務所で彼に面接したとき、この要求についてきいてみたところ、こんなことをいった。「もう逃げ切れないなと先が見えたとき、辛い刑務所暮らしを覚悟したね。そこで、大物の黒い兄弟たちがおれのことを政治犯だと思ってくれたら、シャワーの中でケツを掘られずにすむかもしれんと考えたわけさ」

ハイジャック事件のとき、トラプネルは充分に理性的だったばかりではなく、将来のことまで読んでいたのであり、クレイジーとは反対の状態だった。事実、彼は『ザ・フォックス・イズ・クレイジー、トゥ』という回想録を書いたほどである。この本は、交渉に関する並はずれた洞察を提供している。

トラプネルはほかにもきわめて興味深いことを語ってくれた。『精神障害の分類と診断の手引』という本の最新版をいまよこして、どの病状でもいいから示してくれたら、翌日にはおれがほんとにその病気にかかっていると、どんな精神科医でも信じさせてやるぜ、というのである。

トラプネルに較べれば、ショークロスは幼稚かもしれない。しかし、おれはずっと良くなったと思うんです、小さい子に乱暴するなんてことにはもう興味がないですよ、と精神科医にいえば、仮釈放に近づくことは想像に難くない。それと同様に、陪審員の目に被告人がトランス状態のように映れば、犯行のときには正気を失っていたという説明はいっそう真実味をおびるだろう。

驚くにはあたらないが、被告と弁護側は、訴えに対する責任から逃れるために何でも持ちだしてくる。ショークロスの弁護団が提示した膨大な要因のなかには、被告の心神喪失を裏づけるものとして、ヴェトナム帰還後の心的外傷後ストレス障害（ＰＴＳＤ）もあげられていた。だが調査によれば、彼は戦闘を経験したことがなかった。こんなことは目新しくなく、ずっと以前からあった。たとえばオレゴン州シルヴァートンで一九七五年十二月九日の夜、ふたりの女性のはらわたを抜き出したデュエイン・サンプルズもＰＴＳＤを主張した。死亡したのはひとりだったものの、ふたりの被害者の現場写真は、まるで検屍解剖を写したかのようだった。ロバート・レスラーはサンプルズに戦闘経験がないことを突き止めた。

アーサー・ショークロスの裁判は五週間あまりつづいた。その間、検察官は、これまでにどんな医師にも見られなかったほどの、司法精神医学に対する、より深く複雑な理解を披露した。陪審員は有罪の評決をした。判事はショークロスに二百五十年の刑をいいわたした。

結局のところ陪審員は本能的にこの男が危険だと気づいたのだろう。

プロファイリングという仕事に従事するわれわれにとっていちばん難しいのは、特定の人物がいま危険か、あるいはいずれ危険になるかという質問である。

一九八六年ごろ、コロラドから一本のフィルムが送られてきた。現像して調べてほしいという依頼だった。写真のなかでは、二十代後半か三十代はじめの男が迷彩服を着て四輪駆動車の後尾扉に寄りかかり、ライフルとバービー人形を持っていたが、その人形をさまざまなかたちで痛めつけ、手足を切断してあった。こんなことをしたからといって法律に違反したわけではなかった。わたしは、この男には前科がないだろうといったが、つぎのように警告した。この年齢では、人形を使って彼が満たす空想は、やがて満足できないものになるだろう。空想はエスカレートする。写真を見ただけでは、彼の生活のなかでどんな重要性をもつかわからないが、いずれ危険なことになりかねないので、彼を監視し、取り調べるのがいいだろう。

こんな話は奇妙に思えるかもしれないが、わたしのところへ持ち込まれた「バービー人形事件」だけでも数件あり、すべてが大人の男性によるものだった。そのなかの一つだが、中西部のある男は人形の体中にピンを刺し、精神病院の構内に置き去りにした。ときどきこの種の行為は、サタン崇拝かヴードゥー教、あるいは呪術にかかわりがあると思われるが、そうではない。特定の人物に向けたことを示す名前は付いていなかった。これは一般的な加虐傾向、つまり女性とうまくいかない人物に特徴的な傾向を示しているのだ。

こんなことをする人物について、ほかにどんなことがわかるだろうか？　たぶん彼は、小動物を痛めつけては実験してきた。いまも定期的にそうしているかもしれない。彼は、自分と同じ年頃の男女とうまくいかない。大人になるにつれ、年下の子や体の小さい子をいじめるとか、サディスティックな行為にでるようになっただろう。そうして、人形で空想を満たすだけでは満足できなくなるか、あるいはもうできなくなっている。

では、危険な行動はいつ始まりそうだろう？　こういう男は適応能力のない負け犬である。彼は心の中で、みんながおれを白い目で見る、おれの才能を誰も認めてくれない、と思っている。ストレッサーが耐えがたいほどになれば、そのとき彼の空想は一歩進む。人形を切り刻む男の場合、その一歩は同年齢のグループへは向かわない。もっと年下の、もっと弱い者へ向かう。彼は臆病者である。対等な者へは向かわない。

だからといって子供を狙うとはかぎらない。バービー人形は思春期の少女ではなく、成熟した大人の姿をしている。この男がどんなにゆがんでいても、望むのは大人の女性との接触である。もしも彼が赤ん坊の姿をした人形を切り刻むとか虐待するとかしていれば、またべつの問題が生じる。

人形にピンを刺して病院へ置いてくるような男は、かなり機能不全であり、運転免許証はない。不気味な感じなので、群衆のなかでは目立つ。一方、迷彩服を着た男はずっと危険になるだろう。彼は仕事についているが、それはライフルやトラック、カメラなどを買う金を得るためである。こういう男は社会で「正常に」やっていく。しかし、自制がきかなくなったとき、被害者が出る。

われわれは女性にも面接した。そのなかには暗殺未遂者やチャールズ・マンソンのファミリーにいたリネット・〝スクィーキー〟・フロムとセイラ・ジェーン・ムーアその他がいたが、発表した研究報告には男性しか載せていない。ときには暗殺者タイプの女性もいるが、連続殺人事件や快楽殺人事件の犯人はすべて男性である。われわれの調査でわかったが、事実上すべての連続殺人者は性的ないし肉体的虐待、麻薬ないしアルコール依存症、またはそれらに関連する問題をかかえた家庭環境で育っている。同じような家庭環境で育つ女性もいるし、また、男の子より女の子のほうが性的虐待を受けがちである。それなのに、成人してから男性と同じ犯行を犯す者がほとんどいないのはなぜか？

簡単にいえば、この疑問に答えられるほどの研究成果は存在しない。男性ホルモンの一つであるテストステロンの量に直接関係する、と考える人びとがいる。また、ホルモンや化学物質との関連を説く人びともいる。われわれの経験からは、こうとしかいえない。女性はストレッサーを内面化するようにみえる。女性は他人に当たりちらさず、アルコールや麻薬、売春、そして自殺といった行動を通じて自分自身を罰する傾向がある。家庭内で子供に心理的あるいは肉体的虐待を繰り返す者もいる。エド・ケンパーの母親がそうだったらしい。精神衛生の点から見れば、こういう親の行動はきわめて害が大きい。

では、危険な人間性に対して、いったい何ができるのか？　われわれはよく、研究や経験をとおして将来危険な人物になりそうな子供を見分けることができるのではないか、ときかれる。わたしの同僚のロイ・ヘイズルウッドはそれに対して、こう答える。「もちろんです。でも、優れた小学校教師にもできますよ」。早期に集中的な処置をすれば、変わってくるかもしれない。その子の人格形成期に、重要な役割モデルとなる大人が影響をおよぼすことで、大きな変化がもたらされるだろう。より多くの警察官ではなく、たとえば被虐待妻を助け、ホームレス家庭の子供によい里親を紹介するソーシャル・ワーカーを補塡する必要を訴える同僚もいる。

精神科医は尽力し、われわれは心理学と行動科学の知識を駆使して犯人逮捕に協力する。だがそうした力を発揮しきらないうちに深刻なダメージをこうむってしまうのが悲しい実情である。

19　ときには龍が勝つ

一九八二年七月に、シアトル郊外のグリーン・リヴァーで十六歳の少女の死体が発見されたとき、特別視する者はいなかった。レニア山からピュージェット・サウンドへ注ぐこの川は、廃棄物の不法投棄場所として知られていた。被害者は売春婦だった。事件の重要性が警察にわかってきたのは、その年の夏も終わりに近づいたころのことで——八月十二日にほかの女性の死体が見つかり、三日後にさらに三人の死体が発見されてからである。被害者の年齢と人種はまちまちだが、みんな窒息死だった。隠そうとしたらしく錘をつけた死体もあった。みな衣類は剝がれていた。ふたりの死体のワギナのなかから石が発見された。

事件の連続性が明らかになり、シアトルで起きた前の連続殺人事件の恐ろしい記憶が甦った。一九七四年、「テッド」という名前しかわからない犯人によって、少なくとも八人の女性が連れ去られて殺されるという事件がつづいた。解決したのは四年後のことで、フロリダで残忍な連続殺人をつづけていたテッド・バンディが逮捕されて、シアトルの連続事件も彼がやったとわかったのだ。バンディがあちこちで殺した若い女性は少なくとも二十三人にのぼっている。異常殺人者を集めた恐怖の殿堂があるとすれば、バンディはそこに不動の座を占めるだろう。

「グリーン・リヴァー・キラー」に関しては、すべての事件が同一犯人によるものかどうか意見は分かれたものの、明らかな共通点が一つあった。死んだ女性はみんな、シアトル－タコマ国際空港に近いパシフィック・コースト・ハイウェイにあるシータック・ストリップで稼ぐ売春婦だった。それが今度は、もっと若い女性たちが行方不明になりだしたのである。

九月には、シアトル地方支局の支局長が最初の五つの件に関する資料をもってクワンティコへ来た。わたしは図書館の最上階に独りでこもり、犯人の、ついで被害者の、立場にわが身を置いてみた。犯罪現場の写真や報告書、解剖所見、被害者の特徴など、資料にも目を通して、ほぼ一日はかかった。被害者の年齢と人種、犯行の手口は異なるものの、すべてが同一犯人による殺人であることを示していた。

体力があり、適応性に欠け、不完全就労の白人男性。川が好き。やっていることに良心の呵責をおぼえていない。その反対に、彼は使命感をもっている。女性との屈辱的な経験をもち、できるだけ多くの最低の女どもに罰をあたえる、という使命感である。わたしはこのようなプロファイルを作成したが、該当者はたくさんいるので、誘い出す方法を講じるように強調した。

その月の後半、ひどく腐乱した若い女性の死体が、空港に近い売春宿の並ぶ地区で発見された。彼女は裸にされ、男性用の黒いソックスが首に巻いてあった。検屍の結果、川に捨てられていた被害者たちとほぼ同じころに殺されたことがわかった。犯人は警察が川を調べだしたことを聞いて、手口を変えたのかもしれない。

カールトン・スミスとトマス・ギレンが綿密に調べてまとめた『グリーン・リヴァー・キラー捜索』にも述べてあるように、やがてもっとも有力な容疑者が浮かんだ。その四十四歳のタクシー運転手は、事実上すべての点でプロファイルに合致していた。捜査が始まってまもないころ、彼はみずから警察へ電話をかけ、ほかのタクシー運転手をあたれとすすめていた。彼はシータック・ストリップの売春婦やホームレスとよく時間を過ごし、夜型の人間で、衝動的に車を走らせ、酒やタバコの量が多かった。川のそばで育ち、結婚に五回失敗して、いまは父親と暮らしている。

警察は彼を取り調べることにして、わたしに作戦をきいてきた。当時わたしは毎週のように出張旅行に出ていて、あいにくそのときも旅行中だった。警察は予定どおりにタクシー運転手を取り調べたが、成功しなかった。あとから考えると、ほかにやり方があったような気がする。

一九八三年の五月、またも若い売春婦の死体が発見された。すっかり服を着ていたが、喉に一尾、左の乳房にも一尾、魚をのせ、両脚のあいだにワインの瓶が置いてあった。死因は絞殺、細いコードか紐を使っていた。警察はこれもグリーン・リヴァー・キラーの仕業だと考えたが、わたしには被害者をよく知っている者の犯行だと思われた。一九八三年が終わりに近づいたころには、発見された死体は十二人にのぼり、行方不明者がさらに七人いた。妊娠八カ月の死体もあった。わたしのところへ現場を見て助言してほしいという依頼がきた。当時わたしはアトランタのウェイン・ウィリアムズ事件、バファローの二二口径キラー、サンフランシスコのトレイルサイド・キラー、アンカレジのロバート・ハンセン事件、ハートフォードの反ユダヤ連続放火事件、そのほか百件以上の事件をかかえていた。それでも、グリーン・リヴァー・キラーに関して要請がきた以上、行かずにはいられなかった。

わたしは犯人を誘い出すことが重要だと考えた。学校を利用して、この犯罪にまつわるテーマで集会を催し、通りかかる車のナンバーを控えるとか、殺された妊婦の人間的側面をマスコミに紹介してもらうとか、方法はいろいろある。

そうしてシアトルへ行くとき、比較的新しいふたりの課員、ブレイン・マクレインとロン・ウォーカーを同行させた。現場の経験を積むのにいい機会だと思ったからだが、（本書のプロローグで触れたように）わたしはそのふたりに命を救われることになった。

病気からようやく回復して、一九八四年の五月に復帰したとき、グリーン・リヴァー・キラーはまだ逮捕されず、それからさらに十年あまりたったいまでも、いぜんとしてつかまっていない。警察が調べた死体は五十人以上にのぼり、千二百人あまりの容疑者は八十人に絞られた。売春婦のボーイフレンドやヒモ、客のほか、警官までふくまれていたが、決め手はなかった。わたしは、殺人者は少なくとも三人、おそらくもっといると確信する。

最後の大がかりな誘い出し作戦は、一九八八年十二月に、二時間におよぶテレビのライヴ番組のかたちでおこなわれた。『犯人捜査《マンハント》』と題するその全国放映番組は、テレビの人気シリーズ『ダラス』のスター、パトリック・ダフィの総合司会の下に進行し、わたしもシアトルへ飛んで出演するかたわら、視聴者からかかってくる電話にどう応答するか、警官たちに教える仕事もした。

放映から一週間のあいだに推定十万人が電話をかけようとしたが、混み合っていて、一万たらずの人びとしか電話が通じなかった。

わたしの課のグレッグ・マクラリーは、あるマンガを彼のオフィスの掲示板に何年も貼っていた。そこでは倒れた騎士にのしかかるようにして龍が猛々《たけだけ》しく火炎を噴いている。そしてキャプションには短くこうある。「ときには龍が勝つ」

これは、われわれが逃れることのできない現実である。殺人者すべてをつかまえることはできない。百年あまり前、イギリスでジャック・ザ・リッパーが最初の連続殺人者として騒がれたときも、犯人はつかまらなかった。

皮肉なめぐり合わせだが、テレビで『マンハント』が放映された年、つまり一九八八年は、ロンドンでジャック・ザ・リッパーの事件が起きてから百年目にあたり、その記念番組にもわたしは出演した。

ガス灯のともるイースト・エンドの街路や横丁で残酷な殺人事件が起きたのは、一八八八年の八月三十一日から十一月九日にかけてのことである。その期間に、残忍性と死体切断はエスカレートしていった。九月三十日の早朝には、犯人は一時間か二時間のうちにふたりの女性を殺害した。当時としては、こんなことは前例がなかった。嘲笑的な手紙が数通、警察にとどき、これらは新聞に掲載されて、恐怖はマスコミによってあおりたてられた。スコットランド・ヤードの懸命な努力にもかかわらず、犯人はつかまらず、以来、犯人は誰なのか多くの推測がされてきた。

容疑者としてよく名前があがった人びとのなかには、ヴィクトリア女王のいちばん年上の孫クラレンス公がいた。クラレンス公は一八九二年のインフルエンザ大流行のさいに死んだとされているが、多くのリッパー研究家によると、公はほんとうは梅毒で死んだのだとか、王室がスキャンダルに汚れるのを防ぐため、王室おかかえの医者の手で毒殺した可能性があるとされる。

そのほかの有力な容疑者としては、男子校の教師で、目撃者の語る犯人像に近いモンターギュ・ジョン・ドルイット、王室の首席医師ウィリアム・ガル、精神病院に入ったり出たりしていた貧しいポーランド人移民アーロン・コスミンスキー、そして黒魔術に手を染めていたというジャーナリストのロズリン・ドンストン医師がいる。

リッパーによる殺人は突然やんだ。そのため、犯人が自殺したのだとか、クラレンス公が旅に出されたせいだとか、いろいろな推測を呼んだ。われわれの知識からすれば、犯人は些細な罪でつかまったために、殺人がやんだように思われる。

それはともかく、一九八八年十月に全英で放映されたテレビ番組『ジャック・ザ・リッパーの秘密の身元』は、すべての証拠を提供し、ほんとうのリッパーは誰なのか、さまざまな分野の専門家に分析してもらって、世紀の謎を解こうというものだった。ロイ・ヘイズルウッドとわたしはそれに招かれ、FBIとしても、われわれの仕事を宣伝するよい機会だと考えたのだった。司会は俳優のピーター・ユスティノフがつとめた。

プロファイルを作成するにあたって、ドラマティックな観点からすればクラレンス公をあげるのがよさそうだったが、ロンとわたしはべつべつにプロファイルを作成した結果、ふたりともアーロン・コスミンスキーがいちばん犯人らしいという結論に達した。

九十年後のヨークシャー・リッパー事件の場合と同様、警察にとどいた手紙はリッパーではない別人からのものだろう。こういう犯罪をつづける人物は、警察に公然と挑戦するようなまねをしない。死体切断は、犯人が精神面で問題があり、性的適応性がなく、女性全般に対して強い怒りを秘めていることを示唆する。どの事件も被害者の不意を突いて襲っている点はやはり、犯人が対人的にも対社会的にも適応性がないことを物語る。彼は弁舌が得意でない。犯罪現場の環境を見れば、こういう貧しい人びとの住む場所で目立たず、売春婦にも疑念や恐怖を起こさせない人物だったとわかる。われわれは、提供された可能性のなかからこんなふうに考えて、コスミンスキーを選んだのである。

わたしは、アーロン・コスミンスキーがリッパーだったと確信しているわけではない。コスミンスキーは、提示された容疑者のひとりにすぎない。しかし、ジャック・ザ・リッパーがコスミンスキーに似た人物だったとは、強い自信をもっていえる。

一九八〇年代の半ば、行動科学課の人員は増え、二つに分かれた。一つは行動科学教育・研究課。そしてもう一つは、わたしの所属する行動科学捜査支援課である。捜査支援課には、凶悪犯逮捕プログラムとエンジニアリング・サーヴィスという重要な部門もついていた。幸いわたしは、みんながいずれやらねばならない管理職にはつかずにきたが、一九九〇年の春、そうもいかなくなった。それで、プロファイルを作成したり法廷に出たりする従来の仕事もつづけるという条件で、行動科学捜査支援課の責任者になった。

課長としての最初の仕事は「行動科学」という言葉を省き、たんに「捜査支援課」とすることだった。われわれの仕事の内容を地元警察やFBI内部にも明確にわかってもらいたかったからである。凶悪犯逮捕プログラムの人員も四人から十六人に増やした。課のほかの部門も増員し、まもなく四十人ほどになった。各人が国内に担当地域をもつだけではない。われわれの国際的活動もいっそう多くなった。グレッグ・マクラリーを例にとると、引退する前の年、彼はカナダとオーストリアで起きた連続殺人事件の捜査に協力した。

また、課員それぞれが専門分野をもつべきだとわたしは考え、自分が選ぶ分野の専門的訓練を受けさせた。その結果、ロイ・ヘイズルウッドはレイプと快楽殺人の専門家に、ケン・ランニングは子供に対する犯罪の権威者に、そしてジム・リースは警官や連邦捜査官のストレスと、ストレス管理に通暁、というぐあいになった。

一九九五年の六月に引退してからも、わたしはクワンティコへ行って教えたり、相談にのったりしてきた。講演もつづけている。ＦＢＩを引退しても、身についた行動をやめることはできないだろう。残念ながら、われわれの仕事は成長産業であり、顧客がいなくなることはない。龍がつねに勝つとはかぎらない。われわれは、龍の勝ちを減らすべく手を尽くしている。しかし、龍に象徴される悪、わたしが二十五年間のＦＢＩ生活を通して立ち向かった悪は、いっこうに消えるようすがない。

その二十代の男は、仮釈放になってまもなく教会へ行った。礼拝のためでも、懺悔のためでもない。餌食を求めてのことだった。新顔の彼に若い女性信徒が気づいて声をかけ、彼女の自宅で催す信者の集いに招いた。もちろん、男は応じた。信仰のすばらしさを讃える集いが終わってから、男はみんなが帰ってしまうまで待ち、主催者である彼女に言い寄った。手痛い拒絶がきた。男は相手を殴り倒し、キッチンから包丁を取ってきて、めった刺しにした。彼女はボロ切れのようになって床に横たわり、おびただしい血を流しながら死にかけていた。男は、自分も血まみれになるのを承知で、ズボンを下ろし、彼女の腹部の傷口にペニスを突っ込んで、射精した。

刑務所で知り合ったその若い二人組は、仮釈放になるなり、計画を実行に移した。十代の女の子を拉致し、思いきり痛めつけて相手を苦しませたあげく殺す。それが彼らの計画だった。ある晩、客のいないコンビニエンス・ストアで、二人組はレジ係に銃を突きつけて拉致した。一人が車を運転し、もう一人が女を苛みはじめた。オーラル・セックスを強要したあと、ペンチで乳首をはさみ、ワギナにコート・ハンガーを押し込んだ。「叫べよ。叫べ」と彼は嬉しそうに言いながら、ペンチを締めていった。女が絶叫し、悶絶しそうになると、手をゆるめ、間を置いてふたたびつづけた。そして最後には、乳首をつぶし、首を絞めて殺した。二人組は、その一部始終をテープに録音していた。女が苦悶に顔をゆがめ、涙を流し、糞尿を漏らしながら死んでいくありさまを、あとから思い出して楽しむためだった。

ふつうの人間にはとうてい理解できそうもない、こんな残忍非道な行為に走る犯罪者のことを、『FBI心理分析官』の著者ロバート・レスラーは象徴的に「怪物《モンスター》」と呼び、本書の著者ジョン・ダグラスは「龍《ドラゴン》」と呼んだ。こういう手合いはもはや人間と呼ぶに値しない、という意味が込められていることはいうまでもあるまい。

しかし現実には、こんな残虐な連続殺人事件がごく稀な出来事ではなくなってきた。このあとがきを書いている一九九七年の三月下旬にも、ベルギー南部の町で女性の手足ばかりを詰めたごみ袋が十個も発見されたというし、同国では昨年の夏以来、少女連続殺人事件が起きて、まだ解決されていない。イギリスで「ヨークシャー・リッパー」と呼ばれたピーター・サトクリフが十七人の若い女性を殺した事件は、まだ耳に新しい。また旧ソ連でも、アンドレイ・チカチーロという男が、判明しただけで五十二人も殺していた事件が大きく報道された。司法当局の気づいていない連続殺人事件はまだあるかもしれない。

それにしても、セックスがらみの連続殺人事件がアメリカで増加してきたことは明らかである。ぼくが欧米のニュース週刊誌を定期的に読みはじめたのはおよそ四十年前、《ニューヨーク・タイムズ》や《ザ・タイムズ》その他の新聞を読みはじめたのは二十七年ほど前からだが、「怪物《モンスター》」や「龍《ドラゴン》」による連続事件が増加しだしたのは、一九六〇年代の終わりごろからのような気がする。

若い女性をうまく誘って車に乗せ、金属棒で殴って気絶させてからアナル・セックスをおこなったあと、絞殺。死体を遠くへ運んで切断し、そこを去る前に死体と性交する。そして数日後にもどってきて、胴体のついていない首の口の中へ射精する。（テッド・バンディ）

撃ち殺した女子学生の死体を自宅のベッドへ運んで、屍姦してから切断……という犯行を繰り返したあげく、ついには就寝中の母親をハンマーで殴り殺して死体をばらばらにし、首のない胴体をレイプ、そのうえ、のど笛をえぐり出す。（エド・ケンパー）

本書には出てこないが、女性の体を切り刻んで、臓器を取り出し、直腸にペニスを挿入して射精。もの言わぬ口の中へ糞便を詰め込む。（リチャード・チェイス）

アメリカといえどもこんな事件が日常的に起きているわけではない。それでもカリフォルニアでは、べつべつの犯人による連続殺人が三つも並行して起きていた年があるし、他の諸国と比較すれば、連続殺人事件、とりわけセックスがらみの連続殺人はアメリカで格段に多く起きている。

殺人事件の犯人は、被害者と交際していた者や知人であることが圧倒的に多い。ところが近年は、見知らぬ人による殺人が増加してきて、犯人逮捕を困難にしている。連続殺人はそのいちばんよい例だろう。以前、連続殺人犯が逮捕されるのは、偶然によるか、別件で逮捕された容疑者の自供によることが多かった。一九七六年から七七年にかけてニューヨークで六人を殺し、六人に重傷を負わせた「サムの息子」ことデイヴィッド・バーコウィッツは、最後の殺人の夜、自分の車を消火栓の近くに駐車しておいたのが原因で逮捕されている。

こうした状況のなかで、連続殺人事件とか、特異な手口や特徴をもつ殺人事件の容疑者を割り出すのに役立つ強力な武器が出現した。プロファイリングと呼ばれる手法がそれである。簡単にまとめれば、犯罪の手口や特徴から、犯人の性別、年齢、性格、職業、生いたち、異性関係などを導き出す心理学的、統計的手法ということになるだろうか。犯罪現場のようすを見て犯人はどんな人間か推測するのは、捜査員なら誰でもやることだが、ともすれば推測は経験的、主観的な色合いを帯びがちだろう。現実の捜査では、昔の探偵小説のように明快な推理によって解決することはごく少ないはずである。これに対してプロファイリングは、犯人捜査のさいの推測に厖大な統計的事実や科学的分類といった客観的根拠を提供するものでもある。

著者はいう。

「エドガー・アラン・ポーの『モルグ街の殺人事件』から一世紀以上、シャーロック・ホームズから半世紀たって、行動科学的プロファイリングは、文学作品のページから現実の世界へ移ることになった」

本書では、FBIのごく小さな組織だった行動科学課でプロファイリングがどのようにして実効性のある科学的方法に高められ、どのような成果をあげてきたか、最適の語り手によって紹介される。著者ジョン・ダグラスは『FBI心理分析官』の著者ロバート・レスラーとともに多数の囚人に面接・調査してデータを集め、行動科学課でただひとりプロファイリングに専従する課員となり、やがてはマスコミから「現代のシャーロック・ホームズ」と呼ばれるほどの実績をあげて、二つにわかれた行動科学課の半分つまり捜査支援課の責任者になっている。こういう経歴を見ても、ダグラスがプロファイリングの成果を――ときには失敗も――語る適任者のひとりであることがわかるだろう。

ただ、プロファイリングという画期的な手法の成立過程については、本書でも『FBI心理分析官』その他の関連書でも、全体的な流れがわかりにくいように思われる。それで、ぼくの手許にある資料から補いながら、もう少し客観的に、そしてごく簡単に述べておきたい。

まず最初に銘記してほしいのは、この科学的手法はチームワークの成果だという点である。さまざまなタイプの何十人もの囚人に旅行の途中で時間を割いて面会し、本心をしゃべらせて、必要なデータを集めるのは、並大抵のことではできない。そのうえ、百人以上の被害者についてのデータも収集し、双方の性格特性を分類するとなると、面接調査に熟達した者だけでなく、当然、学者の協力も必要になる。つまり、プロファイリングを凶悪な連続殺人犯と戦う有力な武器にまで鍛えあげたのは、特定の個人の努力ではなく、全体的方向づけに従った個々の捜査官や学者の努力の結果なのだ（もちろん、ひとりのプロファイラーがこの手法を利用して難事件を解決し、個人的に名声を得ることとは、これとは別の問題である）。

さて、プロファイリングを実用的科学にまで高めるうえで先駆的役割をはたしたのは、ハワード・ティーテンだった。ティーテンは一九六二年にＦＢＩへ入り、ナショナル・アカデミーで「ポリス・マネジメント」について教えだした。それ以前、カリフォルニアで警察官をしていたときから、彼は犯罪者の心理面に興味をもち、著名な心理学者や社会学者から学んで、たとえば性犯罪にとくに目立つ犯行パターンがあることに早くから気づいていた。それで、ナショナル・アカデミーで教えるかたわら、受講者たちからさまざまなデータを集め、研究をつづけた。

一九六九年、ティーテンは応用犯罪学という講座《コース》を新設するように提案し、実現した。自分の研究に自信をもったのだろう。従来の犯罪学の講座に較べて、この講座は犯罪現場をいちだんと重視するものだった。つまり、現場に残されたさまざまな証拠を注意深く調べて、どんなタイプの人間がそんなことをしたのか、推測するのである。ティーテンはそんなことを教えるかたわら、受講に来た警官たちに頼んで、未解決の殺人事件に関するデータを集め、同時に警官たちの相談にものった。

そして一九七二年、ティーテンはジェイムズ・ブラッセルというニューヨークの精神科医が彼と同じような研究をしていることを知った。ブラッセル医師は、一九五六年、ニューヨークで八年にわたり三十二個の爆弾を仕掛けた犯人がどんな人物か予測し、この難事件の解決に大きく貢献したことで一躍有名になった。ティーテンはその医師に教えを乞うた。さらにこの一九七二年には、ニューヨーク地方支局に所属する捜査官であり、心理学の学位をもつパトリック・マレイニがティーテンの仕事に共感し、ティーテンの推薦によって、行動科学課へやってきた。彼らは、教え、研究し、相談に乗る警察官にプロファイルを提供した。しかし、このプロファイルは文書によらず、あくまでも非公式のかたちをとっていた。新しい試みがフーヴァー長官に知られて潰されることを恐れたからである。こうした内情はともかく一九七三年には、のちに課長になるロジャー・デピューが、そして翌一九七四年にはロバート・レスラーがくわわって、陣容がしだいに充実していく。

そうして一九七七年、本書の著者ジョン・ダグラスと、ロイ・ヘイズルウッドが行動科学課員になった。そのつぎの年、ペアを組んで地方へ教えに出かけることの多かったダグラスとレスラーは、服役中の連続または大量殺人犯に面接して、犯行の動機や手口その他に関する情報を当人の口から聞く作業を開始する。プロファイリングの成立過程では、これは大きな一歩だった。そのへんのいきさつに関しては、本書からもうかがえる。

彼らの調査は、一九七八年、精神科医でありレイプに関する心理面の権威者でもあるアン・バージェス博士の協力を得たことから、二つの点で大きく進歩した。一つは、彼女の尽力で高額の助成金がもらえたこと。もう一つは、囚人に対する質問事項が科学的に整理され、面接する対象も効率的に絞り込まれたことである。

すでにこのころには、犯行を秩序型と無秩序型にわけるなど、プロファイリングの手法はいっそう単純化されていくが、調査と並行して研究も進んだことはいうまでもない。

警察史上、他に例をみないこのプロジェクトが一区切りついたのは、一九八三年のことだった。「暴力犯罪者をいっそうよく理解し、分類するシステムができあがった」と著者はいう。「犯人の頭のなかで起きていることと、犯罪現場に彼が残す証拠とを、これではじめて結びつけることができるようになった」

もちろん、データ収集はこれ以後もつづけられ、プロファイリングの手法もいっそう進歩し、用途も広がっていく。たとえば、犯人を誘い出す方策を講じるうえでもプロファイリングが役立つし、容疑者を尋問する場合にも応用できることは、本書にも述べてある。ここでは、本書にはないことを、二つだけ紹介しておこう。まず、左利きの容疑者が尋問されていて、嘘をつくときには、たいてい左のほうへ視線が行きがちだということがわかった。第二に、プロファイリングはスパイ事件の容疑者を自供に追い込むのに強力な武器になることも証明された。

行動科学課とプロファイラーたちは、脚光を浴び、FBI内でも大きく評価されるようになった。

一九八六年、行動科学課は二つの組織へと発展的に分かれ、増員された。

一九九三年の時点で、行動科学課の後身である捜査支援課が手がけたプロファイリングは約八百件だが、人手不足のせいで、これくらいが限度だという。この年、未解決の殺人事件は全米で七千七百件弱もあったから、十数人のプロファイラーがすべてをさばくのはとうてい不可能である。なお、プロファイリングの大半は地方の警察のためにおこなわれ、FBI自身のかかえる事件のためにおこなうのは、全体の約四十パーセントにあたる。

では、プロファイリングによって解決するケースはどれくらいあるのか？　プロファイリングのおかげでたちまち解決する場合が約五パーセントもある。プロファイリングを利用したことのある捜査員たちからの回答によれば、事件の解決に役立ったケースは全体の七十七パーセントに達する。捜査支援課が引き受けるのは、現地の捜査員がてこずってきた難事件に限られる。このことを考え合わせると、驚嘆すべき数字といっていいのではあるまいか。

もちろん、プロファイリングは犯罪解決のための万能薬ではない。プロファイリングの手法は進歩をつづけるだろうが、犯罪者のほうも――とくに秩序型の犯罪者は――プロファイラーの目をごまかす技能を身につけるだろう。そういう意味では、プロファイリングの道に終点はない。まして、知識というものは、知れば知るほど疑問点が増えるという宿命をともなっている。しかし「この研究は、解答よりはるかに多くの疑問をもたらした」と著者もいうように、プロファイラーたちが謙虚にそう自覚しつづけるかぎり、犯罪に対する威力は強まっていくにちがいない。

なお、本書の訳出にあたっては、心理学の学位をもつアメリカ人、ランディ・マッカーシー氏にいろいろ協力していただいた。この場を借りて深謝したい。

一九九七年三月

文庫版あとがきに寄せて

最初にお知らせしたいことがあります。この拙訳は文庫化にあたって書名が変更されました。『ＦＢＩマインド・ハンター』からたんに『マインドハンター』となり、前よりすっきりしました。

拙訳が出版されたのは、ざっと二十年ほど前のこと。当初は、「犯罪者プロファイリング」とは何のことです？　とよく訊かれましたが、このごろはそれほどでもなくなりました。

「犯罪者プロファイリング」を短く説明すれば「猟奇的で残酷な連続殺人事件に対する新しい武器として、だいたい一九六〇年代から一九八〇年代にかけて、ＦＢＩのある小さな部署を中心として開発され、大きな成果をあげてきた」とまとめることもできるでしょう。

ただし、プロファイリングの手法を、連続殺人事件の捜査に利用できるまで確立するには、ＦＢＩの職員だけでは不足でした。外部の心理学者や、収集した膨大な資料をデータベース化できる専門家はいうまでもなく、囚人や警察官などの協力も必要だったのです。

そういう点からみれば、「犯罪者プロファイリング」がいちおう完成するまでには、独裁的な傑出したリーダーがいて、叱咤激励、みんなを引っ張ったのかな、と想像するかもしれません。

そうではありません。目的に共感する大勢の有志が、ときには上司の目を盗んで、折に触れて話し合い、文字どおり寝食を忘れて協力した様子が、本書をお読みになればうかがえるでしょう。これなど、チームワークがうまくいった例のひとつではあるまいか、と思わされます。

そんなわけで、「犯罪者プロファイリング」開発のおもな功労者を強いてひとりだけあげるのは、ぼくにとって不可能に近い難題になります。それでもあげてほしいとおっしゃるなら、本書の共著者のひとり、ジョン・ダグラスや、ダグラスとペアを組んでしばしば仕事をしたボブ・レスラーあたりになるでしょうか。

＊

動画配信会社ネットフリックスがこのほど『マインドハンター』をオリジナルシリーズとして独自にドラマ化し、今年の十月から配信することが決まったそうです。

さいわい、同社と早川書房のご配慮をいただいて、そのドラマシリーズ『マインドハンター』のエピソードのうち最初の二篇を観る機会に恵まれました。「長寿台風」の影響による雨のなか、青山通りに面した新しいビルの一室を訪れて、関係者といっしょに視聴できたので、ぼくが感じたことをご参考までに述べさせていただきます。

＊

ご存じのように、無残な死体に直面したとき、欧米人と日本人とでは反応がかなり違うようです。ましてこのドラマの原作には、首のない死体は言うまでもなく、肢体をばらばらにされた何十人もの女性たちのことが書いてあります。それで、ドラマには血みどろの凄惨な死体の写真がたくさん出てくるかもしれない、とぼくは予想していました。

ところが、予想は外れました。

凄惨なシーンが見られるのは、エピソード1の冒頭の部分だけです。それ以降のエピソード1と2の二篇にはまったく出てきません。おどろおどろしいシーンを多用し、BGMも大音量に頼るような手法とは対照的な創りなので、ぼくは一瞬おどろき、なぜかほっとしました。流れる音楽は少ないほうで、音は控えめ。むしろ繊細で、いい感じでした。

シリーズ初めの何本かをてがけたのは、『ハウス・オブ・カード 野望の階段』でセンセーションを巻き起こし、『セブン』や『ドラゴン・タトゥーの女』など猟奇的な映画創りでは実績のある監督、デイヴィッド・フィンチャーだそうです。ただし、これ以降のエピソードを担当する監督たちが原作をどのようなドラマにするのか、いまの時点ではわかりません。それなら、あれこれ想像しながら、楽しみにして待つのが上策というものでしょう。

＊

エピソード2では、ある特別な刑務所でくらしている連続殺人犯、エド・ケンパーにダグラスが面談しているシーンや、ケンパーからケーキらしいものをご馳走になっているシーンが出てきます。

本書にもあるように実物のケンパーは雲をつくような大男ですが、相手を威圧するような雰囲気はなかったはずです。監督がどのような俳優を起用するにしても、粗野な演技は避けさせたでしょう。会話を聞くとわかりますが、ふたりは旧知の友人同士のように歓談しているのです。

ケンパーの言葉は、穏やかで、少し品が良くて、それは英語の不得意な人でも感じ取れるくらいです。低俗な響きがありません。話題も豊富です。それもそのはず、彼の知能指数は百四十五。刑務所で読書に長い時間をつぎこみ、たとえば精神分析に関しては、専門家にも劣らない知識の持ち主になっていました。

そんなこととは知らない人が彼に出会って、この男が終身刑をいくつも宣告されていて、母親までも殺して切り刻んだとわかったら、腰を抜かすほどおどろくことでしょう。

＊

それにしても、平均的な日本人なら、これでも人間なのかと疑わずにいられないほど凶悪な「人でなし」たちが、ほかの先進諸国と比較してアメリカには多すぎます。「犯罪者プロファイリング」のお蔭もあって、容疑者を逮捕する技術はまだまだ進歩するでしょう。たとえば一九九〇年代には、犯罪が多発する地区に関する色分け、つまり「地理的プロファイリング」という分野がいっそう精度を高めました。これはキム・ロスモ博士などの努力によって実現したものです。

その反面、容疑者のほうも、自分の悪行を隠す技術が巧妙になる可能性があります。映画

『羊たちの沈黙』のドクター・ハンニバルのような天才が現実に出現することは、まずないでしょうが……知能優れた「人でなし」が捜査陣のプロファイリング方法を盗みとり、それを悪用する可能性がないとは言えません。

＊

ところで、セックスがらみの凶悪犯罪に走る犯人の多くは、幼いころ、特に母親から虐待されながら育ったせいではないか、と指摘する学者が少なくありません。エド・ケンパーについてのジョン・ダグラスの立場はこちらに近いでしょう。反面、それよりも遺伝的要素の影響だろうと主張する専門家もいます。両方の原因に由来する場合も多いにちがいありません。

日本の状況に目を向けてみましょう。わが国では、凶悪な連続殺人事件はまれにしかおきません。しかし太平洋戦争後、犯罪は多様化しつつあります。凶悪化も進行しています。殺人事件の被害者は、乳児から高齢者まで広範囲にわたるようになりました。

昔には美徳とされていた忍耐や勤勉、孝行、謙虚、思いやりなどなどの重要性が忘れられがちですが、犯罪の多様化、凶悪化などは、そのような現象と関連しているのではないでしょうか。

ジョン・ダグラスはこう言います。

「優れたプロファイラーになるには、相手の立場にわが身をおいて考える能力も重要になってくる」

私たちの日常生活にも役立つ至言だと思います。ときどき思い出してください。たとえばわが子に接するとき、上司を説得するとき、部下を動かすとき、そして、これぞと思う異性に巡りあったときなど、相手の身になって考える習慣が身に付けば、きっと良い結果につながるでしょう。

なお、本書の文庫化にあたっては、早川書房第一編集部の金田裕美子さんに、いろいろお世話になりました。この場をお借りしてお礼を申し上げます。

二〇一七年八月

井坂　清

本書は、一九九七年四月に早川書房より単行本『FBIマインド・ハンター——セックス殺人捜査の現場から』として刊行された作品を改題・文庫化したものです。

社会・文化

ヒトはなぜヒトを食べたか
――生態人類学から見た文化の起源
マーヴィン・ハリス／鈴木洋一訳
中米の凄惨な食人儀礼などの意義を生態学の立場から明快に解く、知的刺激横溢する名著

子供たちは森に消えた
ロバート・カレン／広瀬順弘訳
五十数人の少女たちを陵辱し、殺害した多重人格者の実像を暴く心理ノンフィクション。

世界野球革命
ロバート・ホワイティング／松井みどり訳
WBCの日本優勝、松坂、井川の大リーグ移籍など、世界を席巻する日本野球の最前線。

FBI心理分析官
――異常殺人者たちの素顔に迫る衝撃の手記
R・K・レスラー&T・シャットマン／相原真理子訳
『羊たちの沈黙』のモデルとなった捜査官が綴る、全世界を震撼させたノンフィクション

診断名サイコパス
――身近にひそむ異常人格者たち
ロバート・D・ヘア／小林宏明訳
幼児虐待者、カルト教祖、連続殺人犯などに多いサイコパスは、あなたのそばにもいる！

社会・文化

予想どおりに不合理
――行動経済学が明かす「あなたがそれを選ぶわけ」
ダン・アリエリー／熊谷淳子訳

ユニークな実験が満載！　行動経済学ブームに火をつけたベストセラー。解説／大竹文雄

デザイン思考の道具箱
――イノベーションを生む会社のつくり方
奥出直人

イノベーションは誰でも起こせる！　魅力的な製品を生み出す極意を第一人者が徹底伝授

明日の幸せを科学する
ダニエル・ギルバート／熊谷淳子訳

人間は、未来の自分を正確に予測できない。その原因である脳の錯覚や妄想を徹底検証！

なぜこの店で買ってしまうのか
――ショッピングの科学
パコ・アンダーヒル／鈴木主税・福井昌子訳

店頭での膨大な実地調査をもとに買い物客がつい買ってしまう仕組みを解き明かした名著

貧困の終焉
――2025年までに世界を変える
ジェフリー・サックス／鈴木主税・野中邦子訳

「世界の貧困は撲滅できる」。経済学者が具体策を語った名著の文庫化。解説／平野克己

黒い迷宮（上・下）
――ルーシー・ブラックマン事件の真実

People Who Eat Darkness

リチャード・ロイド・パリー
濱野大道訳

ハヤカワ文庫ＮＦ

二〇〇〇年、六本木で働いていた英国人女性が突然消息を絶った。《ザ・タイムズ》東京支局長が関係者への十年越しの取材をもとに事件の真相に迫る。絶賛を浴びた犯罪ノンフィクションの傑作。著者が事件現場のその後を訪ねる日本語版へのあとがきを収録。解説／青木理

人の心は読めるか？

——本音と誤解の心理学

Mindwise

ニコラス・エプリー

波多野理彩子訳

ハヤカワ文庫ＮＦ

相手の気持ちを理解しているつもりでいたら、それは大きな勘違い。人は思う以上に他人の心が読めていないのだ。不必要な誤解や対立はなぜ起きてしまうのか？　人間の偉大な能力「第六感」が犯すミスを認識し、対人関係を向上させる方法を、シカゴ大学ビジネススクール教授が解き明かす。

マシュマロ・テスト

——成功する子・しない子

The Marshmallow Test

ウォルター・ミシェル

柴田裕之訳

ハヤカワ文庫ＮＦ

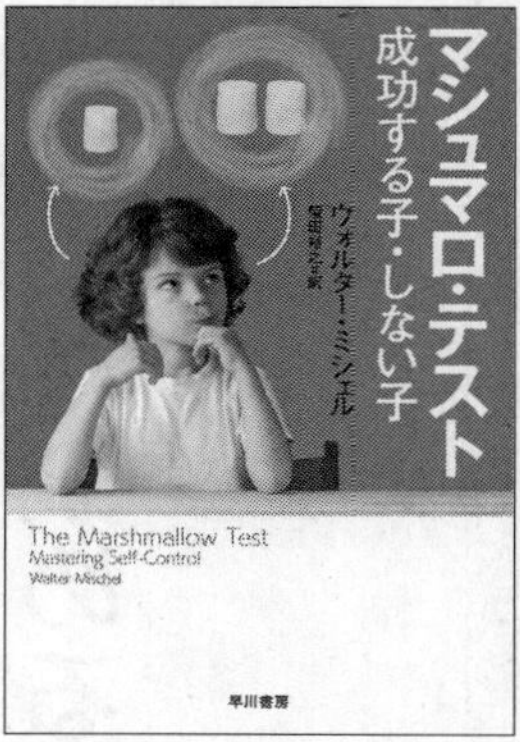

目の前のご馳走を我慢できるかどうかで子どもの将来が決まる？　行動科学史上最も有名な実験の生みの親が、半世紀にわたる追跡調査からわかった「意志の力」のメカニズムと高め方を明かす。カーネマン、ピンカー、メンタリストＤａｉＧｏ氏推薦の傑作ノンフィクション。解説／大竹文雄

滅亡へのカウントダウン（上・下）

——人口危機と地球の未来

COUNTDOWN
アラン・ワイズマン
鬼澤 忍訳
ハヤカワ文庫ＮＦ

地球では人口爆発による問題が深刻化している。イギリスでは移民の激増により人種排斥が起き、パキスタンでは職を失った若者による暴動が頻発。一方、他国に先駆け人口減少社会を迎えた日本に著者は可能性を見出す。精緻な調査と大胆な構想力で将来を展望する予言の書。解説／藻谷浩介

訳者略歴　東京都立大学大学院博士課程修了，英米文学翻訳家　訳書にヒギンズ『死にゆく者への祈り』（早川書房刊），クランシー『レッド・オクトーバーを追え』，ムーア『死ぬには遅すぎる』他多数

HM=Hayakawa Mystery
SF=Science Fiction
JA=Japanese Author
NV=Novel
NF=Nonfiction
FT=Fantasy

マインドハンター
ＦＢＩ連続殺人プロファイリング班

〈NF508〉

二〇一七年九月　十　日　印刷
二〇一七年九月十五日　発行

（定価はカバーに表示してあります）

著　者　ジョン・ダグラス
　　　　マーク・オルシェイカー
訳　者　井《い》坂《さか》清《きよし》
発行者　早川　浩
発行所　株式会社　早川書房
郵便番号　一〇一 - 〇〇四六
東京都千代田区神田多町二ノ二
電話　〇三 - 三二五二 - 三一一一（大代表）
振替　〇〇一六〇 - 三 - 四七七九九
http://www.hayakawa-online.co.jp

乱丁・落丁本は小社制作部宛お送り下さい。
送料小社負担にてお取りかえいたします。

印刷・中央精版印刷株式会社　製本・株式会社フォーネット社
Printed and bound in Japan
ISBN978-4-15-050508-0 C0198

本書のコピー、スキャン、デジタル化等の無断複製は著作権法上の例外を除き禁じられています。

本書は活字が大きく読みやすい〈トールサイズ〉です。